Marcel Robertz • Ulrich

*Ein Buch von Qualität
inklusive einem Schokoladenkuchenrezept*

Marcel Robertz • Ulrich

Ein Buch von Qualität inklusive einem Schokoladenkuchenrezept

© 2019

Alle Rechte vorbehalten.
Originalausgabe

ISBN 978-3-00061636-5

Cover und Illustrationen von Lisa Maria Klotz

LMK kam 1981 wahrscheinlich durch Geburt zur Welt und lebt heute als Künstlerin in Berlin. Sie ist ausgebildete Theatermalerin und -plastikerin, liebt Ihre Aquarellfarben, lustige Tiere, Cartoons und die Natur. Außerdem ist sie sehr neugierig auf das Leben und die vielen Möglichkeiten, es zu gestalten. Deshalb arbeitete sie u.a. schon auf einem Schiff, im Plüschtierladen und in der Frittenbude. Am bunten Zeichentisch beim Illustrieren ist es aber doch am schönsten.

Schaut mal rein: www.lisamariaklotz.de

Er überlegte lange, ob er sie anrufen sollte. Im Bett wälzte er sich hin und her, brachte es nicht fertig aufzustehen. Er wollte nicht aufstehen, bis er sich entschieden hatte. Dessen war er sich sicher. So blieb er liegen, suchte seinen Ausweg im Schlaf. Dieser kam zwar, wie man es gewohnt ist, doch als er die Augen einige Zeit später wieder öffnete, stand der Gedanke an sie wieder wie eine Mauer vor ihm. Eine nicht zu verjagende Mauer. Näherrückend. Marschierend. Er drehte sich um, trat mit dem Bein aus, schüttelte den Kopf, tief durchatmend.

Ihr Name schoss ihm unentwegt durch das Hirn. Er schob ihn beiseite, beruhigte sich mit dem Gedanken an andere Dinge. Schöne Dinge, die er einst erlebt hatte. Schöne Frauen, mit denen er einst das Bett teilte. Wieder zwang er sich, einzuschlafen. Ihm dämmerte, er glitt hinüber mit der Erinnerung an längst vergessene Frauen. Ihm war wohl dabei. Sehr wohl.

Doch plötzlich verwandelten sich die Gesichter und zeigten allesamt ihr Gesicht – Ulrich erschrak. Er fuhr aus seinem Bett hoch, auf welchem er bäuchlings ausgestreckt lag, drückte sich mit den Armen von der Matratze ab, so als wollte er sie von sich schieben, sie verschwinden machen. Selbst mit all seiner Konzentration gelang es ihm nicht, sie zu verjagen. »Nein! Nein! Nein!«, rief er aus, schüttelte den Kopf und sah sich im Zimmer um. Alle sollten erfahren, dass er mit Nachdruck »Nein!« sagte. Die Zimmertür stand offen. Er fixierte sie, auf allen Vieren weggestreckt von der Matratze, den Kopf zur Seite gedreht, nach hinten gebeugt, Luft durch die Nase blasend und rief ein letztes Mal »Nein!«, ehe er die Anspannung nicht mehr aufrecht erhalten konnte und wie ein Sack auf die Matratze plumpste. Er grub seinen Kopf tief in das Kissen, atmete zweimal und drehte sich zur Wand. Arme und Beine angewinkelt, schutzsuchend. Einmal trat er noch mit dem Bein aus, doch dann zog er es noch enger an den Körper und verharrte. Er stierte an die Wand und beobachtete das Schattenspiel, welches durch das fade Laternenlicht, die flatternden Blätter der mächtigen Bäume und die geritzten Rollladen erzeugt wurde. Die Schatten tanzten, veränderten sich, huschten ineinander. Ulrich schluckte, denn er glaubte, deutlich ihr Gesicht zu sehen. Ihr Lachen zu sehen, ihre Drohungen zu sehen, er glaubte sogar ihre klaren, blauen Augen zu sehen, die ihn hypnotisierten. Diese Augen waren es, die eine eigentümliche Anziehung bewirkten. Sie waren groß und rund, geradezu freundlich, nahezu immer lachend, und doch beherrschend, fordernd, manchmal regelrecht drohend. In diesen Momenten – Ulrich hatte den Blick schon öfter vernommen – wollte er sie küssen. Direkt ihre Augen küssen. Seine Lippen auf die offenen, nicht vom Lid bedeckten, Pupillen drücken und ihnen sanft die Gefahr nehmen.

So auch in diesem Augenblick: Er griff nach der Wand, als wollte er ihren dort abgebildet scheinenden Kopf zu sich ziehen. Und erhob sich, schnellte selbst zur Wand. Er bedeckte die Stellen, an denen er die Augen wahrnahm, mit Küssen. »So beruhige Dich doch! Alles ist gut. Ich bin da. Spüre meine Küsse«, stammelte er und drückte seinen Kopf heftig gegen die kahle Wand. Durch die offene Tür und das offene Fenster blies kalte Luft durch das Zimmer. Sein nackter Leib erschauerte. Mit einem Ruck ließ er von der Wand ab, schaute zum Fenster, der Mund weit aufgerissen, die Augen groß wie Kastanien, warf sich die Decke über und kauerte sich zusammen, mit den Händen seinen Leib betastend. Seine Knie, seine Schenkel, seinen Po, seine Genitalien, seinen Bauch, seine Brust, seinen Hals. Endlich schlug er die Hände vor dem Gesicht zusammen. »Ich kann es nicht. Ich kann es einfach nicht«, rief er aus. Weniger bestimmt denn flehend. Sollte er sie anrufen? Es sprach nichts dagegen. Gewiss, sie wartete darauf. Lange, sehr lange schon. In den letzten Monaten verging kein Tag, an dem sie es ihn nicht hätte spüren lassen: Ihre rätselhafte Zuneigung zu ihm. Auf der Arbeit flitzte sie durch die Gänge, ihm zuzueilen, ihn mit Nichtigkeiten zu behelligen, um in seiner Nähe zu sein. Meist nur für kurze Zeit, doch immer häufiger. Ein paar Mal schon hatte sie richtig Zeit auf Korrespondenz mit ihm verwand. Sie trieb Scherze und umgarnte ihn. Ulrich fiel es beim ersten Mal bereits auf und doch wollte er es nicht wahrhaben. Schob es von sich. Ihre zufällig arrangierten Treffen fanden meist spät statt, wenn das Personal im Büro weitestgehend fort war und nur sie beide noch Arbeit zu verrichten hatten. Oftmals hatte sie ein Eis dabei, als sie ihn aufsuchte. Leckte daran, umschloss es mit ihrem weit geöffneten Mund, die Lippen wölbten sich passgenau darum. Immer sah sie ihm dabei fest in die Augen, von unten hinauf, denn sie war etwa fünf Zentimeter kleiner als er. Dann hielt sie es ihm lächelnd hin, das runde Gesicht mit der kleinen, in der Mitte gelegenen Stupsnase, vollkommen harmonisch, und forderte: »Schleck! Ich kann nicht mehr.« Ihre Augen blitzten jedes Mal dabei. Ulrich wehrte sich dagegen. Sagte, dass er kein Eis wolle, dass er satt sei, dass er dieses Eis nicht möge. Doch sie duldete keinen Widerspruch. Sie schwenkte mit dem Eis vor seinem Gesicht. »Schleck!« Weigerte er sich immer noch, führte sie es zu ihrem Mund und umschloss es fest mit ihren Lippen, während ihr Blick eindringlicher wurde. Beschwörend. »Schleck! Es ist gut.« Kleinere Rückstände vom Eis lagen auf ihren Lippen, hingen in den

Mundwinkeln. »Schleck«, sagte sie wieder, wobei die Reste tanzten. Ulrich überkam das Gefühl, ihre vom Eis gekühlten Lippen mit den seinen zu erwärmen, ihr die Mundwinkel sauber zu lecken, Aufregung stieg in ihm. Und dennoch konnte er diesen Schritt nicht tun. Um sich zu entwinden, beugte er seinen Kopf nach vorn, dem Eis entgegen. Bedächtig führte sie es ihm zum Mund, hielt ihn fest im Blick. Er biss ein Stück ab. – Jedes Mal biss er ein Stück ab. Und jedes Mal nickte sie ihm zu: »Das ist gut.«

Wenn er abgebissen hatte, berührte sie ihn immer. Was den Anschein der Zufälligkeit besaß, war gewollt. Sie griff nach seinem Oberarm, streichelte ihn. Von oben nach unten und wieder hinauf. Dann hielt sie ihn fest, als wollte sie ihn mit sich ziehen. Nur für einen flüchtigen Moment. Gar nicht der Rede wert. Alsdann ließ sie ihn stehen, lächelte ihm ermunternd zu, warf das lange, glatte blond-braune Haar über die Schulter und drehte sich um, eilig, aber bestimmt den Gang hinunterzugehen. Ulrich war danach jedes Mal aufgebracht. Er sah ihr nach, lächelte verzweifelt, schüttelte den Kopf. »Diese Frau«, sagte er zu sich, wandte sich um, betrat seinen Raum und widmete sich der Arbeit. Immer solange, bis er unsanft aus der Konzentration gerissen wurde. Denn immer wieder erschien sie erneut mit Nichtigkeiten. Mit Nichtigkeiten ihn verführend. Fragte Fragen, deren Antworten an Offensichtlichkeit nicht zu überbieten waren. Und präsentierte sich dabei. Ihren Leib. Ihren makellosen Leib. Ihre langen, grazilen, dennoch kräftigen Beine. Ihre starken Arme, fleischvoll und durchtrainiert. Ihre schlanken, zarten Finger. Ihren Busen, der die Üppigkeit voll ausgereifter Orangen besaß. Ihren runden, breiten Po, der ein schönes Gegengewicht zum flachen Bauch darstellte. Fruchtbarkeit. Diese Frau war zur Fortpflanzung geeignet wie kaum ein anderes Geschöpf, das Ulrich jemals wahrgenommen hatte. Wie immer lächelte sie. Ihr rundes Gesicht – symmetrisch – setzte Wärme frei. Ermunternd und fordernd zugleich. Ulrich konnte sich dem nicht entziehen. Selbst unter größter Anstrengung konnte er sich dem nicht entziehen. Er verlor sich in ihrem Blick. Agierte, ohne Folgen zu bedenken. Stieß die Wasserflasche auf dem Schreibtisch um, hob sie hektisch auf und warf dabei Stifte auf den Boden. All das tat er, ohne den Blick von ihr zu lassen. Ihr Gesicht war unverändert. Ermunternd und fordernd. Während sie ihn ansah, hob sie einen Stift auf, der neben ihrem Fuß zu liegen kam. Ihrem schlanken, schönen, offen getragenen Fuß. Nicht besorgt gepflegt, sondern natürlich schön. Die Zehenstellung war gerade, nicht durch falsches Schuhwerk verformt. »Es ist gut«, sagte sie, als sie sich erhoben hatte, ihn immer im Blick, und legte den Stift, als sie wieder aufrecht stand, zu den anderen, wobei sie leicht seine Hand streifte.

Obwohl Ulrich während des ganzen Vorgangs bemüht gewesen war, seinen Blick nicht von ihrem Gesicht zu wenden, entging im ihr volles Dekolleté nicht, auf das er von oben herab einen vortrefflichen Einblick hatte. Die weiche, wunderbar porige Haut wölbte sich auf und stand fest hervor. In einem Augenblick war ihm sogar, als hätte er den bräunlichen Ansatz der Brustwarze sehen können. »Ja, ja. Es ist gut«, stammelte er. »Es ist gut!«, versicherte sie, drehte sich um und entschwand, den breiten Po kreisen lassend, im Gang. Er schaute ihr nach. Hypnotisiert. Und er wusste, dass sie von seinem Schauen wusste.

An einem anderen Tag betrat er seinen Arbeitsraum und wunderte sich, dass die Tür geschlossen war. Als er sie öffnete, saß sie bereits dort. Erwartungsvoll. Ihr Augenaufschlag und das Recken des Kopfes von unten nach oben wirkten wie das unschuldig treue Dreinblicken eines Hundes. Ulrich war überrascht. Angenehm, aber ebenfalls überrumpelt.

»Ach, Du bist es. Ich habe mich schon gewundert, warum die Tür geschlossen war.« »Ich brauchte etwas Ruhe«, sagte sie und fixierte ihn. Ulrich war von ihrem Blick durchdrungen. Wieder überkam ihn dieses komische Gefühl, dieses Gemisch aus Annahme und Ablehnung. Er sah ihre Arbeitsunterlagen über dem Tisch ausgebreitet. Sie arbeitete also wirklich, saß nicht nur wartend herum. Sollte sie wirklich nur Ruhe brauchen? Doch Ruhe wovor? Und warum gerade hier? Andere Arbeitsräume standen ebenso leer und es war nicht zu erwarten, dass sie heute noch von ihren Arbeitern bezogen werden würden, da es bereits spät abends war. »Fängst Du gleich an?«, fragte sie, sich vorbeugend. »Gewiss«, entgegnete er, ihr den Rücken zudrehend, die Tasche weglegend und die Jakke an den Haken hängend. Immer noch vorgebeugt, die Brüste hervorgestreckt, kramte sie ihre Unterlagen zusammen. Die Stifte machten ihr Probleme, rollten sie doch immer wieder weg. Ulrich schaute. Elektrisiert. »Wann fängst Du denn endlich an?«, fragte sie, tief atmend. »Gleich«, antwortete Ulrich mit bebender Stimme. Sie stieß ein Seufzen hervor und erhob sich langsam von ihrem Sitz, die Hände auf den Tisch gestützt, vorgebeugt, den Blick nicht von ihm wendend. »Ich fange gleich an«, wiederholte er, sie strafend anblickend. »Gut. Es ist gut«, sagte sie und fuhr sich mit der Zunge über die Lippen. Sie griff sich ihre Sachen unter den Arm und ging unter dem forschenden Blick Ulrichs auf ihn zu. Kurz vor ihm stoppte sie, langte nach seinem Handgelenk, drückte mit dem Daumen fest darauf und sprach: »Arbeite nur. Es ist gut. Wisse, dass es immer noch gut ist.«

In der Folgezeit ließ ihn dieses Erlebnis nicht mehr los. Die Konzentration für seine Arbeit schwand. Fehler, welche nicht unbemerkt blieben, schlichen sich ein. Er bemühte sich, den Gedanken an sie beiseite zu schieben, doch kehrte dieser zuverlässig zurück. Unter größter Anstrengung brachte er den Arbeitstag zu Ende und machte sich auf den Heimweg. Das Dunkel des Himmels lenkte ihn nicht ab, sondern veranlasste ihn sogar, Trost in ihr zu suchen. So fanden seine Gedanken immer wieder das Ziel, welches er nicht als das seinige ansah. Als er an seiner Haustür stand, wusste er nicht, wie er dorthin gelangt war und wie lange er gebraucht hatte. Sie entzog ihm seine Aufmerksamkeit für andere Dinge.

Eine Banane und einen Apfel essend setzte er sich im Wohnzimmer auf das Sofa und studierte die Zeitung bei gedämpftem Licht. Er erschrak, als ihm ihr Gesicht in der Zeitung entgegensprang. Er warf den

Kopf in den Nacken, wischte sich über die Augen und sah wieder auf die Zeitung. Ihr Gesicht war verschwunden. Er blätterte um, und nun erschien es dort. Sein Mund war trocken, sein Körper zitterte. »Das ist nicht möglich«, stammelte er und blätterte weiter. Wieder erschien sie ihm. »Das ist nicht möglich!«, rief er nun laut. Blickte im Wohnzimmer umher, zum Fenster, in die Nacht, griff eine andere Zeitung und schlug sie auf. Wieder erschien sie ihm. Mit ihrem runden, gutmütigen, sanften Gesicht. »Das ist nicht möglich!«, schrie er noch lauter. »Es ist gut«, schien er sie sagen zu hören.

»Ruhe da, Sie Verrückter!«, schallte es von den Nachbarn herüber. Hektisch schaute Ulrich umher, blickte wieder in die Zeitung, doch ihr Gesicht war verschwunden. Sein Zittern verschwand.

»Es ist gut«, atmete er durch und legte sich ins Bett.

Er wachte auf und reckte sich. Viel Zeit war vergangen. In der Regel schlief er acht Stunden. Doch diesmal schien es ihm länger. Als er sich aus dem Bett wandte und der Fuß den Boden berührte, schoss sie ihm durch den Kopf. Er überlegte lange, ob er sie anrufen sollte. Sein Hirn hämmerte. Er schaute ziellos durch das Zimmer und griff nach der Wasserflasche auf seinem Nachttisch. Er schraubte den Deckel ab, strich sich über das Gesicht und ließ den Arm laut klatschend auf seinen Oberschenkel fallen. Ulrich atmete schwer. Mit hastigen Zügen trank er, doch musste er immer wieder unterbrechen, um Luft zu holen. Wieder strich er sich über das Gesicht.

»Nein, ich kann nicht«, betrachtete er die Flasche im Lichtschein und schüttelte heftig den Kopf. »Ich kann nicht«, wiederholte er eindringlich. Nach dem letzten Tropfen prüfte er mit einem Blick in die Flasche, ob denn tatsächlich nichts mehr darin war. »Das Ende«, stammelte er und warf die Flasche gegen die Wand. Das Donnern schreckte ihn auf, mit so einem Lärm hatte er nicht gerechnet. Und nun tat es ihm leid, dass er die Splitter aufsammeln müsste. Er stand auf und blickte durch die geritzten Rollladen. »Das Ende«, wiederholte er, ehe er die Hände in die Hüften stemmte und die Brust vorschob. Er nickte.

Eine junge Frau mit einem kleinen Mädchen und einem Hund, frei laufend, spazierte genügsam am Fenster vorbei. Das Mädchen hüpfte fidel und die Frau, die ihre Mutter zu sein schien, lächelte sie freudvoll an. Der mit dem Schwanz wedelnde Hund rundete die Eintracht ab. »Glücklich sind die drei – und doch fehlt der Mann«, sprach Ulrich.

Eine Frau eilte vorbei, in der Hand eine schwere Tasche. Die Frau ächzte. »Da!«, rief er, »diese dort ist allein. Sie hat schwer zu tragen.« Da die Frau sich überrascht umdrehte und Ausschau nach dem Rufer zu halten schien, bemerkte Ulrich, dass das Fenster offen stand. Obwohl sie ihn hinter den Rollladen nicht sehen konnte, war es ihm, als träfen sich ihre Blicke. »Du erkennst mich, und hilfst nicht«, glaubte er, sie sagen zu hören. Ulrich erschrak. »Wie soll ich helfen? Ich kann nicht. Ich kann Euch nicht helfen«, sprach er zu sich selbst, halblaut. Die Frau hörte es nicht mehr und ging kopfschüttelnd weiter.

Für einen Moment war Ruhe. Als stünde alles still. Ulrich schloss die Augen, sich selber zu spüren. Er verharrte immer noch. Die Hände in den Hüften. Er holte tief Luft durch den Mund und blies sie durch die Nase wieder hinaus. Genau dreimal. Dann öffnete er wieder die Augen und sah – nichts. Alles war dunkel. Wieder schloss er die Augen und wieder holte er tief Luft durch den Mund und blies sie durch die Nase wieder hinaus. Wieder dreimal. Als er die Augen öffnete, ging ein Mann in einem gelben Jackett mit schwarzem zurückgelegtem Haar und italienischem Oberlippenbart vorbei. Als dieser auf der Höhe Ulrichs war, schaute er zum Fenster, durch die geschlitzten Rollladen und lupfte seinen Hut. Lächelnd ging er weiter. »Das ist nicht möglich«, wandte Ulrich ein und drehte sich um, das Zimmer zu verlassen.

Er dürstete und plante, einen guten Tee aufzubrühen. Plötzlich durchfuhr ihn ein Schmerz. Sich am Türrahmen festklammernd, auf einem Bein hüpfend, fuchtelte er nach der Quelle. Ein Glassplitter steckte ihm im Fuß. Anstatt ihn ruhig in die Hand zu nehmen und herauszuziehen, griff er immer wieder hastig danach und setzte unter Schmerzen ab. Mit einem beherzten Griff, das Weh unterdrückend, zog er den Splitter aus dem Fuß. Eine Blutfontäne schoss hinter dem Fremdkörper her. Als er den Fuß auf den Boden setzte, machte es das Geräusch zerquetscht werdender Tomaten. Er betrachtete den Glassplitter: Sehr glatte, scharfe Kanten.

Ulrich humpelte in die Küche. Jeder Schritt zog das eigentümliche Geräusch nach sich, welches Druck,

Unterdruck und Flüssigkeit erzeugt. Mit kaltem Wasser säuberte er den Fuß und umwickelte ihn mit einem Handtuch. Sogleich brühte er Wasser auf. Seinen Kopf hielt er unter kaltes Wasser und er wusch sich das Gesicht.

Er ging zur Haustür, um die Zeitung hereinzuholen. Erst im Treppenhaus merkte er, dass er völlig unbekleidet war. Was war nur, wenn nun jemand käme? Er bückte sich schnell nach der Zeitung und eilte zu seiner Wohnung. Als er gerade die Schwelle übertrat, hörte er eine Frauenstimme: »Hallo Ulrich. Wie geht es Dir?«

Hatte seine Nachbarin ihn nackt gesehen? Er schlug die Tür zu und stemmte sich mit dem Rücken dagegen. »Ja, ja. Mir geht es gut. Danke.« »Willst Du mich nicht hereinlassen?«, fragte sie freundlich. Ein lautes Pfeifen ertönte aus der Küche. »Doch. Nein. … Mein Tee ist fertig. Ich habe zu tun.« »Er hat einen so schönen Körper«, schwärmte sie noch, bevor sie trällernd die Treppen hinaufstieg. Ulrich blickte durch den Türspion. Er sah ihr hinterher und schüttelte den Kopf: »Sie ist gut.«

Er warf die Zeitung auf den Tisch, schüttete sich den Tee ein und setzte sich nieder. Nachdem er die Zeitung studiert hatte – nichts, was ihn interessierte, war zu finden – stand er auf und schaute aus dem Fenster. Wolken zogen vorüber, eine Turmuhr schlug. Er drehte sich um und rannte gegen den Tisch, so dass ein Apfel herunterfiel und den Boden entlang kullerte. Der Schmerz war heftig, verging jedoch schnell. Ulrich folgte dem Apfel, der bis zum Türrahmen des

Schlafzimmers rollte. Er bückte sich, um ihn aufzuheben. Dann schreckte er zurück und fiel auf den Hintern. Ungläubig schaute er neben den Apfel. Das, was eine Blutpfütze war, war ihr Gesicht. Plötzlich bewegte sich ihr Mund: »Wann fängst Du denn endlich an?«

Ulrich atmete heftig. Schaute sich um. Niemand war zu sehen. Er beugte sich vor, näher zu ihrem Gesicht. »Wann fängst Du denn endlich an?«, wiederholte sie. »Gleich«, antwortete er. »Fang endlich an! Ich warte.« »Ja!«, schrie Ulrich. Er beugte sich tief hinunter, den Po weit hochgestreckt, und streichelte ihre blutigen Haare. »Fang endlich an! Ich warte«, drängte sie ihn. Er presste seine Lippen auf ihr Gesicht und küsste es heftig. Gehorchend. Verlangend. Er leckte mit der Zunge über den Boden, tastete mit den Händen nach dem Blut und wischte es sich ins Gesicht. »Ich komme zu Dir. Ich komme zu Dir. Siehst Du, wie ich zu Dir komme?«, rief er. »Schleck! Es ist gut.« Ulrich schnaufte. Der Blutfleck war vollkommen verwischt. »Wann fängst Du denn endlich an?«, drang es an sein Ohr. Er schaute nach vorne und sah den nächsten Blutfleck – ihr Gesicht. »Fang endlich an! Ich warte.« Wie von Sinnen stürzte er sich auf ihn, rieb ihn, küsste ihn, leckte ihn. »Ich komme zu Dir. Ich komme zu Dir«, schrie er. »Schleck! Es ist gut«, drang es an ihn heran. »Schleck! Es ist gut.« Immer wieder. »Schleck! Es ist gut.« Ulrich tat, wie ihm befohlen. »Hör nicht auf! Höre niemals auf!«

Er kroch den Blutflecken hinterher und wälzte sich auf dem Boden. Immer demütiger ergab er sich ihr. Immer wilder wurden seine Bewegungen. Gierig langte er nach dem Blut. Lauter, immer lauter schallte es ihm entgegen: »Hör nicht auf! Höre niemals auf!« »Nein. Ich höre nicht auf! Ich höre niemals auf!«, schrie er, bevor er in einen Singsang ausbrach: »Niemals höre ich auf. Ich höre nicht auf. Schleck! Schleck! Ich höre niemals auf. Schleck! Schleck! Ich höre niemals auf. Schleck! Schleck!« »Es ist gut. Nur weiter. Es ist gut«, bemerkte sie.

Die Türglocke läutete und es klopfte gegen die Tür. »Ulrich? Geht es Dir gut?« Ruckartig stoppte er, schaute sich um. Schaute, wie er dort nackt auf dem Küchenboden lag. Blutverschmiert. »Ulrich? Geht es Dir gut?«, vernahm er die Stimme seiner Nachbarin. Er betrachtete seine Hände. Fassungslos. Ungläubig wandte er den Kopf von rechts nach links. Die Augen weit aufgerissen. »Ulrich? Geht es Dir gut?« »Ja. Ja doch«, entgegnete er. »Ich habe Krach gehört. Willst Du mich hineinlassen?« »Gleich. Einen Moment noch«, sprach er hektisch und schaute sich um. Eilig stand er auf und marschierte zum Badezimmer. Als er in den Spiegel sah, erschrak er. So hatte er sich noch nie gesehen. Die Zunge war rot vom Blut, auf den Lippen verkrustete es langsam. Das Gesicht befleckt. Die Arme mit Blutspritzern übersät. »Einen Moment noch«, rief er beruhigend zur Haustür, »ich komme gleich.« Er wusch sich hastig das Gröbste ab und bedeckte sich mit einem Handtuch. Dann schritt er zur Tür.

Die Nachbarin schaute ihn fragend an. Bat um Erklärung. »Mein Gott, Ulrich. Was ist passiert?« »Ich bin in eine Scherbe getreten«, sagte er und ließ sie in den Flur eintreten. »Der ganze Boden…«, stammelte sie. »Ich wollte gerade Ordnung schaffen. Du hast mich dabei überrascht.« Er band sich das Handtuch fester um die Hüften. »Lass mich Dir helfen. Du bist ja selbst voller Blut.« Sie entschwand in die Küche und kam mit nassen Handtüchern zurück. Ulrich stand im Flur. Folgte langsam Richtung Küche. Sie griff seinen Arm und betupfte ihn zuerst sanft, bis sie kräftig an ihm rieb. »Das ganze Blut«, sagte die Nachbarin, während sie ihn näher zu sich zog. Sie wusch den anderen Arm und schaute ihm dann in die Augen. Ihre braunen Augen befanden sich in der gleichen Höhe wie die seinigen. An Wuchs war sie ihm nicht unterlegen. Im Gegenteil. Wenn man genau hinschaute, konnte man sehen, dass sie ihm an Körpergröße sogar überlegen war. »Was machst Du nur für Sachen?«, sprach sie, bevor sie mit dem Handtuch über seine breite Brust kreiste. Fest hielt sie seinen Arm in der Hand, während sie das Handtuch auf seinem Oberkörper spazieren führte. »Nein, lass nur. Es geht schon«, wandte Ulrich ein und zuckte zurück. Das Handtuch, mit dem er bedeckt war, lockerte sich wegen des Rucks etwas. »Es ist gut«, beschwichtigte sie ihn und zog ihn wieder zu sich heran. »Alles ist gut. Es ist, wie es sein muss.«

Ulrich konnte nichts tun. Er wusste nicht was. So ließ er sie gewähren. »Alles ist gut«, sagte sie immer wieder, während sie seinen Körper wusch. Er stand mitten im Flur und die Nachbarin drehte sich um ihn herum, schrubbte mit den nassen Handtüchern an ihm herum. Ab und an sah er, wie sie ein blutiges Handtuch in Richtung Badezimmer warf. Ulrich folgte mit seinen Augen dem Flug. Wenn die Nachbarin einen Satz sprach, was hin und wieder vorkam, verstand er ihn nicht. Er hörte nicht zu. Ulrich war still.

Plötzlich ging die Nachbarin vor ihm auf die Knie und hob sein Bein, um es zu reinigen. Sie stellte seinen Fuß auf ihr Bein und machte es gewissenhaft sauber. Das Handtuch lockerte sich etwas mehr und ihr Blick war frei auf seinen Schoß. Sie schaute dorthin. Ohne jedoch Zweifel an der Gewissenhaftigkeit ihres Saubermachens aufkommen zu lassen. Ulrich schaute hinab. Er wusste nicht, was er machen sollte. »Es ist gut«, munterte sie ihn auf, ihre Augen funkelten. »Es ist wirklich gut.« Sie wechselte auf das andere Knie und stellte den anderen Fuß darauf. Gründlich säuberte sie Ulrich. Er schaute zu ihr hinunter. In ihre warmen, braunen Augen. Sah ihr freundliches Gesicht. Er spürte in sich ein starkes, sich immer mehr aufbauendes Kribbeln. – Dann nieste er.

Das Handtuch lockerte sich vollends von seinen Hüften und fiel zu Boden. Wie ein König stand er gerade, den Fuß auf dem Knie seiner Nachbarin, die zu seinen Füßen kauerte. Nackt. Die Nachbarin blickte in sein Gesicht. Sie schien nicht vom Fallen des Handtuchs überrascht zu sein. Vielmehr schien es, als hätte sie darauf gewartet. Sie senkte den Kopf und schaute auf seine Scham. Regungslos. Noch bevor Ulrich etwas sagen konnte, streichelte sie ihm sanft die Wade und sprach: »Es ist gut.«

Einige Minuten vergingen, ohne dass etwas passierte: Ulrich schaute von oben die Nachbarin an, die Nachbarin schaute geradewegs auf seine Scham, ihre Hand streichelte sanft – an Zärtlichkeit kaum zu überbieten – seine Wade. Dann wickelte sie das Handtuch von seinem Fuß und inspizierte die Wunde. Sie machte sie sauber und beendete dies mit einem Kuss auf die offene Stelle. Sie setzte seinen Fuß auf den Boden und erhob sich langsam, mit ihren Fingern zart seine Rückseite von den Füßen bis zum Kopf hinauffahrend. »Du hast einen so schönen Körper«, sagte sie und ließ ihn los. Ulrich war angewurzelt und die Nachbarin wich einen Schritt zurück. Ihr Blick war fest auf sein Gesicht gerichtet.

»Ich komme nun alleine klar. Danke. Lass mich nur«, grummelte er vor sich hin. »Ich lasse Dich. Es ist gut. Wisse, dass es immer noch gut ist«, sagte die Nachbarin und verschwand aus der Tür. »Er hat einen so schönen Körper«, hallte es durch das Treppenhaus.

Ulrich stand ruhig im Flur. Er betrachtete sich vor dem Spiegel. Spannte die Muskeln an und beobachtete die Bewegungen. Ein Grinsen huschte über sein Gesicht. Er war wirklich gut in Form. So begann er zu posieren. Betrachtete sich vorwärts und rückwärts.

Als er auf den Boden sah, befand sich dort wieder eine Blutpfütze. Es war also noch nicht verheilt. Er beugte sich hinab und erkannte – nichts. Es war nur ein gewöhnlicher Blutfleck. Er hob das Handtuch vom Boden auf und wickelte es sich um den Fuß. Dann holte er sich einen nassen Lappen und machte sich daran, den Boden zu wischen. Nachdem Ulrich fertig war, stapfte er ins Badezimmer und untersuchte seine

Wunde. Er verband sie gut und vergaß darüber sogar den Schmerz.

Im Schlafzimmer fegte er die Scherben zusammen und schüttelte den Kopf über das eben geschehene Vorkommnis. Dann legte er seine Kleider an. Er begab sich ins Arbeitszimmer und fischte aus einem vollgestellten Regal das Briefpapier hervor. Der Ledersessel, in welchen er sich tief zurückfallen ließ, war ganz kühl. Ihn schauerte. Auf einem Ast am mächtigen Baum vor seinem Fenster turnte eine schwarze Katze. Obwohl ihr Hin-und-Her-Gehen Ulrich zunächst ziellos vorkam, nahm er jedoch an, dass sich dahinter ein Sinnzusammenhang verbarg. Sein Blick folgte ihren Bewegungen.

Die Turmglocke schlug erneut an und er erwachte aus seiner Erstarrung. Ohne weitere Zeit zu verlieren, schrieb er:

»Verehrte D., ich ringe um die Worte, die ich zu schreiben gedenke. Ich kann nicht sagen, was zu sagen ist. Es fällt mir alles viel zu schwer. Unklar ist der Zustand. Deine liebreizende Erscheinung macht es mir nicht erträglicher. Es ist weder einfach, noch ist es schwer. Es ist. Es ist einfach. Dass Du mit meinen Worten etwas anfangen kannst, bezweifle ich. Und bedaure. Doch all mein Bedauern kann daran nichts ändern. Es ist das Wie, welches mich hält. Das Wie, welches mich hindert. Ich bin ein Gefangener. Ein Getriebener. Doch was bist Du? Wärterin? Treiberin? – Oder doch Baldrian? Und selbst wenn Du Baldrian wärest, was machte es? Brauche ich Baldrian? Ist Baldrian gut für mich? Oder ist es nur eine weitere Sackgasse? Die

Streiche, die Du mir spielst. Diese Streiche. Was ist von ihnen zu halten? Es ist vollkommen unklar. Weder angenehm noch abstoßend. Unklar.

Was schreibe ich Dir überhaupt? Ich weiß es nicht. Du sollst wissen, dass ich mich mit Gedanken trage. Mit vielen Gedanken. Du könntest sie nicht verstehen. Und wenn Du sie doch verstündest, wüsstest Du nichts damit anzufangen. Ich werde getrieben. Ulrich.«

Den Stift legte er beiseite und hielt wieder Ausschau nach der Katze. Nirgends konnte er sie finden. Gebannt schaute er auf den mächtigen Baum. Sein breiter Stamm war kerzengerade, seine Wurzeln mussten sich weit und tief im Erdreich verlieren, sonst hätte er nicht so stehen können. Die starken Äste formten ein immenses Gebilde. Zweige standen in alle Richtungen ab und doch war es ein gelungenes Ganzes. Die Blätter gaben ihm ein grünes Kleid. Ulrich wusste nicht, wie alt der Baum war. Aber so sicher, so majestätisch wie er dastand, musste er viele, sehr viele Jahre, sehr viele Zeiten überdauert haben. Im Wind bog er sich nach rechts und nach links. Vor und zurück. Immer wieder. Alle Jahre. Ohne zu fallen. Der Baum stand.

Wieder schauerte es Ulrich. Er griff nach dem Brief und las. Er las ihn ein zweites Mal. Ein drittes Mal. Und bei jedem Lesen dachte er, er müsse den Brief neu schreiben. Er schüttelte den Kopf und blickte noch einmal aus dem Fenster. Die Katze wanderte wieder über einen Ast. So begann er zu schreiben:

»Verehrte D., ich ringe nicht um die Worte, die ich zu schreiben gedenke. Ich kann sagen, was nicht zu sagen ist. Es fällt mir alles viel zu leicht. Klar ist der Zustand. Deine liebreizende Erscheinung macht es mir erträglicher. Es ist weder einfach, noch ist es schwer. Es ist. Es ist einfach. Dass Du mit meinen Worten etwas anfangen kannst, begrüße ich. Und freue mich. All mein Freuen kann daran viel ändern. Es ist das Wie, welches mich treibt. Das Wie, welches mich loslöst.

Ich bin ein Freier. Ein Läufer. Doch was bist Du? Gefangene? Getriebene? – Oder doch Amphetamin?

Und selbst wenn Du Amphetamin wärest, was machte es? Brauche ich Amphetamin? Ist Amphetamin gut für mich? Oder ist es nur eine weitere Autobahn?

– Die Streiche, die Du mir spielst. Diese Streiche. Was ist von ihnen zu halten? Es ist vollkommen klar. Weder angenehm noch abstoßend. Klar.

Was schreibe ich Dir überhaupt? Ich weiß es. Du sollst wissen, dass ich mich mit Gedanken trage. Mit vielen Gedanken. Du könntest sie verstehen. Und wenn Du sie verstündest, wüsstest Du viel damit anzufangen.

Ich bin frei. Ulrich.«

Er lehnte sich zurück. Der Ledersessel war warm. Auf dem Ast, direkt neben der Katze erblickte er ein Vogelnest. Einige Vogeljungen reckten die Hälse. Hungrig. Die Vogelmutter kam angeflogen und fütterte die aufgerissenen Schnäbel ruhig. Die Katze schaute gleichgültig.

Ulrich war sehr zufrieden. Er blieb noch eine Weile sitzen und blickte aus dem Fenster. »Es ist Zeit, den Brief zu senden«, sagte er sich und nahm den zuletzt geschriebenen Brief, um ihn zu falten. Als er das Kuvert mit ihrer Adresse beschrieb, bahnte sich eine Schweißperle ihren Weg durch die Stirn. Mit zittrigen Händen schob er den Brief in den Umschlag. »Nein. Ich kann es nicht«, haderte er und beschrieb ein zweites Kuvert mit ihrer Adresse, in welches er den zuerst geschriebenen Brief steckte. »Ich will sie ihr beide schicken. Sie hat ein Recht.«

Er verließ die Wohnung und ging zum Briefkasten. Obwohl ein schöner Tag war, wolkenlos, atmete er etwas beschwerlich. Zeitweise schnaufte er regelrecht. Passanten wuselten über die Straße, gingen ihren Geschäften nach. Ulrich warf die Briefe ein.

Dann sackten ihm kurzzeitig die Knie weg und er schlug mit der Faust auf den Kasten. Niemand interessierte sich für ihn, als er hektisch im Kasten nach den Briefen fischte. »Nein. Nein. Kommt wieder her. Kommt zurück. Es ist nicht gut.« Doch sie lagen zu tief unten und er konnte sie nicht erreichen. Er setzte sich an den Kasten und schlug mit dem Kopf dagegen.

Ein gut gekleideter, älterer Mann ging vorüber. Er sah Ulrich an und nickte: »Es ist gut. Eine Sendung ist gut.« Ulrich schaute ihm nach. Wie? Woher? Was? Wer war dieser Mann? Er rieb sich die Augen, um ihn besser zu erkennen, doch der war längst um die Ecke gebogen. Ulrich sprang auf, lief hinterher, doch der Mann war nirgends zu sehen. »Seltsam«, dachte er und trat den Heimweg an. Die Nachbarin grüßte ihn freundlich und winkte einladend mit dem Arm. Er folgte.

»Ich habe frischen Kaffee aufgebrüht. Setz Dich und nimm eine Tasse«, säuselte sie. Der runde Tisch füllte nahezu den gesamten Raum aus. Ulrich setzte sich. Die Nachbarin reichte ihm eine Tasse und ließ sich neben ihm nieder. Ihm tief in die Augen blickend platzierte sie ihre Hand kaum spürbar auf seinem Knie. »Danke«, sagte Ulrich und trank. Die Nachbarin sprang auf: »Milch? Möchtest Du Milch? Oder Zukker? Möchtest Du Zucker? Ich habe auch Süßstoff.« »Nein Danke. Der Kaffee ist gut. Ich bin zufrieden«, antwortete er. Beruhigt setzte sie sich wieder und legte ihre Hand fest auf sein Knie. »Du siehst entspannt aus«, sagte sie. »Ja«, bemerkte er kurz und blickte sie an. Ihre Hand wanderte seinen Oberschenkel entlang. »Du hast einen so schönen Körper«, warf sie ein. »Es steckt Arbeit darin«, sagte er, »viel Arbeit. In Deinem auch, wie ich sehe.« »Jaaa«, sprang die Nachbarin freudig auf, »schau!« und ließ Ihr Kleid auf den Boden fallen. Ohne Büstenhalter, nur mit einer Unterhose bekleidet stand sie vor ihm und drehte sich: »Schau! Schau doch nur! Ist es nicht schön? Doch! Es ist schön. Schau!« Sie tanzte um den Tisch. Fuhr mit der Hand durch seine Haare. Mit einem Satz stand sie auf dem Tisch und drehte sich langsam. »Schau!« »Es ist gut«, befand Ulrich. Sie sprang hinunter, fasste seinen Kopf und drückte ihn an ihren Busen. »Fühl! Fühl wie gut!« Hin und her bewegte sie seinen Kopf an ihrem Busen. Ulrich hatte Mühe zu atmen. Die harten Brustwarzen piksten ihn in die Augen. Doch sie ließ nicht von ihm ab. Nun sprang sie wieder auf den Tisch, krabbelte auf allen vieren herum und rief wieder: »Schau! Schau doch nur!« Sie hob ihren Po hoch, wackelte vor seinem Gesicht: »Fühl! Fühl wie gut!« Ulrich wurde es warm. Sie nahm seine Hand und legte sie auf ihren Po: »Fühl! Fühl wie gut! Greif zu!« Seine Hand blieb schlaff liegen, doch die Nachbarin führte sie. Führte sie über ihren Po und griff fest zu. Ulrich starrte.

»Nun ist es genug«, rief sie, schleuderte seine Hand weg, setzte sich auf die Tischkante und streckte ihm ihre Zunge aus. Ulrich starrte. Sie hob das Kleid vom Boden auf und zog es sich über. Alsdann nahm sie neben ihm Platz und legte ihre Hand kaum spürbar auf sein Knie. »Du hast Deinen Kaffee ja gar nicht ausgetrunken«, sprach sie vorwurfsvoll, »es ist nicht gut.« »Doch. Es ist gut«, sagte er und stand auf.

An der Wohnungstür drehte er sich um und lächelte sie an: »Auf Wiedersehen.« »Bald schon. Bald werden wir uns wiedersehen«, entgegnete sie und griff ihm im Entschwinden an den Po. Ein Donnern erfüllte das Treppenhaus, als die Tür ins Schloss fiel.

Ulrich machte sich auf zur Arbeit. Den ganzen Weg über ließ er die Gedanken fahren. Er sah Menschen im Park spielen und erfreute sich an deren Treiben. Kinder tollten auf der Wiese. Einem alten Bettler, den er oftmals traf, gab er ein wenig Geld und erkundigte sich nach seinem Befinden. »Es ist gut«, gab dieser zu Protokoll, was Ulrich abnickte.

Er kaufte sich ein Eis und betrat die Geschäftsräume. Der Regelbetrieb hatte fast Dienstschluss und es herrschte nahezu bedächtige Ruhe. Freundlich grüßte er die Kollegen, die es allesamt erwiderten. Fast schon herzlich wurde er empfangen. Ulrich griff sich seine Unterlagen und inspizierte seine Fächer. Benachrichtigungen oder außerordentliche Aufträge waren keine hinterlassen worden. Er sprach noch ein paar Sätze mit den Damen im Geschäftszimmer, bevor er sich auf den Weg zu seinem Arbeitsraum machte. Das Eis schmeckte ihm so gut, dass er es ausgesprochen langsam aß. Im Flur, er fuhr sich gerade mit der Zunge über die Lippen, stand plötzlich seine Arbeitskollegin vor ihm und fiel ihm um den Hals. »Oh. Du hast mir ein Eis mitgebracht. Vielen Dank«, und führte seine Hand, in welcher er das Eis hielt, zu ihrem Mund. Die blauen Augen schienen so groß wie nie und funkelten. Sie umschloss das Eis mit ihren Lippen und blickte ihn fest an. Beim Loslösen fiel ein Stück Eis hinab und landete auf seiner Hand. Geschwind leckte sie es weg. »Es ist doch viel zu schade, dass man es wegwirft«, bemerkte sie, seine Hand immer noch festhaltend, ehe sie noch einmal über seine Finger leckte. »Jetzt ist es gut«, sagte sie, während Ulrich sie in Trance ansah. Ihre Lippen waren weich. Ihr Lecken zart. Ihr Griff fest. Er überlegte, ob jemand sie gesehen haben könnte und blickte sich um. Der Flur war abgewinkelt und nicht einsehbar. Noch ehe er etwas sagen konnte, schleckte sie bereits wieder am Eis. Sie hielt seine Hand nun noch fester. »Das ist mein Lieblingseis. Es ist gut«, schlug sie die Augen auf und leckte langsam an ihren Lippen. »Gut. Ja. Es ist gut«, stammelte er abwesend. »Komm mit! Ich habe etwas für Dich«, flüsterte sie und zog ihn hinter sich her. »Gut. Ja. Es ist gut«, wiederholte er. Der Flur schien ihm endlos. Die Wände rückten näher, so dass sein Atem sich beschleunigte. Was meinte sie? Was hatte sie wohl? Die Briefe konnten es nicht sein. Er hatte sie heute erst abgeschickt.

Diese verdammten Briefe. Er hätte sie niemals schreiben dürfen. Niemals schicken dürfen. Den Briefkasten hätte er in Brand setzen müssen.

Ulrich war verwirrt. Bangend, was ihm bevorstand. Sie eilte im Flug den Gang entlang und nahm ihn mit, ohne dass er etwas tun konnte. Aufgedreht stieß sie die Tür zu ihrem Arbeitszimmer auf, zog ihn hinein und sperrte hinter ihm ab. Ulrich schnaufte heftig. Er stand mit dem Rücken an der Wand und rang nach Luft. Sie fasste seine beiden Unterarme und drückte ihn scharf an die Wand: »Es ist ja so toll. – Ein Brief. Ein Brief«, rief sie, wobei sie die Unterarme noch fester griff. Sie presste ihren Kopf an seine Brust und wiederholte: »Ein Brief. Ein Brief.« Ulrichs Herzfrequenz schnellte in die Höhe, er tippelte mit den Füßen. Sein Eis glitt ihm aus der Hand und schlug geräuschvoll auf dem Boden auf. »Das macht nichts. Es ist gut«, erklärte sie und beugte sich nieder. Von oben herab sah Ulrich sie arbeiten, wie sie vor ihm kniete, wie ihre Brüste sich hoben. Er stand angewurzelt da. Starr. Er wusste nicht, was passieren würde. Konnte sich nicht entwinden. Hinter ihm war die unzerbrechliche Wand, vor ihm die unheimliche Frau, deren Wurm er war. Schweiß stand auf seiner Stirn und durchnässte sein Hemd. Irgendjemand, irgendetwas musste ihn befreien. Er konnte es nicht alleine. Wollte er überhaupt befreit werden? Konnte er überhaupt befreit werden? Sein Mund war trocken.

Sie erhob sich mit den Eisresten in der Hand und schwebte förmlich zum Mülleimer. Dann nahm sie ein Kuvert vom Tisch und fuchtelte in Sekundenschnelle damit vor seiner Nase. »Oh. Du schwitzt ja. Warte.« Sie tupfte ihm den Schweiß mit einer Serviette weg, die auf dem Tisch lag, und fächerte ihm mit dem Kuvert Luft zu. Ulrich versuchte zu lesen, was auf dem Kuvert stand, aber sie wedelte zu heftig, als dass er es hätte entziffern können. Von außen versuchte jemand hineinzugelangen und rüttelte an der Tür: »D., bist du da drin? D.?« »Pssst«, flüsterte sie in sein Ohr, »wir wollen nicht, dass uns jemand stört.« Sie griff seine Arme und drückte sie fest. »Es ist gleich vorbei.«

Ulrich überlegte, sich bemerkbar zu machen. Er musste nur husten oder mit dem Fuß laut auf den Boden stampfen und jeder hätte gewusst, dass jemand hinter der Tür war. Doch er tat es nicht. Wie konnte er auch? Sie hielt ihn fest und schaute ihn aus den blauen Augen so flehend an.

Die Klinke schnellte nach oben und Schritte entfernten sich. »Jetzt sind wir wieder allein«, sagte sie und schwenkte erneut das Kuvert. »Ein Brief. Ich habe einen Brief erhalten. Mir wurde die Erlaubnis erteilt, hier zu bleiben. Ganz so, wie es sein soll.« Ulrich verstand nicht. Er versuchte immer noch, die Adresse und den Absender zu entziffern. »Freust Du Dich denn gar nicht?«, fragte sie und wich einen Schritt zurück. »Doch«, antwortete er. »Es ist gut«, überschlug sie sich fast und drückte sich an seine Brust. »Ja, es ist gut«, erwiderte Ulrich und hob seinen Arm, nicht wissend warum, lediglich aus einer Laune heraus, deren Quelle er nicht ausfindig machen konnte, und streichelte ihr über den Kopf, ohne dass er es wirklich gewollt hätte. Mechanisch. »Hmmm«, seufzte sie fröhlich, während er geradeaus an die Wand starrte und ganz ruhig über ihren Kopf strich.

Etwas Zeit verging. Ulrich konnte nicht genau sagen, wie viel. Vielleicht dreißig Sekunden, vielleicht eine Minute, vielleicht fünf Minuten. Dann meinte er, dass er nun arbeiten müsse und in seinen Arbeitsraum gehe. »Arbeite nur«, sagte sie vergnügt, »es ist gut.«

In seinem Arbeitsraum wirkte Ulrich etwas verloren. Die Dinge, die sonst ein selbstverständlicher Handgriff waren, benötigten heute etwas mehr Zeit. Auch fand er sich mit seinen Materialien nicht zurecht. Nichts schien an seinem Platz zu sein. Er fragte sich, ob jemand unberechtigterweise die Dinge umgeräumt habe. Es musste so sein. Aber dann überlegte er, ob er es nicht vielleicht selbst gewesen war, der eine neue Ordnung ersann. Schließlich erinnerte er sich, dass er vor einiger Zeit den Plan gefasst hatte, die Arbeitsabläufe zu optimieren. In seinem Geschäft war ein optimaler Ablauf wichtig, da er Zeit ersparte. Zeit, die auf andere Dinge besser verwand werden konnte. Ihm war völlig entgangen, dass er den Plan wohl schon in die Tat umgesetzt hatte, wie er jetzt feststellte. Doch gerade in diesem Moment gewann er keine Zeit, sondern vernichtete sie regelrecht. In seiner neuen Ordnung fand er sich nicht zurecht und suchte so umständlich nach den Dingen. Jeder Handgriff musste mehrfach angesetzt werden. Der neue Ablauf war noch nicht automatisiert. Er haderte mit sich, dass er alles umgestellt hatte und nun orientierungslos umherlief. Er hätte sich die Ordnung besser einprägen sollen. Für einen kurzen Moment kam es ihm sogar in den Sinn, alles wieder rückgängig zu machen. Doch wie sollte er es rückgängig machen? Und würde dies nicht genauso viel oder sogar noch mehr Zeit kosten? Außerdem versprach er sich von der neuen Ordnung einen Zugewinn. Sollte dieser etwa nur eine Hypothese bleiben? Ulrich machte eine ablehnende Handbewegung, wie sie erfahrene Männer beim Kartenspielen machen, wenn das Spiel nicht nach ihren Wünschen verläuft. Er räusperte sich und beschloss, den Zustand zu akzeptieren.

Die Arbeit verlief nun reibungslos. Mit nahezu traumwandlerischer Sicherheit erfüllte er seine Aufgaben. Ohne Belastung, fast schon wie an einem Urlaubstag, erging es ihm. Oftmals stand er auf und suchte auf dem Flur das Gespräch mit Kollegen, die er in letzter Zeit etwas vernachlässigt hatte. Dieser Umstand belastete ihn zuvor, doch nun schaffte er Abhilfe. Im Allgemeinen hatte er das Gefühl, dass die Welt um ihn herum etwas friedlicher geworden zu sein schien. Jeder seiner Kollegen hatte ein freundliches Gesicht, die Kolleginnen ganz besonders. Sie gruppierten sich regelrecht um ihn, nur um ein paar belanglose Worte auszutauschen. Man fragte nach entfernten Verwandten, nach dem Wetter in fernab gelegenen Regionen, nach den Zeitungsberichten der letzten Tage. Schließlich wurde Ulrich von seiner Chefin gefragt, ob er nicht ein gutes Restaurant wisse, indem sie mit ihrem Mann einen netten Abend verbringen könne. Hilfsbereit, ohne eine Spur Gereiztheit beantwortete er alle Fragen.

Als all seine Arbeit getan war, verließ er das Gebäude. Wie so oft war er die letzte Person, die den Dienst für den Tag quittierte. Mit einem lauten Poltern fiel die massive Tür hinter ihm ins Schloss und dennoch warf er noch einmal einen Blick zurück, um sich zu vergewissern, dass die Tür auch wirklich zu war. Er stand auf dem Gehweg und schaute nach oben. Der Mond stand leuchtend am Himmel, viele Sterne waren zu sehen. Eine solche sternklare Nacht hatte er lange nicht mehr gesehen. Vielleicht hatte er sie in letzter Zeit auch gar nicht bemerkt, schoss es ihm durch den Kopf. Nun war es aber egal, denn er genoss die Sicht. Ausgesprochen langsam schlenderte er die Straße entlang, das Firmament beobachtend, und pfiff vor sich hin. Manchmal blieb er stehen und deutete die Sternbilder, die ihm bekannt waren. Die Ruhe, in die die Stadt bei Nacht gebettet war, behagte ihm. Kein Mensch war zu sehen, keine Hektik auszumachen, sogar die Vögel schliefen. Vereinzelt sah er an den Bäckereien Mäuse umherlaufen, die sich aber sofort bei einem Geräusch in ein Versteck zurückzogen.

Ulrich nutzte die Chance, sich die Schaufenster der Geschäfte in aller Abgeschiedenheit anzusehen. Vielleicht war irgendwo ein Schnäppchen zu machen, das er bei Tag nur einkassieren musste. Er war immer darauf bedacht, günstig durch das Leben zu gehen. Schließlich arbeitete er hart für sein Geld und sah nicht ein, warum er es für unnützen oder überteuerten Kram ausgeben sollte. Das hatte er von seiner Mutter gelernt, die ihn gut auf das Leben vorbereitet hatte. Ihm hatte es niemals an etwas gemangelt, immer fand die Mutter zu seinen Wünschen und Ideen die richtigen Antworten. Was er auch für ein Problem hatte, die Mutter kannte die Lösung. Und so stand er nun vor einem Schaufenster und betrachtete zwei Paar Schuhe. Das eine war ein wirklich elegantes Paar aus feinem Leder. Es gefiel ihm außerordentlich gut. Es war mit einem hohen Preis ausgezeichnet. Der Preis war jedoch angemessen. Unbestritten. Das andere Paar war heruntergesetzt und sehr billig zu haben. Es war nicht so elegant, wie das erste, gefiel ihm auch nicht so gut, aber in Bezug auf den Preis war es ein tolles Angebot. Ulrich überlegte, was seine Mutter ihm wohl raten würde. Er stellte sich ihr Gesicht vor. Wie sie über beide Paare schwadronierte, die Vorzüge und Gegenargumente aufzählte. Dann entschied er sich, seinem Instinkt zu folgen und beschloss, beide Paare zu kaufen. Das elegante Paar, weil es ihm so gut gefiel und das andere, weil es aus ökonomischer Sicht ein großer Gewinn war. Am nächsten Tag würde er losgehen und sie erwerben. Zufrieden ob seiner Entscheidung pfiff er nun vergnügt ein Lied und sang einige Zeilen laut. Der Hall verstärkte sein Tun und er fand Gefallen daran. Er erhöhte sogar extra die Lautstärke. Alle sollten ruhig mitbekommen, dass Ulrich seines Weges ging und dabei fröhlich ein Lied trällerte.

Er setzte sich auf eine Bank und ließ die Gedanken schweifen. Langsam erwachten die ersten Vögel und kündigten den heraufziehenden Morgen an. Ein Eichhörnchen kletterte behänd auf den großen Baum vor Ulrich. Er malte sich aus, wie es wohl sein müsste, einmal als Eichhörnchen einen Tag zu verbringen.

Geschwind die Bäume hinaufzuklettern und Nüssen nachzujagen, die man irgendwo in einem Versteck hortete. Fast wie ein Pirat, der seine Schätze vergrub.

Dann stand er auf und machte sich auf die letzten Meter nach Hause. Kurz vor der Haustür rutschte er, weil er wieder nach oben schaute, anstatt auf den Weg zu achten, beinahe aus. Hundekot klebte an seinem Schuh. »Es soll ja Glück bringen«, deutete er das Vorkommnis und strich sich den Schuh am Bordstein ab. Er schloss die Tür auf, und bevor er das Treppenhaus betrat, nahm er den verdreckten Schuh in die Hand. Auf einem Bein hüpfend waberte er durch den Aufgang. Er öffnete seine Haustür und ließ sich dann auf einer Treppenstufe nieder, um den zweiten Schuh auszuziehen, ehe er die Wohnung betrat. Er eilte zum Wasserhahn und putzte dort, außer Atem zwar, doch sonst gleichgültig, unter dem warmen Strahl den Schuh. Dann aß er einen Apfel und setzte sich auf das Sofa, um ein schon lange angefangenes Buch zu lesen. Noch während der ersten Seite schlief er ein. Als er erwachte, bemerkte er, dass das Glas Milch, welches er neben sich gestellt hatte, umgefallen war. Ganz ruhig stand er auf, holte einen nassen Lappen und wischte die Rückstände auf. Das Buch nahm er erneut in die Hand und begann die Seite von vorn. Wieder schlief er ein, ohne umgeblättert zu haben. Nach wenigen Minuten schreckte er auf. Er hatte etwas geträumt, doch wusste er nicht was. Von Neuem nahm er das Buch und schlug es auf der ersten Seite auf: »Dann noch einmal ganz von vorne.« Es fesselte ihn. Seite für Seite blätterte er um, raste nur so über den Text. Alles

Geschriebene eröffnete sich ihm in nie dagewesener Klarheit. Die Wörter flirrten ihm vor den Augen und sein Geist nahm alles auf. Wie ein Schwamm, auf den Kinder den Wasserschlauch halten. Doch im Gegensatz zum Schwamm schien er über ein unendliches Reservoir zu verfügen und es sickerte nur so in seine bodenlose Grube. Immer schneller las er die Seiten, analysierte die Worte, verinnerlichte den Text. Nur unterbrochen von gelegentlichem Trinken. Als er auf Seite 402 ankam, erschrak er: »Das Ende« war dort zu lesen. Das Ende. »Wie?«, dachte er sich, »das Ende? Das kann nicht sein.« Er schaute auf die Uhr, und nun erfasste der Schrecken ihn völlig. Es war bereits 17:01 Uhr und er hatte die ganze Nacht und den ganzen Tag durchgelesen, ohne Notiz davon zu nehmen. Er fühlte sich nicht erschöpft, obwohl er nicht geschlafen hatte. Die Augen schmerzten ebenfalls nicht. Wie war ihm das möglich? Wie war ihm das nur möglich? So sehr er sich auch um eine Antwort bemühte, er konnte es sich nicht erklären. Immer wieder blickte er zur Uhr und hoffte, dass er einfach nur die Zeit falsch ablas. Aber sie ging ihren gewohnten Gang. Als sei es nicht schon Kontrolle genug gewesen, stand er auf und verglich alle Uhren in der Wohnung, doch alle zeigten die gleiche Zeit. Er ließ sich auf das Sofa fallen: »Dann ist es wohl so.« Dass er in einer halben Stunde zur Arbeit aufbrechen musste, behagte ihm nicht, im Gegenteil, heute wäre es ihm lieber, nicht mehr das Haus zu verlassen. Noch einmal schaute er auf die Uhr an der Wand. »Es ist so«, stellte er abschließend fest und legte den Kopf in den Nacken.

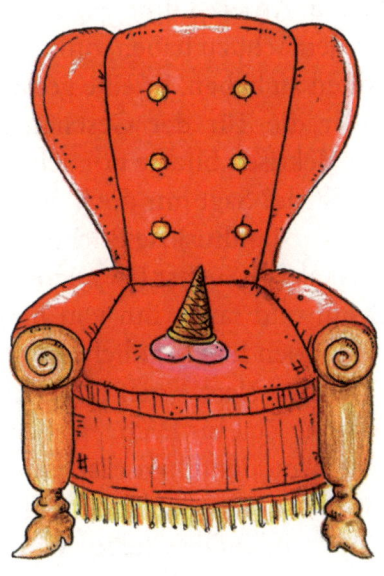

Das Telefon klingelte. Ulrich war eingeschlafen. Wie lange wusste er nicht, doch die Stimme am Telefon verriet es ihm. »Wo stecken Sie, Ulrich? Sie sind seit drei Stunden überfällig. Geht es Ihnen nicht gut?«, erkundigte sich seine Chefin. »Doch. Doch. Schon. Ich, ich war eingeschlafen. Ich war bloß eingeschlafen. Warum bin ich eingeschlafen? Es tut mir leid. Wie ist das möglich?«, sprach er eher mit sich selbst als mit ihr. »Ulrich? Geht es Ihnen wirklich gut?«, insistierte sie. »Ja doch. Es tut mir leid. Ich komme sofort«, hastete er. »Sind Sie sicher? Bleiben Sie doch zu Hause. Sind Sie sich wirklich sicher?«, fragte die Chefin eindringlich. »Ich komme sofort!«, antwortete er und legte auf, ehe er wirklich hörte, was sie zuletzt sagte: »Ja. Kommen Sie. Kommen Sie ruhig her. Kommen Sie zu mir.«

Ulrich eilte zur Arbeit. Ohne gegessen zu haben, ohne sich frisch gemacht zu haben, ohne jegliche Vorbereitung getroffen zu haben. Er eilte geradewegs. Mit Schwung stieß er die Tür der Geschäftsräume auf, ohne Rücksicht. Hektisch blickte er nach allen Seiten. »Wo ist sie? Wo ist sie? Sagt mir doch, wo sie ist«, rief er in den Raum. Verständnislose Blicke schlugen ihm entgegen. »Wo ist sie?« »Suchst Du mich?«, fragte seine Arbeitskollegin und fasste ihn von hinten an der Schulter. »Ich bin doch hier. Endlich. Komm mit, wir verlassen den Gang.« »Nein!«, rief er, »Dich suche ich nicht. Ich habe keine Zeit für Dich. Wo ist sie?« »Mich suchst Du nicht? Wen denn? Wer ist es?«, wimmerte sie erschrocken und niedergeschlagen, ihre Finger in seine Schulter bohrend. »Die Chefin. Wo ist die Chefin?«, hallte seine Stimme, »ich muss zur Chefin.« »So soll es wohl sein. Mit ihr kann ich mich nicht vergleichen. Dann ist es aus«, schluchzte die Kollegin.

Ohne weiter auf sie zu achten, tat er ein paar Schritte in den weiten Flur und rief immer wieder nach der Chefin. Er öffnete Türen und blickte hinein. Rannte immer weiter durch den Flur und zerrte an jeder Tür. »In ihrem Büro. Sicher, sie wird in ihrem Büro sein«, besann er sich und stürzte den Flur in die entgegengesetzte Richtung entlang, vorbei an seiner stumm und still stehenden Kollegin, die mitten im Flur eine traurige Figur abgab. Ihren Arm ihm hinterher streckend. Er riss die Bürotür auf und erblickte am Fenster seine Chefin, die gerade kunstvoll ein Eis leckte. Ihr roter Rock endete ein gutes Stück oberhalb der Knie und ihre weiße Bluse spannte. »Es tut mir leid. Es tut mir leid. So unendlich leid«, hastete er, die Worte immer wieder vom schnellen Atmen unterbrochen. Er stand vor dem Sessel und schaute flehentlich zu ihr hinüber. Die Hände zitternd und der Kopf bewegte sich im Takt der Atmung. Die Chefin schaute ungerührt und leckte an ihrem Eis. Setzte ab und leckte neu. »Da sind Sie ja, Ulrich. Wie geht es Ihnen? Ich habe mir Sorgen gemacht.« »Nein! Es ist gut. Keine Sorgen. Keine Sorgen. Sorgen Sie sich nicht«, er bemühte sich, seine Atmung zu kontrollieren, »machen Sie sich keine Sorgen.« Die Chefin musterte ihn und rümpfte die Nase: »Sie sind etwas außer Form. Sie führen doch kein ausschweifendes Leben, oder?« Ulrich war irritiert. »Wie? Nein. Nein, bestimmt nicht. Und außer Form soll ich sein? Nicht doch. Sehen Sie hier«, und hob den schweren Ledersessel mit ausgestrecktem Arm in die Höhe. »Sehen Sie«, forderte er, den Arm gerade ausgestreckt, »sehen Sie doch.« Die Chefin stöhnte und blies Luft aus der Nase, den Kopf schüttelte sie sanft. Während sie aus dem Fenster sah, strich sie mit dem Finger über das Eis und schleckte es ab. Ulrich schaute sie an, den Sessel immer noch in der Hand, eine Weile lang tat sich nichts, bis sie sich zum Fenstergriff vorbeugte und ihre Bluse ein Stück nach oben aus dem Rock rutschte. Wie gebannt schaute Ulrich auf die blanke Haut. Er ließ den Sessel los, welcher auf den Boden plumpste.

Die Chefin drehte sich um. »Ulrich«, während sie die Bluse zurück in den Rock schob, »ich sagte doch, Sie sind etwas außer Form.« Er besann sich wieder und schluckte dann. »Vielleicht ein wenig. Es mag am Wetter liegen.« Er griff nach dem Sessel und rückte ihn auf die richtige Position. »Ein schöner Sessel übrigens. Genau hier hat er seinen richtigen Platz.« »Ein Sessel und sein Daraufsitzender passen immer zusammen. Jeder Sessel passt immer nur zu einem Menschen«, belehrte sie ihn. »Nehmen Sie Platz«, befahl sie, während sie sich an ihm vorbeidrückte, ihren Körper gegen den seinen schiebend, die Brüste an seinem Rücken reibend. Sie hatte in ihrem Büro keinen weiteren Stuhl. Lediglich ein kleiner Schemel, auf dem eine Blume drapiert war, stand unter dem Fenster. Die Chefin hatte sie wohl gerade getränkt, denn die Erde war feucht und auf dem Schemel waren Wasserpfützen. Ulrich kramte in seinen Taschen, fand dort aber kein Tuch und im Büro waren auch nirgendwo Taschentücher oder ähnliches zu sehen, dass er sich kurzerhand auf den Schreibtisch direkt vor die Chefin setzte. Sie lehnte sich in ihrem Sessel zurück und er schaute hinab, als sie das letzte Stück Eis fest abbiss. Sie kaute sehr langsam und, nachdem sie schluckte, fuhr sie noch langsamer mit ihrer Zunge die Lippen entlang, verweilte in den Mundwinkeln und leckte dort mit weit geöffnetem Mund. Ihre Zunge schnellte ab und zu ein Stück aus dem Mund hervor, während sie sonst reglos blieb. Ulrich schaute.

»Ich war mit Ihrer Leistung gestern sehr zufrieden. Doch sonst scheint Ihnen in letzter Zeit etwas die Konzentration zu fehlen. Es gab Beschwerden«, hob sie an. »Beschwerden? Nein! Das kann nicht sein. Das darf nicht sein. Ich bessere mich«, nahm er den Anschuldigungen die Fahrt. »Das will ich Ihnen auch raten. Denken Sie an Ihre Position.« »Meine Position, gewiss. Ich danke Ihnen für meine Position. Beschwerden wird es nicht mehr geben«, versicherte er mit ernsthafter Miene und unterstrich dies nickend. Sie sah hinauf zu ihm und führte die Hand an ihre Bluse. Schnell öffnete sie die ersten zwei Knöpfe und ihr Busen brach sich, von der Einpferchung befreit, zu den Seiten Bahn. Sie atmete tief ein und der Brustkorb hob sich gewaltig. Ihr Lungenvolumen musste das einer Leistungsschwimmerin sein. Ulrich starrte. Er legte die Hände, fast wie zum Schutz, auf seinem Unterleib zusammen. Der sich hebende Brustkorb faszinierte ihn. Seine Augen folgten jedem Atemzug. Es war, als bliesen sich riesige Luftballons auf und ließen ihre Luft dann wieder ab, nur um sich erneut wieder aufzublasen. Die blanke Haut war zart, feinporig, glatt. Sicherlich tat die Chefin etwas für ihre Haut, benutzte Cremes, Lotionen und dergleichen. Anders konnte Ulrich sich diese Makellosigkeit nicht erklären. Immerhin hatte die Chefin ihr zweiundfünfzigstes Lebensjahr bereits erreicht.

Von draußen drang Schluchzen herein: »Ulrich, bist Du da drin?« Es war die Arbeitskollegin, welche ihm nachgegangen war. »Es ist gut«, sagte die Chefin und bedeutete ihm mittels Handbewegung ihr Büro zu verlassen. Ulrich hüpfte vom Schreibtisch, ging zur Tür und drehte sich noch einmal um, ein letztes Mal, das Spiel des Brustkorbs zu sehen. »Gehen Sie!«, befahl die Chefin, mit dem Finger am nächsten Blusenknopf spielend.

Ulrich öffnete die Tür, die Kollegin stand direkt vor ihm. Er schaffte es nicht, ihr ganz den Blick zu versperren und so sah sie die Chefin in ihrem Sessel sitzen. Etwas Rotz lief ihr aus der Nase. »Ist er nicht wunderbar?«, fragte sie, aber die Chefin brummte nur und zog verächtlich die Schultern nach oben. Sehnsüchtig sah sie die Chefin an, die trocken kommentierte: »Es ist gut.«

Ulrich schloss die Tür und blickte zur Arbeitskollegin hinab. »Was hast Du denn?« »Mir war nicht wohl. Etwas zu viel Stress. Aber jetzt ist es wieder gut.« Sie fasste seine Hand und zog ihn mit, »komm!« Er ließ sich ziehen, blickte immer wieder über die Schulter, versicherte sich, dass die Tür auch wirklich geschlossen war und dachte an die Beschwerden, von denen die Chefin berichtete.

Vor dem Empfangsbüro blieben sie stehen. Ein kleiner Junge aus der Nachbarschaft kam herein und brachte Kirschen, die er von den großen Bäumen im Park gepflückt hatte. Oft kam dieser Junge und brachte Kirschen oder andere Baumfrüchte und setzte sich ein paar Minuten hin, um den Büroverkehr zu beobachten. Auch lief er durch die Gänge und schaute sich überall interessiert um. Alle mochten ihn hier, denn er war immer sehr höflich und behandelte jeden gleich. Ganz egal, ob es sich um eine Bürokraft, einen Arbeiter, einen Leiter, einen Kunden oder um die Chefin handelte. Er lächelte jeden an und fragte, was er gerade hier mache. Manchmal blieb er so lange und fragte so viele Leute, dass sein Mittelscheitel vom Schweiß an der Stirn klebte. Dann zog er ein Taschentuch aus der Hose und tupfte sich wie ein Großer die Stirn. Doch diesmal war er gerade erst gekommen und sein Haar noch in Ordnung. Nach einem für das Personal, für den Jungen jedoch nicht minder amüsanten Plausch, trat er vor die beiden und kramte zwei Kirschen hervor, die am Stiel noch zusammenhingen. »Hier, ein Ohrring für Sie. Der steht Ihnen gut.« Die Arbeitskollegin nahm das Geschenk an und steckte sich die Kirschen hinter das Ohr. Ulrich bedankte sich bei dem Jungen und versicherte, dass es wirklich sehr gut aussehe. Sie strich sich die Haare hinter das Ohr, damit der neue Ohrring besser zur Geltung kam. Die beiden dicken Kirschen baumelten neben ihrem Ohrläppchen und tauchten das Ohr in einen ganz besonderen Glanz. Ulrich dachte, dass es gar nicht so schlecht sei, jetzt, gerade in diesem Moment, sich ihrem Ohr mit dem Mund zu nähern und eine Kirsche von dort zu essen. Er schob langsam die Lippen vor, den Blick auf das ausgesprochen schöne Ohr gerichtet, und senkte den Kopf, als sie sich plötzlich umdrehte und ihn ansah, ihn regelrecht fixierte. Ulrich regte sich nicht, er schaute ihr nur in die Augen. In diese großen, blauen Augen. »Wollen wir Kirschen essen?«, fragte sie. Seine Lippen bebten. »Es ist gut«, schloss der Junge und drückte ihr ein paar Kirschen in die Hand, bevor er verschwand.

»Hier, nimm«, steckte sie Ulrich eine Kirsche in den Mund, während er immer noch reglos dastand. »So eine schöne, runde, volle Kirsche.« Er kaute einfach, sie fortwährend anblickend. Ganz ruhig biss er auf dem Fruchtfleisch herum, umspielte mit der Zunge den Kern und nagte von dort das letzte Fleisch. Es war lange her, dass er eine so köstliche Kirsche gegessen hatte. Er konnte sich nicht erinnern, ob er jemals eine so gut schmeckende Kirsche hatte kosten dürfen. Noch ehe er heruntergeschluckt hatte, steckte ihm die Arbeitskollegin bereits die nächste Kirsche in den Mund. »Hier, teste diese. Sie sieht wunderbar aus.« Willenlos folgte er der Anweisung und nickte. Tatsächlich schmeckte diese noch besser als die vorherige. Die Schale war fester, das Fleisch noch viel saftiger, der Geschmack viel süßer. Ulrich stand mitten im Flur, vor den Geschäftsräumen, und kaute Kirschen, die die Arbeitskollegin ihm in den Mund steckte. Er wurde gefüttert.

Einige Zeit später ging Ulrich in seinem Arbeitsraum auf und ab, öffnete das Fenster und spähte hinaus. Er schloss es und ging zur Tür, drückte die Klinke hinunter, zog die Tür etwas zu sich, nur um sie zugleich wieder zu schließen und zum Fenster zurückzugehen. Ulrich murmelte unverständlich vor sich hin. Plötzlich blieb er stehen und lachte. Er schüttelte den Kopf und lachte. Es wurde ihm klar, dass es so schlecht gar nicht um ihn stand. Sicherlich, seine Arbeit wies zuletzt nicht die ihm eigene Qualität auf, auch vergaß er ab und an alltägliche Dinge, doch im Großen und Ganzen war er bis hierhin glimpflich davon gekommen. Die Chefin hielt es noch nicht einmal für nötig, ihn formgerecht abzumahnen, die Kollegen hatten ihn gern und unterstützten ihn sofort, wenn er Fragen hatte oder kurz Hilfe brauchte, und seine Arbeitskollegin – na ja, seine Arbeitskollegin. Sie war seine Arbeitskollegin und sie fütterte ihn mit Kirschen. Sie fütterte ihn vor versammelter Belegschaft mit Kirschen und niemand störte sich daran. Am allerwenigsten er sich selbst, ließ er sie doch gewähren. Die Kirschen schmeckten wirklich hervorragend. Sollten sie nur so hervorragend geschmeckt haben, weil er sie aus ihrer Hand nahm? Ihre schöne, glatte Hand mit den schlanken Fingern. Nein, die Kirschen schmeckten sicherlich auch so gut. Aber die Tatsache, dass er sie von ihr nahm, brannte in seinem Hirn. Schließlich hatte er seit Jugendtagen keine Kirschen mehr gegessen. Damals lag er nach dem Genuss sehr vieler Kirschen eine Woche malad im Bett. Eine Vergiftung hätte ihn beinahe das Leben gekostet. Alles, was er zu sich nahm, drang auf der Stelle wieder nach draußen und seine Mutter schimpfte mit ihm, dass er etwas essen müsse.

Als seine Arbeitskollegin ihm aber eben die Kirschen reichte, hatte er das alles vergessen. Er ließ sie gewähren und fühlte sich wohl dabei. Jetzt stand er also mitten im Raum und lachte. Denn ihm wurde bewusst, wie lächerlich seine Kirschenphobie war. Die Arbeitskollegin hatte ihn geheilt. Er müsste es ihr sagen, er müsste ihr danken. Doch wusste er nicht wie. Schließlich war sie vorhin noch aufgewühlt, untröstlich sogar, als er zur Chefin rannte. Doch dann war sie wieder ganz ruhig und fürsorglich. Sie zog ihn mit sich, kümmerte sich um ihn. Er wusste nicht, wie er sich verhalten sollte. Sie sollte ihn auf keinen Fall missverstehen. »Was gibt es da überhaupt zu missverstehen?«, sagte er und strich sich über den Kopf, »Ach. So Vieles. So unglaublich Vieles.« Er zog sich die Hose ein Stück hoch, blickte aus dem Fenster und schüttelte leicht den Kopf. »Was ich auch tue, es ist gut.«

Er erledigte seine Arbeit in für ihn gewohnter Weise und verließ sein Arbeitszimmer. Sie war bereits nicht mehr in ihrem Zimmer, so dass ihm die Gelegenheit günstig erschien. Er ging hinein und formte aus den Stiften auf ihrem Tisch einen Baum. Darunter schrieb er mit leicht abwaschbarer Farbe: »Danke.« Als er ihr Zimmer verlassen wollte, fiel sein Blick auf einige Skizzen und Tabellen von ihr an der Wand. Er blieb stehen und studierte sie ein wenig, ob ihm nicht ein Fehler auffiele. »Eine schöne Schrift hat sie«, nickte er und machte sich auf den Heimweg.

Aus heiterem Himmel begann es zu regnen. Er hatte weder Schirm noch Jacke bei sich. Unter einem großen Baum suchte er Schutz. Die Nässe war schon bis auf die Haut gekrochen. In der Annahme, es handele sich um einen Platzregen, einen kurzen kräftigen Schauer, lehnte er sich an den Baum und beobachtete das Tropfenspiel auf dem Untergrund.

Etwa eine halbe Stunde dauerte es, bis er begriff, dass kein Ende in Sicht war. Sollte er weiterhin warten oder sollte er durch den Regen eilen? Mittlerweile fröstelte ihm. Die Schuhe waren vollgesogen und die Kälte wanderte hinauf. Ein einsamer Hase lief über die Wiese, blieb mitten darauf stehen, stellte sich auf und lief dann weiter. Ulrich deutete dies zum Aufbruch.

Mit riesigen Schritten rannte er der Heimat zu. Trat von einer dicken Pfütze in die nächste. Der ganze Weg glich einem See. Das Quietschen der Schuhe war das einzige, nicht natürliche Geräusch. Sonst war nichts zu hören. Auch war nichts zu sehen. Lediglich Ulrich befand sich draußen. Er konnte nicht genau sehen, ob er einen geraden Weg lief, denn das unablässig in seine Augen tropfende Wasser stahl ihm die Sicht. Zu spät bemerkte er, dass er im Park die falsche Abzweigung genommen hatte und ihm nun ein gewaltiger Umweg bevorstand. Die Umstände waren so hundsmiserabel, dass er darüber den Ärger vergaß. Er lief. Und er wollte nicht eher stoppen, bis er zu Hause war. Er lief immer weiter. Immer schneller. Nicht ein einziges Mal drehte er sich um, auch schaute er nicht nach rechts oder links. Was hätte es genützt? Er konnte sowieso nichts sehen. Also lief er und vertraute auf das Glück. In diesem Teil des Parks gab es nur eine schwache Beleuchtung und er hatte Mühe, den vorgezeichneten Wegen zu folgen. Oftmals trat er auf das Gras oder ins Gebüsch und der sich plötzlich verändernde Untergrund brachte ihn mehrmals fast zu Fall. Er knickte um, sein Knie schmerzte. Vor Jahren hatte er eine Sportverletzung davon getragen, die ihm nun wieder zu schaffen machte. Zeitweise schloss er die Augen. Eine wirkliche Einschränkung bedeutete dies nicht. Doch empfand er etwas Angst, wenn er sie zu lange geschlossen hielt.

Der Mond tauchte eine Lichtung vor ihm in eine Helligkeit, die plötzlich grell in seine Augen stach. Er blieb stehen, rieb sie sich und blickte sich um, die Orientierung zu gewinnen. Dieser Teil des Parks schien ihm völlig fremd. Er war sich sogar sicher, noch niemals hier gewesen zu sein. Die Flora wirkte ebenfalls gänzlich anders, als Ulrich sie kannte. Er glaubte, tropische Bäume zu erkennen. »Wo bin ich?«, fragte er sich und schlug die Hände vors Gesicht. »Wo bin ich?«, schrie er aus vollem Halse, doch niemand antwortete. »Wie immer: Es antwortet mir niemand. Meine Fragen bleiben ungehört. – Was soll ich bloß tun? Ach! Es interessiert doch niemanden. Es ist egal«, haderte er und erklomm eine Skulptur, die dort stand, um sich so einen besseren Überblick zu verschaffen. Er spähte in alle Richtungen, doch sah er bereits nach wenigen Metern nur noch das Dunkel. Seine Augen formten sich zu minimalen Schlitzen, aber alle Anstrengung war vergebens. Die Sicht war getrübt. »Ich muss mir selbst helfen«, sagte er sich, »ich bin der Einzige, der mir helfen kann«, und stieg hinunter. Er sah auf seine Füße. Ein Schuhriemen war offen. Mit festem Griff band er eine Schleife und zog die andere nach. Dann schaute er in den Himmel: »Ich muss mir selbst helfen. Es ist gut.«

Eine Richtung für die seinige erklärt trottete er los. In gelöstem Gang. Zügig, aber keinesfalls hastig. Er war keine drei Schritte weit, als der Regen stoppte. Das Gesicht und die Haare strich er mit der Hand ein wenig trocken und beschleunigte seinen Schritt. Zielsicher. Trittfest. An einer Weggabelung dachte er gar nicht an die verschiedenen Möglichkeiten, sondern folgte seiner inneren Eingebung. Es wurde heller. Noch sicherer stapfte er nun über den verschlammten Boden. Von der Kälte spürte er nichts mehr. Meter um Meter schritt er voran, die Zeit war ihm abhanden gekommen. Aber er wusste, dass er auf dem richtigen Weg war. Auf dem schnellsten Weg. Was hätte ihm eine Zeitangabe also genützt? Sie wäre eine Information ohne Belang, also verzichtete Ulrich gerne darauf. Zusehends weiteten sich seine Pupillen, die Anstrengung wich. Immer mehr Helligkeit tat sich auf. An keiner Abbiegung blieb er stehen, sondern schritt voran. Sicher. Mal nach rechts, mal nach links. Aber durchweg in einem flüssigen Ablauf. Als er wieder nach links bog, endete der Park plötzlich und eine breite Straße tat sich auf. Hell erleuchtet. Eine Allee, die zu beiden Seiten mit gesunden Pappeln gesäumt war. Verkehr gab es keinen. Weit und breit war kein Mensch zu sehen. Ulrich ging mitten auf die Allee, schüttelte sich, zog die Hose hoch und marschierte los. Er kam sich vor, wie ein Herrscher, der die Prachtstraße entlanglief und sich bewundern ließ. Nur dass es keine Zuschauer gab. Zumindest dachte er das.

Im Schutze einer ungewöhnlich kräftigen Pappel saß ein älterer Mann, vollkommen trocken, gut gekleidet, mit einem verhärmten Gesicht. Ein stattlicher Hund kauerte neben ihm. Er trug genau so viel Haar im Gesicht wie sein Herrchen, nur schien seines gepflegter zu sein. Der Mann beobachtete Ulrich unablässig. Sein Hund hob ab und an den Kopf und blickte ebenfalls zu Ulrich. Gleichmäßig streichelte der Mann das Tier. Wenn er aufgehört hätte, hätte der Hund vielleicht seinen Unmut geäußert, so aber handelte es sich um ein funktionierendes Gespann.

Als Ulrich schon ganz nah war, jaulte der Hund.

Nur einmal, dann war es wieder still. Ulrich erschrak. Er machte einen Satz zurück und suchte die Geräuschquelle. Ungläubig blickte er das Pärchen an. »Oh. Hallo. Ich dachte, ich wäre alleine. Bei diesem miesen Wetter«, redete er zu dem Mann. »Alleine sind wir alle. Bei jedem Wetter«, erwiderte der Mann fast tonlos. »Sie haben doch einen Hund«, darauf Ulrich. »Nicht ich habe ihn, wir haben uns. Und außerdem ist es nur ein Hund. Jeder hat einen solchen.« »Wie meinen Sie das? Ich habe keinen«, fragte Ulrich überrascht. »Sie haben Ihren nur noch nicht erkannt«, ließ er trocken wissen. »Was soll das heißen? Ich habe meinen Hund noch nicht erkannt? Ich weiß, dass ich keinen habe und ich werde mir auch niemals einen zulegen.« »Das mag sein«, unterwies der Fremde, »aber vielleicht legt jemand sich Sie zu.« »Mich zulegen? Wie einen Hund? Ich bin doch kein Hund«, echauffierte er sich. »Das meinen Sie. Aber wir alle sind Hunde eines anderen Hundes. Es ist Natur, Hund zu sein und Hund zu halten. Daraus gibt es kein Entrinnen. Man kann sich nicht dagegen wehren. Lange strampelt man vielleicht dagegen an, lange weist man es von sich, aber eines Tages, in einem flüchtigen Augenblick, tut sich dieses Verhältnis auf. Offenbart es sich. Und von diesem Zeitpunkt an beginnt für den Einzelnen eine neue Zeitrechnung: Es gab ein Davor und es gibt ein Danach. Ein Zurück gibt es nicht.« Ulrich schaute den Mann prüfend an. Wer war er? Woher kam her? Wie kam er dazu, so zu reden? Warum saß er mitten in der Nacht alleine mit seinem Hund, trocken unter einer Pappel an dieser prächtigen Allee? Warum? Der Schrecken hatte sich gelegt und Ulrich war neugierig. »Ist das nun Ihr Hund? Oder sind Sie der Hund des Hundes?« »Das erste Vernünftige, das ich von Ihnen höre. Und doch ist es geradezu putzig naiv. Natürlich bin ich der Hund des Hundes. Und der Hund ist natürlich mein Hund.« Ulrich verstand nicht recht, er räusperte sich. »Sie behaupten, der Hund sei Ihr Herrchen?« »Er ist mein Herrchen wie ich das seinige bin. Und dennoch sind wir allein keine Herrchen. Zusammen sind wir noch viel weniger Herrchen. Zusammen sind wir Hunde.« »Hunde? Er ist ein Hund, das sehe ich«, deutete Ulrich auf das Tier, »aber Sie sind zweifelsohne ein Mensch. Sie vermögen zu sprechen, der Hund jault nur. Sie vermögen aufzustehen, der Hund schafft es nicht lange.« »Sie, Ulrich, vermögen zu sprechen. Und doch jaulen Sie nur. Sie vermögen aufzustehen, und doch schaffen Sie es nicht«, raunte der Fremde. »Ulrich? Woher kennen Sie meinen Namen? Ich habe mich nicht vorgestellt«, fragte er erstaunt. »Sie haben sich nicht vorgestellt. Erst dadurch stellten Sie sich vor. Man zeigt sich doch gerade, wenn man es nicht will. Ich sitze schon lange unter diesem Baum, ein wirklich schöner Baum nebenbei gesagt. Ein mächtiger Baum. Ich sitze schon lange hier und warte. Und nun kommen Sie daher. Es hätte jeder sein können und doch konnten nur Sie es sein, der mich ansprach. Der Hund hätte bei jedem anderen geschwiegen.« »Was reden Sie da? Der Hund hätte bei jedem anderen geschwiegen? Wollen Sie sagen, dass Sie meinetwegen hier warten?«, schüttelte er den Kopf. »Ich bin des Hundes wegen da. Genau wie Sie, lieber Ulrich. Genau wie Sie.« »Nun ja, mag sein.

Ich muss weiter. Es ist spät«, wiegelte Ulrich ab. »Wissen Sie zufällig, wohin diese Straße führt?« »Gewiss. Sie bestimmen den Weg. Gehen Sie.« Der Hund jaulte so stark, dass Ulrich sich die Ohren zuhalten musste und sich wegdrehte. Als der Krach verklungen war, wandte er sich um und sah, wie der Mann mit seinem Hund entlang der Bäume davon trottete. »Seltsam!«, quittierte er das Geschehene und ging voraus, allerdings nicht, ohne sich alle paar Meter umzudrehen und dem komischen Paar hinterher zu schauen.

Immer wieder blieb er stehen, schüttelte den Kopf und suchte den Kontakt zum dahin ziehenden Gespann. Doch die zwei hatten kein Interesse mehr an ihm. Sie gingen unaufhaltsam in die entgegengesetzte Richtung. Auch schien es, dass sie dabei immer schneller wurden. Die Frequenz der Schritte war allzeit die gleiche, Hektik oder Anstrengung war nicht zu vernehmen, und doch schienen sie sich mit jedem Schritt um ein Vielfaches zu entfernen. Selbst wenn Ulrich ihnen nachzueilen versucht hätte, hätte er es nicht geschafft. Zu rasant vergrößerte sich der Abstand.

Ulrich beschloss, zu ignorieren: »Was für ein komischer Kauz. Mit einem hysterisch jaulenden Hund. Um die sollte ich mich nicht kümmern.« Er trat einen Stein hinter ihnen her, steckte die Hände in die Hosentaschen und wandte sich um. Sein Ziel ihm bekannt, sein Weg indessen ungewiss. Die Farbe der Straßenbeleuchtung wechselte von gelblich zu grell-orange. Der Belag der Straße wurde feinkörniger und seine Schuhe erzeugten nun ein gedämpfteres Geräusch. Eine einzelne Kartoffel lag auf dem Weg. Mit den Füßen trat er sie vor sich hin. Abwechselnd. Mal rechts, mal links. Sie rollte immer einige Meter geradeaus, bevor sie liegen blieb und Ulrich zu einem neuen Tritt ansetzte. Auch nach dem fünften Tritt wies sie keine äußerlichen Spuren der Misshandlung auf. Völlig auf die Kartoffel fixiert, vergaß Ulrich seine nasse Kleidung. Er vergaß ebenso die Uhrzeit. Auch vergaß er, was er wollte. Bis, ja bis, die Kartoffel nach einem beherzten Tritt weit aus seinem Sichtfeld verschwand und er nur ein dumpfes metallenes Scheppern hörte. Er blickte auf und zog die Hände aus den Hosentaschen. Sein Schritt nahm an Fahrt auf. Die Quelle des Geräuschs auszumachen, galt es und so suchte Ulrich die Ränder des Weges mit wachem Blick ab. Nach etlichen Metern – er wusste gar nicht, wie hart er getreten hatte – sah er die Kartoffel. Sie lag zerborsten, die Haut herab gerissen, an einem großen Schild. Der Pfeil auf dem Schild wies ganz klar in Richtung Heimat. Ulrich ging näher und erkannte, dass explizit der Name seiner Straße ausgewiesen war. Nichts anderes war zu lesen. »Was für ein Glück«, schoss es ihm durch den Kopf.

Ulrich folgte den Anweisungen des Schildes, die Kartoffel nicht weiter beachtend, und verließ die prächtige Allee, um in einen schmalen Weg einzubiegen. Dunkelheit tat sich auf. Zweifel kamen ihm nicht, schließlich stand auf dem Schild groß und deutlich der Name seiner Straße geschrieben. Es war fest verankert und zeugte davon, dass es schon lange dort stand und nicht etwa als bloßer Scherz von jugendlichen Herumtreibern aufgestellt worden war. Der Feldweg war uneben und wegen der nicht vorhandenen Beleuchtung knickte Ulrich einige Male leicht um. Zweimal rutschte er sogar aus und drohte hinzufallen, doch wirkte er der Schwerkraft mit rudernden Armen entgegen. Er war noch nicht lange gegangen, vielleicht drei oder vier Minuten, als er in einem Baum ein heftiges Geflatter wahrnahm. Tauben verließen ihren Platz und flogen dicht vor Ulrich davon. Weit konnte er ihnen nicht hinterher blicken, zumal er diesmal tatsächlich ausrutschte und das Gleichgewicht verlor. Die Arme schmiss er nach vorne, den Sturz abzufangen, was ihm zwar gelang, doch landeten sie in einem Brennnesselfeld. Die rechte Hälfte seines Gesichts war halb mit Schlamm bedeckt, halb von Nesseln verbrannt. »Verflucht!«, rief er, als er sich aufrappelte. Die Knie schmerzten, er war genau auf einem kleinen Steinchen aufgeschlagen. Seine Hände und sein Gesicht brannten. Er rieb sich mit dem Oberarm das Gesicht ab und zog die Nase hoch. Ein kurzes Husten und ein Spukken zur Seite folgten. Die Hände putzte er sich an der Hose ab und das Hemd richtete er. Dann ging er vorsichtig weiter.

Wieder hörte er ein Flattern, doch nun sah er ein Licht. Die Tauben erhoben sich aus ihrer dunklen Zuflucht und flogen über ihn hinweg. Er duckte sich und schaute kurz hinterher, bis er sich auf das Licht fokussierte. Es war eine Laterne. Der Feldweg war zu Ende.

Ulrich betrat eine ihm sehr bekannte Straße. Nur war er noch niemals von hier dorthin gelangt. Überhaupt kannte er die ganze Gegend nicht und staunte, dass er dies alles die ganzen Jahre übersehen hatte. Die eine Seite des Parks, die prächtige Allee, der dunkle

Feldweg. Nichts davon hatte er zuvor schon einmal gesehen. Auch aus Erzählungen hatte er nie einen Anhaltspunkt darüber erhalten. Diese Existenz kam für ihn aus dem Nichts. Ulrich ging die letzten Meter ermattet, aber friedvoll nach Hause. Die nassen Schuhe zog er vor seiner Wohnungstür aus und hüpfte über die Schwelle. Noch im Flur entledigte er sich seiner klammen Kleidung und schritt zum Bad, die Heizung aufzudrehen und die Sachen zum Trocknen aufzuhängen. Seine Schuhe aber stopfte er zuvor mit alten Zeitungen aus. Er trank einen Schluck Milch, bevor er sich die Zähne putzte und legte sich direkt ins Bett.

Schon sehr bald wachte er auf. Sonnenstrahlen fielen durch die Ritzen auf sein Gesicht. Voller Energie sprang er aus dem Bett. Er würde dem Tag sein Stelldichein geben. Er würde hinausgehen, die Straßen entlang schlendern, dem umtriebigen Leben zusehen – ja nicht nur zusehen, er würde daran teilhaben – und er würde den Park suchen, die Allee bei Tag besichtigen.

Ohne Verzug ging er ins Bad und schäumte sich das Gesicht ein. Die ersten zwei Striche verlief die Rasur gewohnt glatt. Doch beim dritten Streichen schnitt er sich in die linke Wange. Sofort floss Blut. Mit dem Finger tupfte er die Stelle, doch der nicht versiegenden Quelle war schwer beizukommen. Die Klinge war stumpf und ein nicht weiter definierbarer fester Gegenstand hatte sich darunter geschoben und so vermutlich die Wunde verursacht. Ulrich warf die Klinge in den

Müll und musste zum Verdruss feststellen, dass es die letzte gewesen war. Der Situation alles abgewinnend stieg er unter die Dusche und erging sich in den üblichen Handgriffen. Da die Seife aufgebraucht war, nahm er das Haarwaschmittel für den ganzen Körper. Immer wieder verspürte er einen Blutgeschmack, da die Wunde munter weiter förderte. Er trocknete sich ab und sah – das Blut besudelte Handtuch in den Händen – in den Spiegel. Bartstoppeln standen in seinem Gesicht, nur links, dort wo er zur Rasur angesetzt hatte, gab es einen ausgesparten Streifen, an dessen Ende, in Höhe des Mundes, die Haut verletzt war. Obwohl der Schnitt nicht sonderlich tief war, stoppte die Blutung nicht. Er griff sich etwas Papier und drückte es fest auf die Wunde, während er sich die Zähne putzte. Dann kleidete er sich an, die Hand alle Zeit fest auf die Wange gepresst. Ulrich zog die Rollladen hoch und riss das Fenster auf. Tief atmete er ein. Angetan von den Menschen, die sein Fenster passierten, schloss er es schnellstens, holte sich saubere Schuhe aus dem Schrank und stürzte nach draußen. In das Gewimmel.

Die Leute grüßten ihn freundlich. Hier und da gab es jedoch auch ein paar irritierte Blicke. Das mag an seiner nicht zu Ende geführten Rasur gelegen haben. Vielleicht lag es aber auch am beschwingten Gang Ulrichs, der nicht sehr typisch für ihn war. Egal, ob man ihn grüßte oder nicht, Ulrich grüßte immerfort. Mit einem strahlenden Gesicht wanderte er durch die Massen. Nun nahm er auch die Hand vom Kopf und stellte fest, dass die Blutung gestoppt hatte. An einer Straßenecke sah er ein Eiscafé und ihm war nach

Waldmeister. Die Frage nach dieser Sorte musste der Verkäufer verneinen, doch anstatt wie üblich nun auf ein Eis zu verzichten, orderte er ein Hörnchen mit drei Bällchen: Malaga, Vanille, Haselnuss. Er gab dem Eisverkäufer sogar ein Trinkgeld, so dass dieser ob der ungewöhnlichen Sache in helle Freude ausbrach und mehrmals »Intimo amico! Intimo amico!« ausrief. Ulrich sagte, dass es nichts zu danken gebe, und schlenderte gelöst sein Eis schleckend die Straße entlang. Die Sonne war warm und er öffnete die obersten Knöpfe seines Hemdes. Das Brusthaar quoll hervor, Schweiß lief ihm über die Stirn. So drückend hatte er sich die Hitze nicht vorgestellt. Eine kurze Hose wäre sicherlich die bessere Wahl gewesen, doch hatte er lange keine neue Hose gekauft und die einzige, die er besaß, war ihm viel zu klein. Oft hatte er daran gedacht, sie wegzuschmeißen, doch er vergaß es schlichtweg.

Das Eis tropfte auf den Boden. Er konnte gar nicht so schnell schlecken, wie es schmolz. Dennoch, den Unannehmlichkeiten zum Trotz, empfand er die Temperatur und die Sonne als wohltuend. Er öffnete einen weiteren Knopf. Der Verkehr auf der Straße nahm zu. Wollte Ulrich die Seite wechseln, musste dies mit Vorsicht geschehen. Obwohl die Bürgersteige und Straßen breit waren, war die Überfüllung nicht zu übersehen. Alle schienen bei diesem Wetter vor der Tür zu sein. Alle schienen geschäftig zu sein. Und Ulrich war unter ihnen. Eine junge Frau kam ihm entgegen: Schwarzer Pferdeschwanz, geblümtes Kleid. Ihr sanftes Gesicht ruhte. Ulrich war fasziniert von dem Farbenspiel, das die dunklen Haare, die weiße Haut und das rötliche

Kleid erzeugten. Er musterte sie von unten nach oben, als sie ihn, mit einem reizenden Augenaufschlag, anlächelte: »Guten Tag. Ist es nicht ein herrliches Wetter?!« Überrascht antwortete Ulrich: »Ja! Ein herrliches Wetter. Ein schöner Tag.« Er wollte an ihrem tiefschwarzen Haar riechen, er wollte an ihrem Nakken und ihren Schultern riechen. Ihre Haut schien so zart, dass es mit Ulrich durchging. »Ihre Haare … Sie haben wunderbare Haare.« »Vielen Dank. Das ist, das ist sehr nett«, öffnete sie ihre Arme. Er machte einen Schritt auf sie zu, langte zielsicher nach dem Haar, näherte seinen Kopf dem ihren und roch am Haar. Tief atmete er ein. »So wunderschönes Haar. So schwarz, so fest, so gesund«, sagte er, immer noch mit der Nase tief in ihrem Schopf vergraben. Die Frau war verzückt. Sie blickte auf sein offenes Hemd, auf das sich kräuselnde Brusthaar und legte ihren Arm um seine Seite, zog ihn an sich. Ulrich atmete. Er senkte seinen Kopf und roch am Nacken, roch an den Schultern. Sein Atmen musste die Frau sanft auf ihrer Haut fühlen. Sie war erregt – das konnte Ulrich spüren. Mit dem freien Arm griff sie nach seinem Gesicht, tätschelte es. Ulrich küsste ihre Schulter. Glücklich erschauernd zuckte sie und stieß ein kurzes Stöhnen hervor.

Die Leute bahnten sich ihren Weg an dem eng umschlungenen Pärchen vorüber. In all dem Gewimmel gab es aber keine anderen Berührungen zu sehen, außer denen, die Ulrich und die junge Frau offen, für jeden sichtbar, austauschten. Sie verharrten einige Zeit lang. Dann umschlang Ulrich sie mit seinem Arm und drückte sie fest an sich. Auch küsste er sie ein weiteres

Mal auf die Schulter. Rauher als noch eben. Einen Kuss setzte er auf ihren Hals. Sie erschauerte, wieder stöhnte sie. Ihr Arm umschloss seinen Kopf, die Finger in seine Haare gegraben, und presste ihn an ihren Hals. Wieder küsste Ulrich sie dort. Wild. Wie ein Hund. Sie griff an seinen Po, packte zu. Und schlug ihre Nase an seine Brust, atmete heftig. Ulrich schnupperte an ihren Haaren und nahm den Kopf zurück, streifte mit seiner Wange die ihre und drückte seine Stirn an ihre. Er atmete durch, ihr Griff an seinem Po wurde härter, und Ulrich küsste sie auf die Stirn, ehe er den Kopf ganz zurücknahm und ihr in die Augen blickte. Das Blau ergoss sich, wie ein Luftballon mit Wasser gefüllt, der mit Wucht auf dem Boden aufschlug. Ulrich fühlte sich so gut wie lange nicht. Frisch, fröhlich, Energie geladen. Er schaute in dieses tiefe Blau, in dem er sich zu spiegeln glaubte. Die Frau hingegen gab ihm einen Klaps auf den Po, löste sich von ihm, stellte sich auf die Zehenspitzen und küsste ihn leicht auf die ausrasierte Stelle auf seiner Wange. »Es ist gut«, sagte sie und riss ihm mit zwei Fingern ein Haar aus der Brust, hielt es gegen die Sonne, schob ihn beiseite und wackelte vergnügt davon. Ulrich war irritiert. Er stand wie angewurzelt und die Leute schoben sich an ihm vorbei, rempelten ihn. Er drehte sich um, schaute ihr nach. Der Duft ihres Haares drang ihm immer noch in die Nase. Sollte er hinterher laufen? Sollte er sie aufhalten? Plötzlich blieb sie stehen und Ulrich sah, wie ein Mann sie festhielt. Sie beschnupperte. Eng umschlungen. Ihr Kleid schien allerdings nun nicht mehr rötlich zu sein. Eher schimmerte es gelblich.

»Da bist Du ja. Ich suche Dich«, wurde Ulrich zurückgeholt. Als er sich umdrehte, stand die Arbeitskollegin da und fasste seine Hand. »Komm, wir essen ein Eis. Ich bin extra deswegen gekommen.« Ertappt. Sein Herz raste. Was war, wenn die Arbeitskollegin die Szene gesehen hatte? Sie musste sie gesehen haben. Wie stand Ulrich jetzt da? Was sollte er erklären? Der Duft der jungen Frau umwehte ihn und er schaute seine Arbeitskollegin an. Seine Arbeitskollegin, die den weiten Weg zu ihm in Kauf nahm, nur um mit ihm ein Eis zu essen. Er brachte kein Wort hervor. Stattdessen griff er nach ihrem Haar, näherte ihm seinen Kopf und roch daran. Tief schlug er seine Nase zur Überraschung der Arbeitskollegin in ihren Schopf. Er fühlte ihre Aufregung, denn sie tippelte mit den Füßen. Er roch an ihrem Nacken und an ihren Schultern, die Nasenspitze streifte sogar über die Haut. »Was ist los?«, fragte sie, sichtlich gespannt. »Nichts«, entgegnete er und löste sich von ihr. »Ja, gehen wir ein Eis essen«, raunzte er und deutete ihr den Weg. Nicht jedoch ohne sich noch einmal zu der jungen Frau umzudrehen, die dort hinten stand, und um die sich mittlerweile eine Schar Männer versammelte. Alle mit ihrem Haar beschäftigt.

Sie gingen zügig die Straße entlang. Ulrich gab ihr den Weg vor, zog sie hinter sich her, ohne dass sie sich festhielten. Ab und an berührten sie sich im Gewimmel zufällig. Keine zarten Berührungen. Anstoßen. Anrempeln. Sie war voller Freude, dass er ihr den Weg vorgab, dass er sie führte. Sie wollte geführt werden. Doch schien es, dass Ulrich nicht führen wollte. Eher war er darauf bedacht, schnell von diesem Ort wegzukommen. »Das sieht nach einem schönen Eiscafé aus«, sagte sie angetan. »Nein, das ist nichts«, erwiderte er und beschleunigte seinen Gang. Die Arbeitskollegin seufzte. Ulrich hörte es ganz genau. Und obwohl ihm dabei unwohl wurde, reagierte er nicht. Er spürte, wie sie ihn ansah. Wie ihre Blicke von hinten durch ihn hindurch fuhren. Unter dem Vorwand nach ihr zu sehen, drehte er sich gelegentlich um, doch hielt er nur Ausschau nach der Frau, deren Haar er so gern schnupperte. Es schien ihm, dass alles Treiben hinter ihm zum Stillstand gekommen war. Dass alle Männer sich um die Frau versammelten und alle Frauen Abstand hielten und sie anerkennend beäugten.

Ulrich stolperte. Er schlug mit dem Kopf auf den Boden auf. Die Hände nicht schützend vor sich. Sofort kniete sich die Arbeitskollegin nieder, ihm, dem Gefallenen zu helfen. Sie streichelte seinen Kopf. »Ulrich! Ulrich!«, entfuhr es ihr. Er drehte seinen Kopf zur Seite, schaute zu ihr hoch. Ihr Kleid flatterte luftig. Er sah auf ihre Knöchel. Er sah auf die Stelle, an der die Wade sich an die Knöchel fügt. Fasziniert blickte er auf die makellose Haut. Ein heftiger Windstoß hob das Kleid ein wenig mehr. Große Teile ihrer Schenkel waren sichtbar. »Ulrich! Ulrich!«, rief sie wieder. Er blickte auf ihr Fleisch. Ihre Hand glitt über seinen Hinterkopf. Er wollte danach schnappen. Er wollte nach ihrem Fleisch schnappen. Er wollte hineinbeißen in ihre Waden. In ihre Schenkel. Er wollte seine Zähne in ihre Knie bohren. Mit den Händen fest die Knöchel packen. Er wollte. Er wollte.

»Ulrich! Ulrich!«, hörte er wieder. Doch dumpfer.

Sein Kopf sank auf die Erde und er schloss die Augen. Eine Wärme überkam ihn. Eine Wärme, die aus seinem Körper heraus sich Weg schlug. Sein Unterkörper geriet in Zuckungen. Erst unrhythmisch, dann gleichmäßig. »Ulrich! Ulrich! Lass mich Dir helfen!«, klang es eindringlich an sein Ohr. Er spürte ihre Hand in seinem Nacken. Eine Wärme drang von dort in ihn ein. Eine Wärme, die in seinen ganzen Körper ausstrahlte. Er öffnete die Augen, drehte den Kopf und sah hinauf. Ganz hinauf. Der Mund seiner Arbeitskollegin wiederholte: »Ulrich! Ulrich! Lass mich Dir helfen!« Das Tanzen der Lippen ergriff ihn. Die Formungen ihres Mundes hämmerten in seinem Gehirn. Wie benommen blickte er höher, über ihre Nase hinweg, in ihre Augen. Das Blau funkelte. Mit aufgerissenem Mund blickte er in ihre Augen. Ihre langen Haare wehten im Wind. Verdeckten ein ums andere Mal die Augen. Strähnen blieben in ihren Mundwinkeln hängen. »Lass mich Dir helfen!«, vernahm er wieder, ehe er sich auf die Seite drehte und den Kopf schüttelte. Ein weiterer Knopf seines Hemdes hatte sich bei dem Sturz geöffnet. Das Hemd war weit verrutscht und seine rechte Brust lag frei. Die Hand der Arbeitskollegin glitt aus dem Nacken über den Hals nach vorne. Sie ruhte auf seiner Brust, umfasste sie. Nur der Daumen bewegte sich langsam. Massierte ein wenig. »Wie? Wie willst Du mir helfen?«, stammelte er und schüttelte ungläubig den Kopf. »Du kannst mir nicht helfen. Wie?« Der Daumen massierte weiter. Sie beugte sich zu ihm vor, tief hinab. Das Kleid rutschte etwas. Ulrichs Augen fanden den Weg auf ihre Brust. Nur kurz. Doch ihre

Form erquickte ihn. Sie nahm die Hand von seiner Brust und tätschelte seine Wange, bevor sie ihm über die Stirn strich. Eine leichte Beule hatte sich gebildet. Mit dem Zeigefinger fuhr sie die Umrisse ab. »Lass mich Dir helfen!«, wiederholte sie nickend. Die Arbeitskollegin strich die Haare aus ihrem Gesicht und erhob sich. Sie streckte ihren Arm hinab und deutete, danach zu greifen. Mit weit zurückgelegtem Kopf sah Ulrich zu ihr hinauf. Sah auf ihre Schulter und folgte dem Arm. Bis zu den schlanken Fingern, die nahezu unmerklich spielten. Ein Luftzug wehte das Kleid weit hinauf, doch Ulrich schaute auf die Finger. Das sanfte Spielen beschäftigte ihn und er griff ruckartig danach. Es zu fassen. Es zu halten. Fest umschloss er ihre zierlichen Finger, drückte sie zusammen. Und doch konnte er das Spielen weiter vernehmen. Ohne dass die Arbeitskollegin sich vom Fleck rührte, ohne dass es ihr eine Anstrengung zu machen schien, zog er sich an ihr hoch. Den Blick immer auf die Finger gerichtet. Als er auf deren Höhe war, verweilte er. Er hing in der Luft. Das Spielen bemerkte er ohne Unterlass. Dann schaute er ihr ins Gesicht. »Es ist gut.« Er richtete sich auf, reckte sich kurz und ehe er etwas erwidern konnte, hörte er erneut: »Es ist gut.« »Ja, es ist gut«, murmelte er und schaute sich um.

Alles sah aus, wie es aussehen sollte. Er vernahm keine Auffälligkeiten. Auch waren die Frau mit dem farbenfrohen Kleid und die Menschentraube nirgendwo mehr zu sehen. Die Arbeitskollegin lächelte sanft. Ulrichs Mundwinkel zogen sich ein wenig nach oben. Ein Lächeln andeutend. Dann sah er hinab auf die

Finger, die er immer noch hielt, und seine Gesichtszüge erstarrten. Wie gebannt betrachtete er die zarten, schlanken Finger. Jedes Glied ein einziges Kunstwerk. Harmonisch ein Ganzes bildend, das abgeschlossen wurde von matt glänzenden, nicht allzu lang gehaltenen Nägeln. Er lockerte seinen Griff und umschloss die Hand mit der seinen. Sie tauschten Wärme aus. Wohlige Wärme, die Ulrich immer mehr in ihren Bann zog. Gerade als er seine Finger zwischen die ihrigen schieben wollte, jeden Finger einzeln spüren wollte, als seine Fingerkuppen leicht an den ihren sich zu bewegen anfingen, sackte er mit einem Mal zusammen und musste niesen. Laut donnerte sein Niesen hervor und Rotz flog ihm aus dem Mund, teils auf die Straße sich ergießend, teils auf die Schulter und Brust der Arbeitskollegin. Seine Hand glitt aus ihrer und mit weit aufgerissenen Augen, die Kollegin fixierend, wischte er sich mit der Hand über den Mund. Ein wenig Rotz fädelte ihm von der Nasenspitze herunter.

Stumm blickte ihn die Kollegin an, die Rotztropfen auf ihrer Brust tanzten im Sonnenlicht. Ulrich registrierte, wusste jedoch nicht, was er machen sollte, als plötzlich die Arbeitskollegin ihre Hand an die Brust führte, nur mit den Fingern darüber fuhr, ihn unverwandt anblickend, und dann die Finger langsam ableckte. Noch ehe Ulrich reagieren konnte, fasste sie seine Hand, führte sie über ihr Dekolleté und steckte sie sich langsam in die Mund. Jeden Finger einzeln ableckend. »Es ist nur ein wenig Flüssigkeit. Schon gut«, sagte sie, und beugte sich nach vorne, hin zu Ulrichs Nase, wahrscheinlich, dem herunter hängenden Faden zu. Ein komisches Gefühl bemächtigte sich Ulrichs. Er tippelte mit den Füßen, riss seine Hand los und stieß die Arbeitskollegin von sich. Fest schaute er sie an: »Nein. Es ist gut. Ein bisschen Flüssigkeit, ja. Aber meine Flüssigkeit. Meine! Hörst Du?« Überrascht stand sie da, mit offenen Armen. »Ulrich! Lass mich Dir helfen! Lass mich Dir helfen!« »Du hast mir schon geholfen. Hörst Du? Du hast mir geholfen. Ich mag kein Eis mehr. Ich muss gehen.« Mit dem Handrücken wischte er sich den Rotz ab und zog sich die Nase hoch, dann drehte er sich um und trottete davon. Nicht jedoch, ohne sich noch einmal umzudrehen und der Arbeitskollegin fest in die Augen zu schauen.

Er ging ein paar Meter und wechselte dann die Straßenseite. Auf den Verkehr achtete er nicht, doch schien der Verkehr auf ihn zu achten. Es war, als wandelte Ulrich auf einem eigens für ihn gedachten Pfad. Als umgebe ihn ein Sicherheitskranz. Nichts rückte näher als drei Meter an ihn heran. Seine Brust, unter dem offenen Hemd kaum noch bedeckt, war ausgestreckt. Die Haare kräuselten sich unter glänzenden Schweißtropfen. Der Wind fuhr leicht hindurch.

Ulrich bog in eine Seitenstraße ab. Er ging mitten auf ihr, scherte sich nicht um den Bürgersteig. Einmal fasste er sich an den Kopf. An die Stelle, die ungebremst auf den Boden aufgeschlagen war. Er betrachtete seine Finger und wischte sie an seiner Brust ab.

Aus der Seitenstraße bog er wieder in eine der Hauptstraßen ab und knöpfte sich das Hemd gänzlich auf. Die Menschen, die ihm entgegen kamen, hielten seinem Blick nicht stand, sondern warfen vielmehr den eigenen zu Boden. Wie ein unterlegener Hund. Ulrich registrierte dies mit Wohlwollen und nickte sich zu, tief einatmend.

Die Straßen gehörten ihm. Die Menschen gehörten ihm. Die Zeit gehörte ihm. Er bestimmte den Lauf der Dinge. Zum ersten Mal seit seiner Kindheit hatte er ein solches Gefühl. Ein Gefühl der Allmacht. Mit zunehmender Freude durchschritt er die Häuserschluchten, die Grünflächen, die Parks, das ganze städtische Gebilde. Ulrich durchwanderte sein neues, sein ihm vollkommen eigenes Territorium. Einem König gleich, der nach gewonnener Schlacht das Feld abreitet. Niemals blieb er stehen. Wenn er die Augen schloss und Luft tief durch die Nase einsog, verlangsamte er lediglich seinen Schritt. Etliche Kilometer absolvierte er, die Zeit schien stehen zu bleiben. Denn die Temperatur blieb stabil und die Sonne bewegte sich nicht von ihrer Stelle, wanderte nicht. Als Fixpunkt über seinem Sonnenreich tat sie ihren Dienst. Er war mittlerweile in eine andere Gegend der Stadt gekommen. Hier wohnten ältere Leute, die sich selbst den höheren Schichten zuzählten. Zur Schicht Ulrichs gehörten sie aber noch lange nicht, wie es schien. Denn jeder, der seinem Blick standhielt, kam nicht umhin, seinen Hut zum Gruß zu lüften oder hastig zu nicken. Alles in der Hoffnung, Ulrich erwiderte es. Phasenweise rümpfte er die Nase, doch meist brachte er ein kurzes Nicken entgegen, das sofort Freude und Lächeln in den damit Bedachten auslöste.

Vor einer Gaststätte blieb er stehen. Er wusste nicht, was es war, aber diese Gaststätte unterschied sich von den anderen, an denen er vorüberging. Irgendetwas hier schien besonders zu sein. Zum ersten Mal, seit er sich von der Arbeitskollegin gelöst hatte, blieb er stehen. Lange Zeit lag dies zurück. Es war am heutigen Tag. Gewiss. Doch in Stunden schon nicht mehr bemessbar. Ein Glockengeläut ertönte. An einem stattlichen Gebäude war eine Uhr immenser Größe angebracht. Von dort ertönte es. Doch Zeiger gab es keine. Die Glocke schlug, doch schlug sie keine Zeit. Ulrich sah wieder zu der Gaststätte und wollte sie betreten, als ein junger Mann von der Seite an ihn herantrat: »Mein Herr, Ihr Schuh ist offen. Der Schnürsenkel. Der Schnürsenkel.« Noch bevor Ulrich auf seinen Schuh sehen konnte, kniete der junge Mann nieder, nahm die Enden der Schnürsenkel und machte eine fachmännische Schleife. »So ist es besser. Da ist noch ein Fleck, mein Herr«, sprach er weiter und polierte mit dem Ärmel seines Hemdes den Fleck fort. Er legte den Kopf in den Nacken und schaute Ulrich ehrfurchtsvoll an. Ulrich sah hinab. Stumm. »Es ist gut«, sagte er dann und deutete dem Mann aufzustehen. Dieser erhob sich langsam, wacklig. Seine Lippen zitterten. Ulrich fasste ihn an der Schulter: »Ich danke Dir. Es ist gut.« Das Zittern verschwand von den Lippen des jungen Mannes und ein Lächeln huschte über sein Gesicht. Die Augen niederschlagend, den Kopf leicht federnd hauchte er ein »Danke« und ging davon. Ulrich betrachtete seine glänzenden Schuhe. Sie gefielen ihm nun so gut, wie schon lange nicht mehr. Als wären sie gerade erst gekauft, aber schon sehr gut eingelaufen. Er stieß die Tür zur Gaststätte auf und trat ein.

Sofort verstummten die Gespräche. Unzählige Augenpaare starrten Ulrich an. Er schritt durch den ganzen Raum zu einem der hinteren Tische und ließ sich nieder. Die Augenpaare folgten. Entspannt faltete Ulrich die Hände auf dem Tisch und fixierte den Gastwirt. Dieser sprang sofort auf und eilte auf ihn zu. Gebannt folgten die Augenpaare dem Geschehen. Hastig zog der Gastwirt einen Block und einen Stift hervor, eiligst die Bestellung zu notieren. Ruhig orderte Ulrich eine Französische Zwiebelsuppe, ein Rumpsteak mit Bratkartoffeln und eine Karaffe des besten Weines. »Sofort, mein Herr. Sofort«, bestätigte der Wirt, drehte sich um und gab einen Wink in die Küche. Aufgeregt tapste er zurück. Schon klapperten die Töpfe und Pfannen aus der Küche und durchschnitten die Ruhe. Der Wirt aber kramte zittrig einen Schlüssel hinter dem Tresen hervor und öffnete die Tür neben der Küche, sich in den Keller hinab zu begeben. Das Knarzen der Dielen erfüllte die gesamte Gaststätte, übertönte sogar das Klappern aus der Küche. Eine Zeit lang war es nahezu vollkommen ruhig, bis ein Schnaufen hereinbrach und sich unter das Knarzen mischte. Mit hochrotem Kopf entstieg der Wirt dem Keller und blies die Backen auf. Eine Flasche in der Hand. Er schlug die Kellertür zu und lehnte sich dagegen, nach Luft japsend. Schweiß rann ihm das Gesicht entlang. Seine roten Wangen waren mächtig, sein Schnauzbart schweißgetränkt. Er eilte zum Tresen, griff nach einem Korkenzieher und versuchte sich an der Flasche. Er schaffte es jedoch nicht, den Korkenzieher in den Korken hineinzudrehen. Immer wieder rutschte er ab. Je mehr er sich anstrengte, desto schwerer wurde es. Mehrmals wischte er sich den Schweiß von der Stirn, wischte sich die Hände an der Schürze ab und versuchte es von neuem. Es wollte ihm nicht gelingen. Scheu blickte er zu Ulrich hinüber, der ganz ruhig auf seinem Platz saß – das Hemd komplett geöffnet, die Brusthaare mittlerweile getrocknet, die Hände auf dem Tisch gefaltet – und auf den Gastwirt blickte.

»Mein Herr, es tut mir leid. Ich schaffe es nicht. Ich schaffe es einfach nicht. Verzeiht«, stammelte dieser. Ulrich nickte nur kurz, was der Wirt als Aufforderung verstand, zu ihm zu kommen. Mit beiden Händen griff er die Flasche und eilte zu Ulrich. In der Hektik vergaß er den Korkenzieher. Er hielt Ulrich die Flasche unter die Nase. »Der beste Wein! Der beste Wein!«, überschlug er sich fast, »das ist unser bester Wein. Sehen Sie! Sehen Sie! Unser bester Wein.« Seine Hände zitterten. Ulrich schaute ihm geduldig ins Gesicht: »Öffnen Sie ihn! Es ist gut.« »Gewiss. Gewiss. Ich werde ihn sogleich öffnen. Das Öffnen ist das Schwierige. Die Dinge zu öffnen. Man muss sie öffnen. Allein im Öffnen ist das Scheitern«, sprach der Wirt mehr zu sich, als zu Ulrich und suchte hastig nach dem Korkenzieher. »Ich habe das Instrument vergessen. Wie dumm. Zum Öffnen benötigt man ein Instrument. Ein Instrument.« Er stellte die Flasche ab und rannte hinter den Tresen. In der Bewegung griff er nach dem Korkenzieher, schleunigst zurückeilend. Wieder versuchte er die Flasche zu öffnen, wieder gelang es nicht. »Mein Herr, ich schaffe es nicht«, reichte er Ulrich die Flasche und das Instrument herüber. Ulrich sah ihn ruhig an, nahm entgegen und öffnete leichter Hand die Flasche. »Ein Glas. Der Herr braucht ein Glas. O je«, hastete der Wirt zum Tresen zurück, ein sauberes Weinglas zu holen. Wieder am Tisch füllte er das Glas mit dem Wein und reichte es. Ulrich nahm und nippte. »Er schmeckt«, urteilte er kurz, ehe aus der Küche der Ruf kam, dass das Essen fertig sei. Der Wirt hastete und servierte die Zwiebelsuppe. Ulrich aß langsam. Genussvoll. Der Wirt stand einen Meter zurückgezogen, immer darauf bedacht, sofort zu handeln, wenn es nötig war. Beim letzten Löffel kam aus der Küche erneut ein Signal. Hurtig wandte sich der Wirt diesem zu, den Hauptgang zu servieren. Die Bratkartoffeln waren mit Petersilie garniert. Ganz so, wie Ulrich es am liebsten hatte. Er schnitt das Fleisch an. Es war zartrosa und leicht zu teilen. Er begutachtete das aufgespießte Stück und schob es sich in den Mund. Zufrieden kaute er. »Es schmeckt.«

Der Wirt verneigte sich und die Augenpaare wandten sich von Ulrich ab. Die Gespräche flammten wieder auf. Ulrich aß. Als er mit dem Kauen geendet hatte, goss er sich das Glas voll und leerte es in einem Zug. Erneut goss er das Glas voll. Er lehnte sich zurück und genoss den Wein. In einzelnen Schlucken ließ er ihn seine Kehle hinuntergleiten. Jeden einzelnen genau spürend. Genau nachverfolgend. Dabei breitete er die Arme über die Rücklehnen aus und öffnete seinen

Schoß, die Beine angewinkelt nach links und rechts auseinanderschiebend, die Füße nach vorne gerichtet. Gleichmäßig atmend blickte er durch den Raum.

Ein graumelierter Mann mit gut sitzendem Scheitel und adretter Kleidung schaute von der Theke zu ihm hinüber. Seine Brille schien etwas zu groß, doch entsprach sie dem gängigen Modemodell: Breite Fassung, kräftige Farbe. Er griff nach seinem Bierglas und prostete Ulrich zu. Ulrich nickte nur. Der Mann wandte sich, über die Theke lehnend, zum Gastwirt und flüsterte. Sogleich holte der Wirt ein Weinglas hervor. Langsam stand der Mann auf, Ulrich immer fest im Blick, und näherte sich, das leere Weinglas vor sich haltend. Ulrich, vollkommen unbeteiligt, saß noch in derselben Haltung wie zuvor. Einzig mit seinen Augen folgte er aufmerksam dem Geschehen. Vor seinem Tisch machte der ältere Mann eine öffnende Geste, die Hände auseinandergefaltet, Ulrich Gutmütigkeit verstehen zu geben. Wenn das Glas gefüllt gewesen wäre, hätte der Inhalt sich nun über den Fußboden verteilt. »Mein Herr, darf ich mich zu Ihnen setzen und ein Glas Wein kosten?«, eröffnete er. Ulrich atmete kurz, zog die Augenbrauen hoch und schnellte nach vorn. Eine gerade Sitzposition einnehmend. Ohne ein Wort, wies er ihm mit der rechten Hand den Platz und griff mit der linken die Flasche. »Vielen Dank«, antwortete der Mann und ließ sich nieder, während er Ulrich das Glas hinhielt. Ulrich goss ein und stellte die Flasche weg. Er hob das Glas und betrachtete es im spärlichen Licht. »Zum Wohl«, zischte der Mann, ehe er hurtig einen großen Schluck nahm. »Das war ein schö-

nes Stück Fleisch«, begann er, »es scheint Ihnen geschmeckt zu haben.« »Es war genauso wie ich es gern
habe«, antwortete Ulrich. »Sie essen also die Dinge,
die sie gern haben?«, fragte der Mann. »Sicher. Was essen denn Sie?« »Ja, da haben Sie schon recht. Essen Sie
immer dieses Gericht?«, fragte der Mann, sein Weinglas im Licht prüfend. »Ja«, antwortete Ulrich trocken,
einen Schluck nehmend. »Es ist also Ihre Neigung«,
stellte der Mann fest, immer noch mit dem Weinglas
beschäftigt. »Ja«, erwiderte Ulrich abermals. »Dann
achten Sie darauf, dass es nicht zur Gewöhnung wird«,
löste der Mann seinen Blick vom Weinglas, sah Ulrich
in einer eigentümlichen Art mahnend an und erhob
sich. Mit den Fingern der linken Hand tippte er über
die Tischplatte, als spielte er eine Abschlusspartitur.
»Das ist ein sehr guter Wein«, leerte er das Glas, stellte
es ab und entfernte sich.

Nachdem er am Freitag noch lange gearbeitet hatte, gestaltete Ulrich den Samstag ruhig. Er kümmerte sich um den Haushalt und einige alltägliche Arbeiten, die etwas liegen geblieben waren. Zwischenzeitlich unterbrach er diese Arbeiten immer und las. Tageszeitungen, ältere Artikel und Zeitschriften. Am Abend war er zu Geburtstagsfesten eingeladen. Sowohl ein alter Freund als auch eine Arbeitskollegin hatten ihre Festivität auf diesen Abend gelegt. Ulrich wollte beide Feste aufsuchen und entschied sich, zuerst kurz zu seinem alten Freund zu gehen, dann seine Arbeitskollegin aufzusuchen, deren Fest später terminiert war, und anschließend wieder zum alten Freund zurückzukehren.

Der Freund hatte auf Grund des angekündigten Andrangs den öffentlichen Raum als Treffpunkt gewählt, da seine Wohnung ihm zu klein erschien. Der zentral gelegene Platz füllte sich in der Tat zunehmend. Aus allen Richtungen kamen Leute herbei. Allgemein moserte man über die Kälte, denn das Wetter war derart umgeschlagen, dass es abends zu starken Temperaturrückgängen kam. Ulrich war in eine dicke Jacke gehüllt, dennoch fröstelte er. Die Stimmung allerdings stieg, schließlich waren viele Leute gekommen, die sich zuletzt selten gesehen hatten, da doch alle in verschiedenen Regionen wohnten oder beruflich so eingespannt waren, dass es nicht ohne Weiteres zu allgemeinen Treffen kam. Umarmungen fanden statt, die aufrichtige Ehrlichkeit vermuten ließen. Ulrich amüsierte sich gut, hatte jedoch stets einen Blick auf die Uhr. Gerade als die allgemeine Gelöstheit vollkommen um sich griff, riss Ulrich sich los und kündigte sein Fortgehen an, allerdings nicht ohne zu versichern, dass er später wiederkomme. Er eilte nach Hause, um das Geschenk für seine Arbeitskollegin zu holen. Nach einem Schluck Wasser machte er sich langsam auf den Weg. Die Lokalität, in welcher die Kollegin feierte, befand sich nur wenige Fußminuten von Ulrichs Wohnung entfernt. Er betrat den Eingangsbereich, schwenkte direkt nach links, wo er die Kollegen vermutete, und ging in den Thekenraum. Seine Brille war stark beschlagen, sodass er sie abnehmen musste, wenn er überhaupt etwas sehen wollte. Schemenhaft erkannte er die Kollegen und ging auf sie zu. Sie empfingen ihn lächelnd und er begrüßte sie. Die

Gastgeberin war nicht in diesem Personenkreis und Ulrich versuchte, sie ausfindig zu machen, doch ohne Brille fiel es ihm schwer. Er wartete noch ein wenig, bis die Brille nicht mehr beschlagen war, und unternahm einen neuen Versuch. Im hinteren Bereich, dicht im Gedränge, sah er seine Arbeitskollegin. Auf dem Weg zu ihr begrüßte er noch ein paar andere Kollegen, die in verschiedenen Gruppen herumstanden. Er gratulierte ihr herzlich und überreichte ihr das Geschenk. Erfreut wies sie ihm den Weg zum Bierfass, woraufhin er sich ein Glas zapfte. Während seine Kollegin von allen Seiten in Beschlag genommen wurde, schlenderte er zurück zur anfänglichen Gruppe. Sie unterhielten sich über die Arbeit; Ulrich hörte zu. Es gab Informationen, die auch ihn direkt betrafen. Er selbst sprach aber kaum und schaute sich ein wenig um, während er jedoch aufmerksam blieb und die eine oder andere Frage stellte. Zu späterer Zeit setzte sich der allgemeine Wunsch durch, einen Nebenraum zu betreten, der für das Tanzen ausgelegt sei. Ulrich überlegte, ob er noch mitgehen solle, denn schließlich wollte er noch zurück zum Fest seines alten Freundes. Die Kollegen redeten auf ihn ein und so ließ er sich überzeugen, noch eine halbe Stunde mitzukommen.

Der Nebenraum war deutlich dunkler, ein wenig in Nebel gehüllt, und die Musik um einiges lauter. Auf der Tanzfläche herrschte bereits Gedränge. Einige Kollegen strömten sofort mitten hinein, Ulrich selbst blieb mit ein paar anderen vor der Theke stehen. Sie unterhielten sich und schauten zu ihren Kollegen hinüber, die den Eindruck erweckten, als seien sie vormals nirgendwo anders gewesen als auf dieser Tanzfläche. Sie waren noch keine fünf Minuten dort, aber die Stimmung war bereits völlig ausgelassen. Ulrich schaute im Raum umher. Das Bierglas in der Hand schwenkend und leicht mit dem Fuß wippend. Plötzlich, wie in einen seichten Glanz gehüllt, ragte eine Frau am äußersten Rand der Tanzfläche heraus. Ulrich war, als kannte er sie von früher, doch war es ihm nicht möglich. So schaute er weiter in die andere Richtung, prüfte jedoch noch einmal nach, ob er sich bestimmt täuschte. Beim Anblick der Frau fuhr er mit dem Kopf zurück: Es gab keinen Zweifel. Diese Frau war ihm gut bekannt. Er beobachtete sie, wollte vollends sicher gehen. Da sie seines Wissens in weiter Entfernung lebte, zweifelte er immer noch, ob sie es war. Sie tanzte. Gut aufgelegt, wild. Ulrich beobachtete sie. Die Bewegungen waren ihm gut vertraut. Sie hatte eine neue Frisur. Der Haarschnitt betonte ihr weiches, hübsches Gesicht noch besser und Ulrich erinnerte sich der gemeinsamen Zeit. Überhaupt dachte er gern an diese Frau zurück, hatte er doch sehr viel Spaß mit ihr gehabt. Er dachte daran, zu ihr zu gehen und sie zu begrüßen, doch tanzte sie mit einem Mann. Ulrich überlegte, ob er einfach um den nächsten Tanz bitten sollte und sich so vorstellig machte, aber er wähnte, ihr würde es vielleicht nicht gefallen, wenn er im Beisein dieses Mannes so forsch herantrat. Er wollte sie auf keinen Fall brüskieren. Dazu bestand auch gar kein Grund. Wie er so seinen Gedanken nachjagte, sah er, wie der Mann sich entfernte und sie alleine auf der Tanzfläche stand. »Halt doch bitte«, sagte Ulrich, drückte seinem Arbeitskollegen das Bierglas in die Hand und schritt ohne weiteren Verzug auf sie zu. Er schien etwas aufgeregt zu sein, zumindest fasste er sich im Gehen mehrfach ans Gesicht. Etwa einen halben Meter vor ihr geriet er in ihr Blickfeld und eröffnete prompt: »Hi.« Sie schien nicht mit einer solchen Begegnung gerechnet zu haben, denn ihre Miene erstarrte. Ihr Körper stellte die Tanzbewegungen ein und leise, kaum hörbar, stammelte sie mit abgewinkeltem Kinn ein »Hi« hervor. Nur langsam löste sich ihr Körper aus der Lethargie und beugte sich ein wenig nach vorn, als wollte sie den mediterranen Grußritus vollführen, konnte es aber nicht ganz. Ulrich half ihr, umarmte sie und gab ihr einen Kuss auf jede Wange. Er spürte ihre zarte Haut und roch an ihrem Haar. Langsam bewegte er den Kopf zurück und schaute sie an. Immer noch ungläubig stand sie da, als Ulrich sie losließ. Sie schaute zu ihm hinunter, ihr Blick strich jedoch an ihm vorbei. »Wie geht´s Dir?« »Gut«, verschluckte sie sich fast. »Was machst Du denn hier?«, fragte er, ihr Gesicht beobachtend. »Eine Freundin hatte Geburtstag«, bemerkte sie kurz, während sie etwas zurückwich. Ihr Körper war gekrümmt, sie hielt ihren Kopf schräg und blickte immer noch an Ulrich vorbei. Leise, ganz leise sprach sie. Durch die Lautstärke der Musik war sie kaum zu verstehen und Ulrich musste nachfragen. »Eine Freundin hatte Geburtstag«, wiederholte sie unmerklich lauter, da Ulrich sie unverwandt ansah. Er bemerkte, wie ihre Nasenspitze bei jedem Wort sich bewegte. Früher war es ein freudiges Tänzeln gewesen, doch nun bewegte sich die Nase unrhythmisch, fast hölzern. »Ach so. Und nun bist Du ein paar Tage in der Stadt?«, setzte Ulrich an. »Ja«, antwortete sie kurz und schaute hastig in alle Richtungen. Ganz so, als suchte sie einen Fluchtpunkt. Ulrich sah sie ganz ruhig an. Falls er eben tatsächlich aufgeregt war, hatte sich dies nun gelegt. Sein linkes Bein stand durchgestreckt auf dem Boden, das rechte angewinkelt. Ebenso hing sein linker Arm die Seite hinab, während sein rechter sparsam auf Hüfthöhe gestikulierte. Ein Lächeln stand in seinem Gesicht und er beugte sich zu ihr vor, nahe an ihr Gesicht, um gegen die Lautstärke der Musik anzusprechen: »Wir haben lange nichts mehr voneinander gehört.« Er schaute ihr direkt in das Gesicht. »Es gab auch einen Grund«, entgegnete sie zwar forsch, aber weiter an ihm vorbeiblickend. »Es gab einen Grund, nichts mehr voneinander zu hören?«, erkundigte er sich. »Es war besser so«, stellte sie fest, während sie wieder hastig im Raum Ausschau hielt. Offensichtlich suchte sie irgendetwas, das sie aus dieser Situation hinausgeleitete. Obwohl es abgedunkelt war, konnte Ulrich sehen, dass ihre Gesichtshaut errötet war. Auch tippelte sie von einem Fuß auf den anderen. »Mag sein, dass es damals besser war, es abrupt zu beenden. Aber einen Grund, dass wir so lange nichts mehr voneinander gehört haben, den gibt es nicht.« Er blickte ihr unverändert ins Gesicht und atmete ruhig. »Nein, den gibt es nicht«, stellte sie mit unterdrückter Stimme fest. Ein Zittern durchfuhr sie und sie suchte zaghaft Kontakt zu seinem Gesicht, ohne jedoch den letzten Winkel einzustellen, um ihn wirklich zu sehen. Ulrich war, als vernahm er ein leises, kurzes Wispern. Ein

Lächeln ergoss sich über seine Miene und er nickte sanft: »Na dann, mach´s gut.« Seine Augen strahlten. Als konnte sie dem Strahlen nicht standhalten, drehte sie den Kopf zurück in die andere Richtung und hauchte gebrochen und traurig klingend: »Ja, mach´s gut.« Ulrich nickte. Es schien, als nickte er sich zu. In all dem Gewusel drehte er sich langsam und in klarer Bewegung um, wobei er tief einatmete. Dann schritt er sicher davon. Er wusste, dass sie ihm nachsah. Er konnte spüren, wie sie ihn in den Blick nahm und seinem Davongehen folgte.

Die Arbeitskollegen standen noch an derselben Stelle wie zuvor und schienen von dem kurzen Geschehen nichts mitbekommen zu haben. Ulrich nahm seinen alten Platz wieder ein, bedankte sich bei dem Kollegen für das Halten des Glases und trank einen Schluck. Tief zufrieden und sichtlich erheitert beobachtete er eine Kollegin: Diese zappelte leicht, obwohl sie dem Treiben abschätzig gegenüber zu stehen den Anschein erwecken wollte. Ulrich schaute weiter. Von ihr aus wanderte sein Blick einer flüssigen Bewegung folgend durch den Raum. Von links nach rechts. Als strebte eine Welle dem Ufer zu. Der Leuchtturm war verschwunden. Nichts war mehr zu sehen, wo er eben noch mit der Altbekannten sprach. Andere Gäste tanzten längst dort. Ulrich folgte der Brandung zurück nach links. Er machte ein paar belanglose Späße mit seinen Kollegen, und obwohl er gut aufgelegt war – ein zufriedenes Grinsen stand breit in seinem Gesicht –, begann er nicht zu tanzen, sondern stampfte nur leicht mit dem Fuß den Rhythmus. Einige Kollegen feierten wild auf der Tanzfläche, warfen die Köpfe hin und her, bewegten hektisch alle Gliedmaßen und schrien sich, wenn sie ein Lied gut beherrschten, den Text in die Gesichter. Die anderen, bei denen Ulrich stand, schienen nicht so sehr vom allgemeinen Hochgefühl ergriffen zu sein. Vielleicht aber waren sie in einer Hochstimmung, nur das Tanzen und die laute Musik, die verhinderte, dass man allzu deutlich die Worte des Gegenübers verstand, waren nicht nach ihrem Geschmack. Ulrich entdeckte jedoch bei näherem Hinsehen eine Menge Müdigkeit in ihren Gesichtern. In der letzten Woche hatten sie hart gearbeitet, es gab eine Menge neuer Anweisungen und Beschlüsse, denen sie Folge zu leisten hatten und welche in der täglichen Praxis umzusetzen sie sich mühten. Das zehrte an ihren Kräften, genauso wie der Umstand des schnellen Wetterumschwungs: Der Tag gehörte zwar weiterhin der Sonne, aber gegen Abend fiel die Temperatur rapide, wobei an eine warme Jacke zu denken war. Auf dem Weg zur Arbeit reichte am Morgen ein dünnes Jäckchen, nachmittags ein Hemd, aber am Abend war eine verlässliche Herbstjacke von Nöten.

Das Gähnen einer Kollegin versetzte die Gruppe in Bewegung. »Ich bin auch sehr müde«, pflichtete ein Kollege bei. »Ja, lasst uns nach nebenan gehen. Weg von dem ganzen Gewummer«, sagte ein anderer. Ulrich nickte. Sie gingen in den Nebenraum, ein großer offener Raum, der als Speiseraum diente und auch einige Thekenplätze bot, in welchem die Musik nur unterlegt war. Viele Tische waren besetzt und die Gäste in Gespräche verwickelt. Ohne große Umstände ließen sie sich am ersten freien Tisch nieder. Doch, ob es der Müdigkeit geschuldet war oder ob es an der Unfähigkeit oder dem Unwillen lag eine kleine Unterhaltung zu führen, war es leise an ihrem Tisch. Man saß sich gegenüber, schaute sich nicht in die Gesichter und schwieg. Es schien schon eine Freude und Mühe zu sein, den Tanzraum zu verlassen, so dass nun wenig Energie für weitere Handlungen bereitstand. In all der Ermattung entging den Kollegen jedoch nicht Ulrichs dauerhaftes Grinsen. »Was ist mit Dir los? Du lachst die ganze Zeit«, sprach ihn eine Kollegin fasziniert an. »Wenn Ihr wüsstet, was mir gerade passiert ist. Dann könntet Ihr auch nur noch lachen«, sammelte er seine Gedanken. Den fragenden Gesichtern eine befriedigende Antwort zu liefern, fuhr er fort: »Ich habe gerade eine Frau wiedergetroffen, was eigentlich gar nicht möglich gewesen sein könnte, da sie sehr weit weg wohnt.« Das Grinsen ergriff nun sein gesamtes Gesicht bis hinauf zu den Ohren. »Es war wahrscheinlich das witzigste und erkenntnisreichste Gespräch, das ich jemals führte.« Die Aufmerksamkeit der Kollegen richtete sich völlig auf ihn, so als erwarteten sie nun eine große Sache. »Sie hat es nicht geschafft, mir in die Augen zu sehen.« Ulrich nickte nach diesen Worten leicht und griff zu seinem Bier, das schal auf dem Tisch stand. Eine Kollegin hakte sofort nach, wollte wissen, wer die Frau war und wieso sie ihm nicht in die Augen sah. Sie sagte, dass Ulrich doch ein sehr netter Mensch sei, vor dem man keine Angst haben müsse, ganz im Gegenteil, er sei ein Typ, an den man sich vertrauensvoll wenden könne und der an anderen

Personen interessiert sei und nicht auf seinen eigenen Vorteil bedacht sei. Vielmehr sei er jemand, der vieles auf sich nehme, damit anderen eine Last abfalle. Er sei jemand, der zuhöre und in dem nichts Böses wohne, der vermutlich noch nicht einmal wisse, wie er eine böse Handlung vollziehe, jemand, dessen Herz vermutlich rein sei, was für einen erwachsenen Menschen eine überaus unübliche Eigenschaft sei und ihn in ihren Augen zu etwas Besonderem mache. So jemandem müsse man doch in die Augen blicken können, es sei denn man ertrage den offenen Blick nicht, in welchem sich das Schändliche des eigenen Selbst spiegele. So müsse es gewesen sein. Die Frau habe nicht Ulrichs Wertigkeit, sie habe sein Gemüt missbraucht, an Ulrich gefrevelt und nun, da sie ihn zufällig wiedertreffe, könne sie seinem Anblick nicht standhalten und fühle ihre Niederträchtigkeit, vielleicht sei es auch keine Niederträchtigkeit, sondern nur ein vollkommen anderes Menschenbild oder eine andere Sichtweise auf das Leben, was sie nun in Abgleich mit Ulrichs Bild erkannt und vielleicht als minderwertig betrachte und so ihm aus Scham nicht in das Gesicht blicken könne, Ulrichs Zartheit nicht standhalten könne. »Mag sein«, bedankte sich Ulrich, »vielleicht ist es so. Für mein Teil weiß ich Bescheid.« Die anderen Kollegen blickten ihn an, als warteten sie auf etwas. Die Kollegin zu seiner Linken, welche näher an ihn herangerückt war, sah in erwartungsfroh an: »Also, ich kann Dir in die Augen schauen.« Ihr Knie berührte das seine. »Vielen Dank«, schloss er und prostete ihr zu, während er sein Bein still hielt, die Muskeln abschlaffen ließ und sogar nachgab, als er einen festeren Druck von ihrem Bein spürte. Er drückte nicht dagegen, er federte nur leicht zurück, als sich ihre Berührung löste. Die anderen Kollegen hatten das Interesse verloren und lümmelten auf ihren Plätzen zusammengesunken, den Kopf fast auf der Tischplatte liegend. Ein Gähnen ergriff sie alle. Die Kollegin sah Ulrich immer noch an, wartete auf etwas, wartete vielleicht darauf, dass Ulrich sich ihrer annahm, dass Ulrich sie berührte, aber er nippte nur an seinem Bier und lächelte sie an. Seine Position hatte sich in der ganzen Zeit nicht verändert, die Spannung seines Körpers war seit dem Niedersetzen dort die gleiche geblieben.

Eine Zeit lang herrschte Schweigen. Zaghaft näherte sich die Kollegin immer wieder an, verlagerte ihr Glas in seine Richtung, damit sie es näher bei ihm greifen konnte, rückte noch dichter an ihn heran, damit Berührungen wie Zufälligkeiten erschienen. Die anderen Kollegen schienen nichts davon mitzubekommen, die Müdigkeit hatte sie nun vollends ergriffen und einer hatte den Kopf schon auf die Tischplatte gelegt. Vermutlich blieben sie nur noch des Anstandes gegenüber dem Geburtstagskind wegen. Ein Bett wäre der angenehmere Ort. Ulrich zog es zurück auf die andere Feier, schließlich warteten dort viele alte Freunde auf ihn und es lag ihm daran, sie zu sehen, schließlich hatte er nicht oft Gelegenheit dazu, alle auf einmal zu Gesicht zu bekommen. Er teilte den Kollegen mit, dass er nun gehen werde, was ihnen ganz recht war, da endlich ein Signal zum Aufbruch ertönte. Es schien, als blickte die Ulrich so zusprechende Kollegin etwas

unzufrieden, als wünschte sie sich noch etwas bei
ihm sitzen zu können und sie räusperte sich, als Ulrich aufstand. »Na dann, gehen wir noch einmal hinüber«, kommentierte sie. Die Gruppe erhob sich nun
und folgte Ulrich in den Nebenraum, wo die restlichen
Kollegen und die Jubilarin ausgelassen tanzten. Ulrich
bahnte sich den Weg durch die hüpfenden Menschen
und stieß zur Jubilarin vor, ihr mitzuteilen, dass er nun
gehe, da er noch woanders erwartet werde. Sie bedauerte das, doch unterbrach sie ihr Tanzen hierbei nicht.
Ulrich verabschiedete sich von den umstehenden
Kollegen, warf noch einen Blick durch den gesamten
Raum und verließ vergnügt das Lokal.

Draußen war es kalt, er drückte die Jacke fest an
sich und schlug den Kragen hoch. Beschwingt lief er
die schwach erleuchtete Straße entlang und schüttelte
immer wieder, begleitet von einem lauthalsen Lachen,
ungläubig den Kopf. »Das ist absoluter Wahnsinn«,
wiederholte er mehrmals, wobei er den entgegenkommenden Leuten keinerlei Beachtung widmete.

Als er seine Freunde traf, fand er sie in berauschtem Zustand vor. Sie artikulierten sich unverständlich
und wankten bedenklich hin und her. Gerades Stehen
fiel ihnen schwer und so lehnten sie sich an Ulrich,
den Kontakt zum Boden nicht zu verlieren. Den Fragen und Erzählungen, mit denen er bedacht wurde,
vermochte er nicht im Ansatz zu folgen, so zusammenhanglos und wirr wurden sie ihm vorgetragen.
Obwohl man beteuerte, dass er sehr viel verpasst habe,
aber dass man sich freue, ihn nun wiederzusehen,
hatte Ulrich nicht den Eindruck, etwas Bewegendes

oder Nachhallendes versäumt zu haben und wähnte, sie würden sich morgen sowieso nicht daran erinnern, dass er abends noch einmal zu ihnen stieß. Er sah sie lächelnd an – und schwieg. Geduldig folgte er ihren Schilderungen, welche immer wieder untereinander unterbrochen wurden, um vermeintlich wichtige Details nachzureichen, und stellte an geeigneten Stellen Fragen, die ihm das Verständnis der wirren Erzählungen erleichtern sollten. Die Gruppe war geteilt: Die eine Hälfte hatte die Nacht bereits hinter sich und sehnte sich nach einem Bett, ohne dass sie gewusst hätte, wie dort hinzugelangen sei, die andere Hälfte zog es weiter, ihr Befinden der Nacht anzuvertrauen, obwohl es – so war Ulrichs Eindruck – keinen Sinn machte, da ihr Zustand einem dämmrigen Wabern glich.

Er entschied, den Heimweg anzutreten und bot einem gestrandeten Freund, dessen Heimstätte nicht hier lag und der nicht wusste, wie er dorthin gelangen sollte, eine Unterkunft an. Dankend willigte der Freund ein, jedoch nicht ohne zu erwähnen, dass er ihm nicht zur Last fallen werde, sondern im Gegenteil nur ein wenig Zeit bei ihm zu verbringen gedachte, um frühestmöglich einen Zug nach Hause zu besteigen.

Der Sonntag begann ruhig. Durch die geritzten Rollladen drang Licht herein, Ulrich hatte lange geschlafen. Die Uhr zeigte bereits 13.13 Uhr! Wollte er denn den ganzen Tag verschlafen? Gewiss, es war gestern schon sehr spät, aber ließe sich so eine derart lange Ruhezeit in der Pofe rechtfertigen? Die wunderbare Morgenluft hatte er bereits verpasst und auch frische Brötchen würde er nicht mehr holen können. Er haderte. Wäre es nicht vielleicht besser, einfach liegen zu bleiben? Was sollte ihm der Tag denn noch bieten können? Das Frühstück müsste er ausfallen lassen, der ruhige Spaziergang wäre von Ausflüglern gestört. Sollte er nicht besser liegen bleiben?

Ulrich ließ die Rollladen herunter und kroch wieder unter die Decke. Das Einschlafen wollte ihm nicht gelingen, ein lästiges Kribbeln durchfuhr sein Bein,

zwei, drei Mal trat er aus. »Das wird wohl nichts«, gestand er sich ein, blies die Backen auf und setzte sich
auf die Bettkante. Er streckte sich und schlurfte zur
Küche, einen Kaffee aufzuschütten. Langsam betrat er
das Badezimmer und blickte in den Spiegel. Er beobachtete sich eine gewisse Zeit und begann zu lächeln.
Ja, er war wirklich gut in Form: Die Haut war glatt,
die Augen strahlten, die Muskeln straff, ein Bauch-
ansatz war nicht zu sehen, sein Po war hart, stellte
er zufrieden fest. Nach der Toilette kleidete er sich
an: helle Hose aus Frottee, hellgraues Hemd, weißer
Morgenmantel. Er schlüpfte in seine Hausschuhe und
wollte die Zeitung hereinholen, als ihm im Treppenhaus einfiel, dass gar keine Zeitung geliefert werden
würde. Während er sich umdrehte, fiel die Wohnungstür krachend ins Schloss. Ulrich, sichtlich überrascht,
starrte eine Weile auf die Tür, ehe er den Kopf schüttelte. Einen Schlüssel trug er nicht bei sich, dennoch
vergewisserte er sich, ob nicht vielleicht doch einer in
den Taschen seines Morgenmantels war. Der Geruch
frisch aufgesetzten Kaffees kroch unter der Türschwel-
le hervor. Lächelnd quittierte Ulrich das Ergebnis. Die
Haustür schwang nach innen und eine Nachbarin betrat trällernd das Treppenhaus. Erstaunt bemerkte sie
Ulrich, der freundlich grüßte. »Was machst Du denn
hier?«, fragte sie, was Ulrich mit einer lockeren Handbewegung und einer Einladung zum Kaffee beantwortete. »Gern«, nahm sie an. Ulrich schaute vergnügt:
»Dann müssen wir in Deine Wohnung gehen und ich
brühe einen auf. Hier ist es zurzeit nicht möglich.« Die
Nachbarin war vollkommen irritiert, fragte, was das

zu bedeuten habe und ob Ulrich sie auf den Arm nehmen wolle. »Ganz und gar nicht«, entgegnete Ulrich ernst, »hier ist es zurzeit nicht möglich.« Die Nachbarin schüttelte unverständig den Kopf und bedeutete ihm mitzukommen, wobei sie ihm ihre schwere Reisetasche in die Hand drückte, was Ulrich zu dem Schluss leitete, dass sie über das Wochenende verreist gewesen sein müsste. Sie bejahte und schüttelte noch heftiger den Kopf. Als sie die Tür aufschloss, schnaufte sie. Das Treppensteigen hatte ihr zugesetzt. Ulrich, ruhig atmend und die Tasche locker über die Schulter geworfen, meinte, dass sie wohl etwas außer Form wäre. Oder habe sie sich etwa in letzter Zeit zu sehr der Nacht hingegeben? Beinahe pikiert herrschte sie ihn an, dass sie nicht verpflichtet sei, ihn aufzunehmen und einen Kaffee aufzusetzen. Ulrich korrigierte, dass nicht sie den Kaffee aufsetze, sondern er und dass – auch wenn es für sie so aussehen möge – sie ihn nicht aufnähme, sondern er sie vielmehr eingeladen habe. Wenn er wolle, könne er die Tasche, die er freundlicherweise die Stufen hinauf geschleppt habe, auch wieder mit hinunter nehmen und sie im Treppenhaus abstellen, dass sie sie sich selbst hole, was der körperlichen Befindlichkeit sicherlich zuträglich wäre. Im Moment stünde ihm aber der Sinn nach einem heißen Kaffee.

Ihr Gesicht war wie eingefroren. Es schien, als fragte sie sich, ob Ulrich das gerade wirklich gesagt habe. Er hatte. Mit einem breiten Lächeln, die Hände in den Morgenmanteltaschen, lehnte er im Türrahmen. Noch ehe die Nachbarin ihre Erstarrung löste, schritt Ulrich in die Wohnung. »Wie trinkst Du ihn denn? Schwarz? Oder mit Milch und Zucker?« Sie schaute ihm nach, als er in die Küche ging. Ulrich fand sich gut zurecht und setzte die Maschine an, ehe die Nachbarin das Zimmer betrat. Ihre Miene war deutlich aufgehellt. »Es tut mir leid. Ich hatte ein anstrengendes Wochen- ende. Den Kaffee nehme ich mit Milch«, sprach sie ru- hig und ließ sich auf einem Stuhl nieder. Ihre Schuhe zog sie aus und legte die Füße auf den Tisch. »Was ist Deine Geschichte?«, fragte sie. »Keine Geschichte«, sagte er, » in meiner Wohnung ist es zurzeit nur nicht möglich, Kaffee zu trinken.« Während er Tassen spül- te, da sich im Schrank keine sauberen fanden, trällerte die Nachbarin wieder gedankenverloren vor sich hin. Sie hatte den Kopf in den Nacken gelegt, die Augen geschlossen und ließ die Arme baumeln. Als Ulrich ihr das Getränk vorsetzte, erschreckte sie sich leicht, jedoch nicht ohne sich noch im selben Moment dafür zu entschuldigen und ihm für die Tasse zu danken. Sie nahm einen Schluck und klagte, dass ihre Füße un- sagbar wehtäten, verbunden mit der sanft formulier- ten Frage, ob Ulrich nicht dort Hand anlegen wolle. Sehr erheitert und augenscheinlich glücklich über sei- nen Kaffee – er leckte sich nämlich nach dem Trinken lustvoll über die Lippen – willigte er ein, allerdings nicht ohne darauf hinzuweisen, dass dies eine Aus- nahme und lediglich der Situation geschuldet sei, in welcher er nun stecke, genau gesagt, bedanke er sich damit für das vorzügliche Kaffeepulver und die net- te Unterhaltung an diesem, für ihn noch frühen Tag. »Wenn´s so ist«, entgegnete sie, legte wieder den Kopf zurück, schloss die Augen, seufzte und hielt ihm einen Fuß hin.

Ulrich knetete behutsam und schaute aus dem Fenster. Die Sonne hatte Mühe sich durch die dichten Wolken zu kämpfen und nur hier und da stachen einzelne Strahlen hindurch, welche Lichtsäulen bildeten. Ulrich folgte einer dieser Säulen bis auf den Boden und entdeckte dort ein junges Mädchen, vermutlich am Beginn ihrer Zwanziger, das auf eine Krücke sich stützend langsam sich fort bewegte. Angestrengt zog sie das Bein hinterher. Sonst war sie vollkommen unversehrt, ihr langes dunkles Haar federte bei jedem ihrer Schritte. Sie trat aus einer Lichtsäule in die nächste und stoppte schnaufend. Das Einatmen schien ihr Mühe zu machen und sie biss sich auf die Unterlippe, was Ulrich als Resignation deutete. Wortlos legte er den Fuß ab, öffnete das Fenster und wollte dem Mädchen etwas zurufen – Worte der Aufmunterung vielleicht – doch in diesem Moment sah es nach oben hinauf und blickte Ulrich mit großen Augen fest an. Ulrich stockte. Das Mädchen schüttelte den Kopf. Eine Abstrafung. Ulrich wich zurück, schloss hastig das Fenster und überschlug sich fast: »Es ist genug. Ich muss gehen.«

Die Nachbarin erwachte aus ihrer Trance: »Wie? Was soll das jetzt schon wieder heißen?« Sie sah ihn an, bewegte den Fuß in der Luft. Die Zehen deuteten auf ihn. »Du bist hier noch nicht fertig. Und deinen Kaffee hast Du auch noch nicht ausgetrunken.« »Es ist genug. Ich muss gehen«, wiederholte er und eilte zur Tür. Donnernd fiel sie ins Schloss, das Treppenhaus bebte. »Ich verstehe Dich nicht, Ulrich. Ich verstehe Dich einfach nicht«, hörte er die Nachbarin ihm noch hinterherrufen, aber es interessierte ihn nicht und er rannte die Etagen hinab. Vorbei an seiner Wohnungstür, die er mit keinem Blick bedachte, hinaus auf die Straße. Das Mädchen war weg. Wie war das möglich? Humpelnd konnte sie sich nicht so schnell entfernt haben. Auch ein Haus konnte sie nicht betreten haben, denn auf der Seite gab es nichts außer einer alten Lagerhalle, die von einem hohen Zaun umgeben war. Versteckte sie sich hier irgendwo? Flüchtete sie vor ihm? Warum sollte sie? – Sie schaute ihn an und schüttelte den Kopf. Sie gab ihm zu verstehen, dass alles nicht richtig sei. Sie rief ihn aus der Wohnung. Sie war es, die im Licht erschien. Weshalb stützte sie sich auf eine Krücke? Weshalb hinkte sie so bemitleidenswert? Was war passiert?

Ulrich blickte wirr umher. Vielleicht lugte sie ja hinter einem Hausvorsprung hervor. Er lief mitten auf die Straße, blickte nach links, blickte nach rechts. Wenn er dachte, eine Bewegung zu sehen, riss er sofort den Kopf in die Richtung, nur um festzustellen, dass dort nichts war und sofort den Kopf wieder herumzureißen, weil er eine andere Bewegung wahrzunehmen glaubte. Er lief ein paar Meter, streckte den Hals hervor. Stoppte, schaute, lief ein paar Meter in die andere Richtung. Stoppte, schaute. Der Gürtel seines Morgenmantels hatte sich gelöst. Er rannte zum Zaun. Stieg hinauf und blickte in alle Richtungen, ehe er den Kopf auf die Brust senkte, die Augen schloss und die Arme hängen ließ. Sein Herz raste, aber er atmete ruhig.

Die Nachbarin stand an ihrem Fenster. Genau dort, wo Ulrich eben gestanden hatte, dort, von wo aus Ulrich das Mädchen sah, genau dort stand sie nun – und sah Ulrich. Wie er dort zusammengesunken auf dem Zaun saß: den Morgenmantel geöffnet, die Hose verdreckt, einen Hausschuh verloren. Sie schüttelte den Kopf.

»Was machst Du denn hier?«, lachte eine Freundin herzhaft, als sie Ulrich dort sitzend fand. »Ich bin ausgeschlossen«, klagte er tonlos, ohne sie anzusehen. »So, so. Ausgeschlossen. Dann komm mit«, zog sie ihn sanft vom Zaun und legte den Arm um seine Schulter. Ließ er sich führen oder ging er mit? Es machte keinen Unterschied. Das Lächeln der Freundin vermochte er nicht zu erwidern, er spürte zwar ihr aufmunterndes Streicheln an seiner Schulter, auch spürte er, dass sie ihren Kopf an den seinigen drückte, doch reagierte er nicht. Er schien dankbar, abgeholt zu werden.

Sie führte ihn zum Nachbarhaus, in welchem sie schon seit langer Zeit wohnte. Ulrich kannte sie schon aus Kindertagen, doch war er nur zufällig in das angrenzende Haus gezogen. Es verhielt sich sogar derart, dass er sie viele Jahre nicht gesehen hatte, nicht wusste, wo sie wohnte und wie es ihr erging, bis er hierhin zog und sie eines Morgens beim Verlassen des Hauses regelrecht umrannte, als er – etwas verspätet – herausstürzte. Mit offenen Armen griff er damals nach der fallenden Frau und fing sie sicher, ehe er erkannte, wen er da fast zu Fall gebracht hatte. Die Freude beider war riesengroß: Sie rief beglückt seinen Namen, als sie ihm in seinen Armen hängend, knapp über dem Asphalt, von unten hinauf in sein Gesicht sah. Der Schreck fuhr ihm aus den Gliedern und seine Miene erhellte sich, da hatte sie sich schon selbst in seinen Armen nach oben gezogen und sich an ihn gedrückt. Innig hatte sie ihn umarmt, ihre Wange an seine gepresst.

Nun führte sie ihn also in ihre Wohnung. Sie brachte ihn direkt in ihr Schlafzimmer und legte ihn ins Bett, nachdem sie ihm den Morgenmantel auszog. Er wirkte zufrieden. Aktiv war er zwar nicht, aber er unterstützte jede an ihm vorgenommene Handlung bereitwillig. Sie deckte ihn zu, streichelte seinen Kopf und verließ das Zimmer. Kurze Zeit später kam sie zurück. Auf einem Tablett war das Frühstück angerichtet. Sie stellte es neben ihn, ließ die Rollladen herunter, entzündete schwaches Licht und stieg zu ihm unter die Decke. Ganz sanft streichelte sie seinen Kopf und drückte ihn an ihre Brust. »Ganz ruhig, Ulrich. Du bist nicht ausgeschlossen«, flüsterte sie, »es ist gut.«

Als Ulrich erwachte, lag die Freundin mit dem Gesicht zu ihm gewandt und schlief friedlich. Ihre Bluse war verrutscht, Teile ihres Bauchs und ihrer Brust lagen frei. Ulrich betrachtete sie. Sie war eine wunderschöne Frau, das wusste er immer, und doch hatte er sie nie so schön gefunden, wie jetzt. Er lächelte. Seine Hand griff nach ihrem Bauch, die Finger fuhren darüber, um den Nabel herum. Er ließ die Hand ruhen. Mitten auf dem Bauch. Sie seufzte kurz im Schlaf und bewegte leicht den Kopf. Ulrich rührte sich nicht, er schloss die Augen.

Das Bellen eines Hundes riss ihn aus der Umnachtung. Er setzte sich auf die Bettkante und beobachtete die Freundin lächelnd. Als sie erwachte, erwiderte sie sein Lächeln. »Danke«, flüsterte er, »es ist gut.« Sie setzte sich aufrecht, zupfte behände die Bluse zurecht und umarmte ihn. »Ja, es ist gut.« Eine Weile verharrten sie dergestalt, ehe sie fragte, was denn überhaupt geschehen sei. Es sei kein Problem, sagte sie, sie habe doch einen Schlüssel zu seiner Wohnung, und wenn er wolle, könne er auch hier bleiben, sie stehe ihm gern zur Seite, sie wisse vielmehr gar nicht, was sie lieber tue. Ließe sie ihn nun allein in seiner Wohnung, mache sie sich doch nur Sorgen, ob es ihm wirklich gut gehe. Also sei es doch besser, wenn er hier verbleibe, zumindest bis morgen. Sie habe noch viel zu essen und freue sich zu kochen, alleine könne sie das sowieso alles nicht essen. Er solle doch sagen, was er brauche, und sie gehe schnell rüber und hole es. Er könne in der Zwischenzeit eine Dusche nehmen oder machen, was er für nötig halte. Sie kümmere sich um alles, es werde ihm gut gehen.

Ihre Augen blitzten und Ulrich griff ihre Hand. »Danke. Du bist gut.« Sie sprang auf und holte seinen Schlüssel aus einer Schublade. Ulrich verlangte nur nach einigen Unterlagen, die auf seinem Schreibtisch zu finden seien. Mit einem nicht wiedergebaren Laut, einer Mischung aus freudiger Überraschung und Irritation, stürmte sie auf ihn zu, küsste seine Wange und verschwand zur Tür.

Ulrich saß auf dem Bett. Was war hier geschehen? Ging es ihm gut? Er wusste es nicht. Er fühlte nichts Außerordentliches. Sein Blick verweilte auf der Tür. Vom Flur schien Licht herein. Langsam erhob er sich und tapste zum Fenster. Ulrich zog die Rollladen hoch, öffnete und streckte seinen Kopf hinaus. Leichter Wind blies. Vereinzelt gingen Menschen die Straße entlang und plötzlich war ihm, als hätte er in der Ferne das Mädchen mit der Krücke gesehen. Er schaute genauer hin, doch blieb er diesmal still. Nur seinen Kopf reckte er noch ein Stück weiter aus dem Fenster, sonst aber unterließ er jede Bewegung. Unversehens hob das Mädchen die Krücke und deutete auf ihn dort oben im Fenster. Es zerrte an einem Spaziergänger und bedeutete diesem, dort hinauf zu sehen. Langsam und sicher deutete es immer wieder auf das Fenster, aus dem Ulrich lugte. Der Spaziergänger nickte. Kein ablehnendes Nicken, wie Ulrich es zunächst vermutete. Denn die Mundwinkel des Passanten umspielte ein befriedigtes Lächeln. Nun nickte auch das Mädchen, hakte sich bei dem Passanten unter und schritt an seiner Seite davon.

Ulrich war festgewurzelt. Ihn fröstelte etwas, er schloss das Fenster und rieb sich den Oberkörper. »Dieses Mädchen«, fragte er in den Raum, »wer ist dieses Mädchen? Was will sie von mir? Was wollte sie eben von mir? Dieses sonderbare Mädchen. Ich muss mit ihr sprechen. Aber nicht jetzt: Sie nickte mir zu.«

Ulrich betrat den Flur und sah sich um. Etliche Male war er hier ein und aus gegangen, aber nun schien alles anders zu sein. Sonderbar. Er konnte es sich nicht recht erklären, aber in den Dingen lag eine Vertrautheit, welche er in dieser Form noch nie wahrgenommen hatte: Die Garderobe sah der seinen nicht nur ähnlich, sie schien identisch. Die Anordnung der Schuhe entsprach der seinen. Sogar die Motive der Bilder glichen einander. Ulrich fasste eines und strich mit den Fingern über den Rahmen. Ein dünner Staubfilm löste sich. Ulrich nieste kräftig. Mit geröteten Augen und Rotz an der Nasenspitze stand er da und schüttelte sich, hatte ihn die Attacke doch merklich überrascht. Ehe er ein Bild, das für seinen Geschmack ein wenig schief hing, gerade rücken konnte, überraschte ihn bereits eine zweite Niesattacke. Diesmal war sie heftiger. Dreimal entlud sich der Körper und eine nicht unerhebliche Menge Rotz schoss durch den Raum. Natürlich blieben die Bilder nicht verschont. Ulrich griff zu einem seidenen Schal, der an der Garderobe hing, und wischte damit über die Bilder. Doch nicht nur seine Ausscheidungen verschwanden, sondern unter der Patina wusch noch etwas Farbe aus. Ein vormals in grau gehaltenes Bild zeigte farbige Stellen. Der ersten Irritation wich die Neugier. Noch etwas heftiger rubbelte er über das Kunstwerk und legte weitere bunte Farbe frei. Um sich die Arbeit zu erleichtern, befeuchtete er den Schal im Badezimmer und setzte seine Arbeit eifrig fort. Kreisend strich er über das Gemälde, strahlende Farben gewannen deutlicher die Oberhand. Noch einmal rannte er schnell ins Badezimmer, den Schal auszuwaschen und zu befeuchten, diesmal vergaß er nicht, ein trockenes Handtuch mitzunehmen. Wie im Wahne eines in der Wüste Gestrandeten, der die Oase zu erkennen glaubt, stürzte er sich auf das Bild. Seine Finger krallten sich in den Rahmen, fest rubbelte er über das Motiv, das Darunterliegende frei zu legen. Bunte Farben brachen ihm entgegen. »Ja! Ja!«, rief er, spuckte der Feuchtigkeit wegen darauf und rieb noch stärker. Der graue Schleier war verschwunden, Ulrich schnaufte. Die graue Häuserflucht war einem gelben Blumenfeld in der Abendsonne gewichen. Ulrich taumelte zurück. Die Wand im Rücken betrachtete er das

Bild: »Schön. So schön«, brach es aus ihm heraus, »das Blühen in der Sonne.« Er hockte sich nieder und sah ergriffen zum Kunstwerk empor. Regungslos.

Als er einen Schlüssel an der Wohnungstür sich zu schaffen machen hörte, sprang er erschrocken auf, und stürmte, den Schal und das Handtuch immer noch in Händen, zum Badezimmer, schloss die Tür, riss sich die Klamotten vom Leib und stieg in die Dusche. Draußen hörte er die Schritte der Freundin. Fröhlich pfeifend huschte sie durch die Wohnung. Ulrich drehte den Hahn auf und stellte sich unter den warmen Strahl. Den Kopf im Nacken rann das Wasser an ihm hinunter. Mit langsamen Bewegungen strich er über seinen Körper. Ganz ruhig, nahezu vergessen, stand er unter der Dusche und rieb sich. Er öffnete den Mund und sammelte dort das Wasser, bevor er es durch leichtes Kieferschließen wieder mechanisch herauspresste. Das nun deutlich laute Pfeifen der Freundin holte ihn zurück. Ulrich stellte das Wasser ab und suchte nach Seife, doch war überall nur parfümiertes Duschzeug zu finden. Er verzichtete darauf, stieg aus der Duschwanne und griff wahllos nach einem Handtuch, das an der Tür hing. Tief grub er sein Gesicht hinein und atmete. Er merkte nicht, wie das Wasser von ihm auf den Boden abtropfte. Erst das erneute Pfeifen der Freundin machte ihn darauf aufmerksam. Hastig trocknete er sich ab und wischte mit dem dreckigen Handtuch, das er zum Freilegen des Bildes benutzt hatte, über den Boden. Der Schal war ruiniert. Ob es wohl ihr Lieblingsschal gewesen war, fragte sich Ulrich, bevor er die kleine Mülltonne öffnete und ihn entsorgte. Er betrachtete sich im Spiegel und nickte zufrieden, ehe er sich die Haare glatt strich und in seine Unterwäsche schlüpfte. Da er keine Zahnbürste hatte, tupfte er sich etwas Zahnpasta auf den Zeigefinger und polierte seine Zähne. Das Quietschen war laut zu hören. Nachdem er sich angekleidet hatte, verließ er das Badezimmer, um im Flur von der Freundin schon in Empfang genommen zu werden. »Wie schön. Du bist geduscht. Und Du hast die Bilder entdeckt.«

Ulrich war irritiert. Was meinte sie damit? »Die Bilder. Ja. Die Bilder.« Er schaute zur Freundin, eine Reaktion abwartend. Vielleicht weniger abwartend, denn mehr auf eine Reaktion hoffend; schließlich hatte er sie nicht nur bemerkt. Er hatte sogar eines zerstört. Zumindest verändert, wie er sich sagte. Doch konnte er nicht wissen, ob es ihr gefiel. Ihr müsste aufgefallen sein, dass er sie nicht nur entdeckt hatte, sondern sich an ihnen zu schaffen gemacht hatte – natürlich nicht aus Böswilligkeit, nein, es war ein Unfall – aber er hatte Einfluss auf die Bilder genommen. Nicht bloß den Rahmen geradegerückt und dergleichen Dinge, die man tut, wenn man fremde Bilder betrachtet; er hatte das Motiv verändert. Massiv verändert, wie er sich sagte. Und obwohl er zunächst dies zu verheimlichen trachtete, hatte die Freundin es sofort gesehen und nicht etwa erschrocken reagiert – zumindest gab es dafür kein Anzeichen – sondern es nur erwähnt, in einem beiläufigen Ton. Was meinte sie damit, wollte er es nun herausschreien. Oder zumindest Näheres über die Bilder erfahren.

Die Freundin sah Ulrich an mit einem strengliebevollen Gesicht, das die Mutter aufsetzt, wenn das Kind zum wiederholten Male eine eigentlich leichte Aufgabe nicht lösen kann. Sie richtete die Bilder aus und begutachtete ihr Tun, ehe sie sich wieder Ulrich zuwandte und mit der Hand seine Schulter und Seite entlangfuhr. Am Oberarm packte sie fest zu. Es schien, als prüfte sie Ulrichs Kraft. Ulrich stand ruhig und wartete. Was würde geschehen? Was bedeuteten die Bilder? Er wagte nicht zu fragen, denn wenn er fragte, legte er vielleicht zu viel offen. Vielleicht würde die Freundin dann etwas anderes erzählen, von dem sie dachte, dass Ulrich es hören wollte. Nein, nein. Sie sollte von sich aus erzählen. Sie hatte die Bilder erwähnt, also sollte sie auch sagen, wie es damit weiterginge.

Sie zog ihn an sich heran und legte die Arme um ihn. Ganz so wie jemand, der einem anderen Trost zuspricht. Mit gespitzten Lippen küsste sie seine kahle Stirn und schob seinen Kopf tätschelnd unter ihr Kinn. Die Arme heruntergelassen stand Ulrich in ihrem Klammergriff, den Kopf an ihre Schulter gelehnt, die Brust als Stütze, die Haare vor der Nase – und atmete. Ihr Geruch wurde von ihm aufgenommen. Gerne inhalierte er und versuchte, einen Blick über ihre Schulter hinweg auf die Bilder zu werfen. Erst als sie die Umklammerung etwas, aber nicht zu sehr löste – gerade genug Spielraum, um den Kopf ein Stück nach oben zu richten –, gelang es ihm, allerdings nicht ohne allergrößte Anstrengung. Die Position diente zum Schauen, nicht als Komfort. Die Hand streichelte seinen Hinterkopf und er blickte auf die Bilder. Eine Träne floss aus seinem Auge. Wohlmöglich war es der starke Druck, den die Umklammerung auf diese Gesichtsregion ausübte. Die Freundin schien jedenfalls nichts zu bemerken, was ihm ganz recht war. Schließlich sollte sie nicht zu viel erfahren. Sie sollte erzählen. Ulrich wollte endlich wissen, was es mit den Bildern auf sich hatte.

Minuten vergingen. Weitere Tränen bahnten sich ihren Weg. Unter Mühen hob Ulrich seine Unterarme und umschloss locker die Hüften der Freundin. Kraftlos hingen die Finger runter. Die Freundin schob ihr Becken voran und lockerte den Zugriff am Oberkörper, so dass Ulrichs Kopf etwas Freiheit in der Bewegung bekam. Sogleich legte er den Kopf etwas zurück, wobei der Nacken markerschütternd knackste. Er konnte jetzt leichter die Bilder sehen und richtete den Blick ins Gesicht der Freundin, um etwas zu sagen, doch diese drückte den Kopf sanft zurück an sich heran. »Psssscht.« Wieder küsste sie seine Stirn. Ihre Brust bot sich ihm als Kopfkissen. »Die Bilder«, begann Ulrich, »die Bilder sind…«, doch ehe er ausführen konnte, presste sie ihr Becken fest an das seine, schob die Brust weiter nach oben und glitt mit der Hand hinab zum Kreuzknochen. Ulrich vergaß, was er sagen wollte, er atmete tief. Die Nase lag an ihrer Brust. »Pssscht«, wiederholte sie, »es sind nur Bilder. Einfache Bilder. Kunstvoll zwar, aber lediglich Bilder. Es ist nicht wichtig, was sie zeigen. Sie zeigen vieles.« Ulrich verstand. Er nickte, zumindest war dies seine Absicht, aber die Position seines Kopfes ließ ein deutliches Nicken nicht zu und so versuchte er seine Zustimmung dadurch auszudrücken, dass er mit der Nasenspitze zart an der

Brust rieb. Dass die Freundin dabei die Brust nach vorn streckte, deutete er als Einverständnis. Was sollte sie auch anderes sein als einverstanden? Immerhin war sie es, die sagte, dass viel gezeigt werde. Und sie war es ebenfalls, die seinen Kopf an ihre Brust führte. Warum hätte sie also nun durch stärkeren Druck ein Reiben der Nasenspitze unterbinden wollen? Warum hätte sie ihn festsetzen wollen?

»Ich habe deinen Lieblingsschal ruiniert«, klagte Ulrich. »Es ist nur ein Schal. Und er ist auch nicht ruiniert«, setzte sie sofort entgegen, »er ist jetzt anders. Ich werde ihn tragen.« Ihre Fingerspitzen berührten seinen Po. Ulrich fiel die Bluse der Freundin auf. »Das ist ein sehr schönes Stück. Es steht Dir hervorragend.« Die obersten Knöpfe waren geöffnet und sie war so geschnitten, dass sie zwar einen tiefen Ausschnitt zeigte, aber nicht mehr freigab. »Der Schal passt hierzu«, löste sie ihren Griff, gab Ulrich frei und huschte ins Badezimmer. Behände langte sie in den Abfalleimer, zog ihn heraus, schüttelte ihn kurz und legte ihn sich um den Hals. »Wie gefällt er Dir?«, stand sie im Türrahmen, »ist er nicht genau richtig?« »Genau richtig«, stammelte Ulrich und ein Schauder lief ihm über den Rücken. War der Schal genau richtig? Genau richtig wozu? Dieser dreckige Schal. Vollkommen versaut. Geradewegs aus dem Mülleimer gezogen. Aus dem Mülleimer, in den Ulrich ihn durch seine Unzulänglichkeit befördert hatte. Der Schal, der schon entsorgt war. War er genau richtig? Passte er zu der Bluse? Passte er zu der Freundin? Passte er zu der Situation? Passte er am Ende sogar zu Ulrich? Dieser Schal. Die Freundin stand dort im Türrahmen mit dem Schal. Der Schal, der voller Rotz war. Der Schal, der die Farbe von dem Bild gewischt und etwas anderes freigelegt hatte. Der Schal um den Hals der Freundin. Die Freundin, die im Türrahmen stand. Die diese Bluse trug. Die Freundin, die den Blick verdeckte auf die Dusche, unter der er eben noch stand. Die Dusche, die voller parfümiertem Duschzeug war. Die Freundin, die ihn an ihre Brust drückte, ja sogar dort klammerte, ihn arretierte. Die Freundin, die seine Stirn küsste. War der Schal genau richtig?

Während Ulrich abglitt, fasste die Freundin ihn an der Hand und brachte ihn ins Wohnzimmer. Er nahm Platz. Die Couch war groß und sehr gemütlich. Die Farbe war zum Wandfarbton abgestimmt. »Ich habe Deine Unterlagen mitgebracht«, sagte die Freundin und entzündete ein paar Kerzen. »Daran hast Du einiges zu arbeiten?«, warf sie eher vor, als dass sie fragte. »Zeit genug hast Du. Warte, ich rücke Dir den Tisch näher heran. Brauchst Du noch mehr Licht?« Sie holte eine Kerze und stellte sie neben die Unterlagen auf den Tisch. »So, nun hast Du volle Sicht. Es wird gehen. Kümmere Dich nur um Deine Unterlagen. Ich leiste Dir Gesellschaft. Ich störe auch nicht. Nein, ich werde nicht stören. Du kannst ganz beruhigt sein.«

Ulrich starrte auf die Bluse, ein weiterer Knopf schien geöffnet zu sein, doch gab auch er nicht mehr preis. Der Schal lag locker um ihren Hals. Sie hüpfte kurz und stieß einen vergnügten Laut aus, bevor sie sich wieder daran begab, noch mehr Kerzen zu entzünden. Die Unterlagen wurden hochgehoben und von Ulrich einer Ansicht unterzogen. Sein Blick wanderte vom Schriftsatz zur Freundin und wieder zum Schriftsatz. Sie würde nicht stören. Gewiss nicht. Störung hätte sie nicht im Sinn. Sie würde weiter Kerzen entzünden, vergnügte Laute ausstoßen und ihm über die Schulter schauen, während er die Unterlagen durcharbeitete. Aber stören würde sie nicht. »Es tut mir leid wegen des Schals«, flüsterte Ulrich. »Er passt zu den Bildern«, schloss die Freundin und hielt sich dabei eine Kerze unter das Kinn. Was waren das für große Augen, die ihn dort ansahen? Sie würde nicht stören?! Sie würde nicht stören?! Sie sah ihn an! Mit diesen Augen. Ulrich nahm die Unterlagen fester und betrachtete die Wand. Es gab dort nichts Besonderes. Es gab dort noch nicht einmal etwas Unauffälliges. Es war nur ein Flecken Wand. Hauptsache es waren nicht diese Augen. Würde sie stören? Er kannte sie schon sehr lange Zeit. Würde sie stören?

Er hing seinen Gedanken nach, als sie sich plötzlich neben ihn auf die Couch plumpsen ließ, mit Zeigefinger und Daumen sein Ohr packte und fröhlich flüsterte: »Ich werde nicht stören. Niemals.« Sie stieß einen Lacher hervor und ließ sich zurückfallen, wobei sie die Beine anzog und umschloss. Strahlend begann sie zu wippen. Die Unterlagen in Ulrichs Hand wurden gequetscht. Das Weiße an seinen Fingerknöcheln war zu sehen. »Niemals«, hörte er wieder. Sein Griff entspannte sich und er drehte sich um, griff den Schal an einem Ende und ließ seinen Kopf an ihrer Brust nieder. Am Schal schnuppernd. »Ich werde nicht stören«, drang es an sein Ohr, ehe er einschlief.

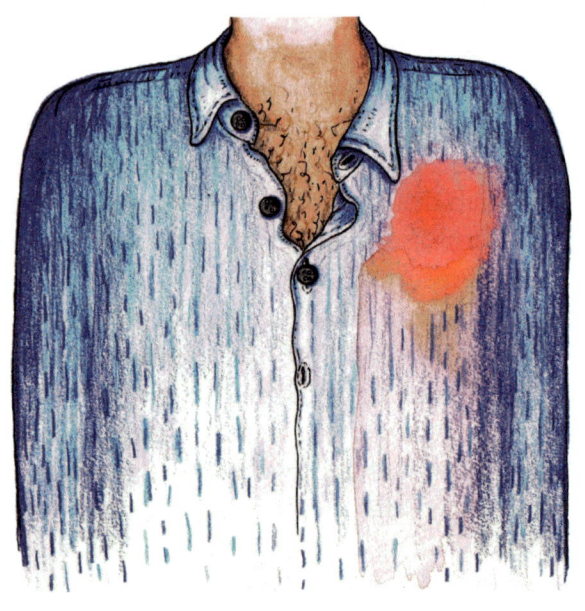

»Wie spät ist es?«, schreckte Ulrich auf. »Du hast geschlafen«, hauchte die Freundin. »Wie spät ist es?«, wiederholte er. »Wir haben geschlafen«, beruhigte sie ihn, »wir haben geschlafen.« Ihre Hände glitten durch sein Haar, führten ihn zurück an ihre Brust. »Es ist gut.« Eine Wolldecke war über ihnen ausgebreitet und die Freundin musste die ganze Zeit gesessen haben, denn die Position ähnelte der, in welcher er eingeschlummert zu sein glaubte. Manche Kerzen waren bereits erloschen. Einige mussten es schon lange sein, jedenfalls war von dem typischen Duft erloschener Kerzen nichts zu riechen. Die Wolldecke war angenehm warm und Ulrich steckte einen Fuß hervor, den er sofort wieder unter die Decke zog, als er die Temperatur erfühlte. Er schüttelte sich. »Pssssscht. Es ist gut«, flüsterte die Freundin. »Ich habe zu tun«, stieß er hervor und sprang die Kälte völlig vergessend auf. Er griff seine Unterlagen und den Wohnungsschlüssel, den sie von ihm hatte. Seinen hatte sie in seiner Wohnung gelassen. Ob es ein Versehen war oder ob sie ihn absichtlich dort liegen gelassen hatte, aus Angst Ulrich könnte es sich doch noch anders überlegen und beim Anblick seines persönlichen Schlüssels lieber in seine Wohnung zurückkehren, als die Nacht bei ihr zu verbringen, war nicht klar. Es schien Ulrich sogar egal zu sein. »Ich habe zu tun.« Der Nachdruck in seiner Stimme klang unverrückbar. Ulrich schaute die Freundin an, die immer noch unverwandt auf der Couch saß, sich nun aber mit dem Finger die Haare eindrehte. Sein linker Fuß stand fest auf dem Boden, während der rechte – dem stimmlichen Nachdruck auch physisch Intensität verleihend – auf den Boden stampfte. Die helle Frotteehose war ein wenig heruntergerutscht und das hellgraue Hemd falsch zusammengeknöpft. Vermutlich musste das nach dem Duschen passiert sein, doch sicher war er sich nicht. Vielleicht hatte er das Hemd schon vor Tagen falsch geknöpft und es war ihm nie aufgefallen, weil so etwas einfaches wie das richtige Zuknöpfen eines Hemdes im Schlaf funktionieren sollte und er sich nicht vorstellen konnte, wie ihm dabei jemals ein Fehler unterlaufen könnte. Ein kleiner Farbfleck zierte es zudem. Ganz klein, mit dem bloßen Auge fast nicht wahrzunehmen, und doch so störend, dass er ihm sofort auffiel, als er an sich hinunter sah. Mit ein wenig Spucke rieb er daran, doch war das Ergebnis nicht etwa das Verschwinden des Flecks, welches er durch sein kräftiges Rubbeln so sehr anstrengte, sondern im Gegenteil eine Ausbreitung der Ränder. »Nein«, regte er sich auf. Ulrich drehte sich um, die Freundin hatte ihre Position nicht verändert, nur dass sie die Haare nun noch intensiver eindrehte und sich ab und an ein Strähnchen in den Mund führte und dabei kurz die Augen schloss, und knallte beim Losgehen mit dem Fuß gegen den Tisch. Ein lauter Schrei folgte.

Ulrich hielt seinen geschundenen Fuß in den Händen und hüpfte klagend auf der Stelle; immer wieder unterbrach er das Jammern durch tiefes Ausatmen. Die Freundin warf sich zurück und klatschte lachend in die Hände. Sie prustete gar und die eine oder andere Träne rann ihr über das Gesicht. Zeitweise geriet sie in Atemnot und hielt sich dann die Rippen, da ihr das Japsen nach Luft zu anstrengend war. Sie schüttelte sich und warf sich auf der Couch umher. Ulrich hüpfte weiter. Als er den hochroten Kopf der Freundin registrierte, schnaufte er und stellte den Fuß auf den Boden. Hurtig sammelte er die Unterlagen vom Boden, die er eben vor Schmerz fallen gelassen hatte. »Wo ist mein Morgenmantel?«, fuhr er die Freundin an, sah ihn, nahm ihn auf und verließ ohne weiteres Wort die Wohnung. Die Tür schlug zu und federte laut nach. Das Lachen der Freundin hörte er dennoch deutlich und als er die Straße betrat, in seinem Aufzug, mit einer verrutschten Frotteehose, einem schmutzigen und falsch zugeknöpften Hemd und dem Morgenmantel in der Hand, die Haare in alle Richtungen stehend, barfuß, zeichnete sich ein Lächeln auf seinem Gesicht ab.

Kopfschüttelnd schloss er die Haustür auf und betrat das Treppenhaus. Der Briefträger begegnete ihm und grüßte schmunzelnd. »Ja, ja«, sagte Ulrich, »habe ich denn wenigstens Post bekommen?« Der Briefträger nickte: »Einen schönen Tag noch.« Ulrich brummte. Er versuchte, die Post mit den Fingern aus dem Kasten zu angeln, was ihm aber nicht gelang, da er immer nur bis zur Klappe kam und die Briefsendung dann wieder aus den Fingern verlor. »Dich krieg ich auch noch«, drohte er und setzte angestrengt nach. Und tatsächlich: Unter vibrierenden Nüstern schaffte er es, den Zeigefinger derart krampfhaft zu krümmen, dass er die Post zwischen Metall und Haut einklemmen und über die fragile Stelle – den kleinen Hügel im Innenraum des Briefkastens – ziehen und eine Ecke ans Licht befördern konnte. Schnell griff er mit der anderen Hand nach und zog den Brief hervor. »Endlich.« Der Absender war ihm unbekannt. Er schloss die Tür auf und warf den Brief auf die Kommode, ehe er sich noch im Flur der Kleider entledigte und direkt unter die Dusche stieg. Das Wasser rann an ihm herab und er schaute direkt in den Strahl, als wollte er sich die Augen rein waschen. Minuten vergingen. Unverändert. Dann drehte er den Hahn ab. »Es ist gut.«

Da er sich kein Handtuch bereit gelegt hatte, rieb er mit den Händen das Gröbste ab und schritt tropfend zum Kleiderschrank im Schlafzimmer, wo er eine große Auswahl an Handtüchern lagerte. Er trocknete sich das Gesicht und blieb vor dem Schrankspiegel stehen. Einige Wasserstropfen bahnten sich langsam den Weg zum Boden, seine Brust war angespannt. Er streckte sich und formte ein Hohlkreuz, den Blick immer in den Spiegel gerichtet, die Arme weit nach oben gerissen. Dann ließ er sie sinken und legte sie auf seine Pobacken, wobei er den Unterleib weit nach vorne schob und, nach kurzer Zeit der Starre, das Becken leicht kreisen ließ. Ein Knacken war zu hören. »Ohh. Das war gut«, stöhnte er, bevor er die Hände in die Hüften stemmte, sich gerade hielt und stillstand. Er sah fest in den Spiegel und atmete tief: Durch die Nase ein, durch den Mund aus. Dreimal, viermal. Dann grinste er und begleitet von einem hohen, klageähnlichen und nicht näher bestimmbaren Laut sagte Ulrich: »Los geht´s.«

Nachdem er sich völlig abgetrocknet hatte, folgte er auf den Knien seinen feuchten Fußspuren und wischte sie eine fröhliche Melodie pfeifend weg. Er nahm seine verstreute Kleidung auf und steckte sie in den Wäschekorb, ehe er in der Küche einen Kaffee aufsetzte. Das Frühstück fiel klein aus: Eine Scheibe Brot mit Butter und ein wenig Wurst, dazu einige hauchdünn geschnittene Gurkenscheiben. Auch der Kaffee war nicht kräftig. Im Gegenteil. Der Filter musste umgeschlagen sein, denn in seiner Tasse fand sich lediglich angeschwärztes Wasser. Nichtsdestotrotz trank er, wohl auch, weil er einerseits zu faul war, einen neuen aufzusetzen und weil andererseits das Kaffeepulver langsam zur Neige ging. Er holte den Brief von der Kommode und ließ sich erneut nieder. Das Kuvert riss er auf und angelte das Schreiben hervor, wobei die Augen schnell darüber flogen. Es war ein Arbeitsangebot. Und ein Termin für ein Gespräch. Noch heute Vormittag.

Ulrich sah kurz aus dem Fenster, schaute noch einmal auf das Schreiben, ehe er es auf den Tisch warf und aufsprang. »Das muss ich mir ansehen«, hielt er fest. Er nahm den letzten Bissen Brot, schob den Stuhl an den Tisch, nahm noch einen Schluck wässrigen Kaffees und eilte zum Kleiderschrank, sich wenigstens etwas anzuziehen, bevor er zur Arbeit telefonierte und sich für heute mit Unwohlsein entschuldigte.

Das Gespräch sollte gar nicht so weit entfernt stattfinden. Zu Fuß war es in weniger als 35 Minuten zu
erreichen. Wenn er sich beeilte, dann sogar in 20 oder
25 Minuten. Aber warum sollte er sich beeilen? Er
hatte noch Zeit. Außerdem hatte man ihn eingeladen.
Und er wusste noch nicht einmal, wer ihn eingeladen
hatte. Auf eine andere Stellung hatte er sich nämlich
nicht beworben. Auch hatte er einen Arbeitswechsel
noch nie in Betracht gezogen. Weder vor Kollegen und
Freunden, noch im Geheimen. Er war zufrieden, sogar
sehr zufrieden mit seiner Arbeit. Und doch war er neugierig, was ihn erwarten würde. Die Beschreibung im
Brief war sehr vage. Dort stand nur, dass man auf ihn
aufmerksam geworden sei, dass er sich durch heraus-

118

ragende Leistungen ausgezeichnet habe, dass er sich durchaus noch weiterentwickeln werde, dass man ihm diese Chance bieten wolle, dass es für alle das Beste sei, wenn er so schnell wie möglich seine neue Stellung antrete und dass man sich sehr darüber freue, einen Mitarbeiter und eine Arbeitskraft wie ihn für sich gewinnen zu können. Am besten noch gleich. Er solle keine weitere Zeit verstreichen lassen und zum angegebenen Zeitpunkt am angegebenen Ort sein. Dort werde man ihn sofort erkennen und auf ihn zukommen. Noch einmal wurde darauf hingewiesen, dass es sich lohnen werde. Ihm werden sich ganz neue Dinge eröffnen und er werde sich fragen, wie er so lange ohne diese Dinge mit seiner bisherigen Arbeit zufrieden gewesen sein könne. Das Gespräch werde auch nicht lange dauern und ihm werden auch keine Unannehmlichkeiten entstehen. Im Gegenteil: Den Ausfall seiner Arbeitszeit werde man ihm reichhaltig entlohnen. Selbst wenn er das Angebot ablehne, was vollkommen ausgeschlossen sei, da es so überzeugend sei, dass es noch niemand ablehnen konnte, ja es abzulehnen noch nicht einmal erwogen habe, und wenn nur der geringste Zweifel an dem Angebot aufkäme und der Gedanke Richtung Ablehnung ausschlüge, werde man es sofort anpassen, schließlich gehe es nicht um Feilscherei, sondern um die Einbindung einer hervorragenden Arbeitskraft in eine neue Position, die ausschließlich für diese Arbeitskraft geschaffen wurde, die vielmehr auch nur von dieser Arbeitskraft ausgefüllt werden könne, da alle nötigen Qualifikationen nur auf ihn, Ulrich selbst, zuträfen. Es werde sich auch nicht zu viel für ihn ändern, außer dass der Arbeitsplatz ein anderer sei, die Kollegen seien natürlich auch andere, die Arbeit unterscheide sich auch ein wenig von der vorherigen, aber im Großen und Ganzen werde sich für ihn nicht viel ändern, nur dass für ihn persönlich alles besser laufen werde, dass er die Unterstützung erhalte, die er verdiene – die er schon lange verdiene – und dass er die Freiheiten und Mittel bekomme, die er sich wünsche. Man gehe davon aus, dass alles, was er verlange, nötig sei, für einen reibungslosen Arbeitsablauf und man es ihm deshalb unverzüglich zur Verfügung stelle und dass er, Ulrich, nichts Überflüssiges tun werde, sondern auf die Entschlackung der Abläufe, oder vielmehr auf die Effizienz der Arbeit, ein wachsames Auge haben werde. Man habe lange, sehr lange, auf eine Arbeitskraft wie ihn gewartet und sei froh Ulrich, einen Arbeiter solchen Kalibers, für das eigene Unternehmen gewinnen werden zu können. Man bedanke sich jetzt schon für das Kommen, denn alles andere sei ausgeschlossen, da es vor allen Dingen noch niemals vorgekommen sei, dass jemand nicht erschiene. Sicher gab es ab und an einen Fall, dass jemand nicht beim ersten Mal erschien, dann jedoch dem zweiten Ruf weit aufgeschlossener folgte, als andere dem ersten, allerdings meist deshalb, weil seit dem ersten so viel Zeit verstrichen sei. Und diese Zeit wolle Ulrich sich sicher nicht lassen, da doch schon so viel davon vergangen sei. Er müsse sich auch überlegen, dass er nicht mehr der Jüngste sei und dass es so viel gebe, was er in neuer Stellung erreichen könne und somit nachhaltig Wirken, sein Wirken, zementiere.

Ulrich folgte dem Ruf. Wie sollte er auch anders? Er sah ein letztes Mal in den Spiegel, natürlich nicht ohne sich zu bestätigen, dass er gut aussehe und in doch vorzeigbarer Form sei, und ließ hinter sich die Wohnungstür krachend ins Schloss fallen. Das Abschließen unterließ er, wobei nicht recht zu erkennen war, ob er es absichtlich tat – aus welchem Grund auch immer; Anzeichen dafür gab es sicherlich – oder es schlichtweg vergaß. Er trat vor die Haustür und kollidierte mit einer jungen Frau, die von rechts kommend einen schwarzen Schäferhund ausführte. Geistesgegenwärtig langte er mit den Händen nach vorne und fing die Frau, die im Fallen sich befand, auf. Eine Hand hatte er an ihrem Kragen, die andere umschlang sie an ihrem Oberkörper. Sie wusste nicht, wie ihr geschah; anders war das Entsetzen auf ihrem Gesicht nicht zu erklären. Ihr Schrei verstummte, als sie Ulrich gewahr wurde. Sie sah ihn direkt an. Der Hund blieb stumm und drehte nur kurz, gänzlich unbeteiligt den Kopf zurück. Wahrscheinlich, um zu sehen, welcher Grund das plötzliche Reißen an der Leine auslöste. Dann fuhr er sich mit der Zunge über die Schnauze und hechelte. Grinsend entschuldigte sich Ulrich und die Miene der Frau hellte sich auf, strahlte gar. Der Hund, die Frau wieder anschauend, bellte einmal und setzte sich. »Nicht so schlimm«, stammelte sie, immer noch in der Schräge, und pustete sich mit schief gezogenem Mund eine Strähne aus dem Gesicht. »Warten Sie, ich helfe Ihnen«, und ohne die Antwort abzuwarten, führte Ulrich seine Hand von ihrem Kragen in ihr Gesicht und schob die Strähne behutsam hinter ihr Ohr, »jetzt ist es besser.« »Danke«, entgegnete sie und ließ die Leine los. Der Hund jaulte und legte sich nieder; fast so, als könnte es hier länger dauern. Während Ulrich irritiert den Hund betrachtete, fasste die Frau nach seinen Oberarmen und umklammerte sie. Sie zog sich jedoch nicht hoch, auch machte sie keine Andeutungen, dass er sie in die Senkrechte befördern sollte, vielmehr fühlte sie lediglich seinen Bizeps. Ulrich wandte sich ihr wieder zu und sie lächelte. »Wo waren wir?«, fragte er, »ach ja, nochmals Entschuldigung. Es ist sonst nicht meine Art, Frauen umzustoßen.« »Sie haben mich ja noch gefangen«, antwortete sie und überschlug sich dabei fast. »Nun kommen Sie doch hoch, oder wollen Sie so durchhängen?«, sagte er. »Das ist ab und zu ganz gut für meinen Rücken«, erwiderte sie und lächelte breit. Der Hund jaulte.

Ulrich half ihr hoch. Sie war nicht viel kleiner als er, der Unterschied kaum sichtbar, ihre Füße standen eng beisammen und sie hielt immer noch seine Oberarme fest. »Da hatten Sie eine gute Reaktion«, sagte sie, woraufhin Ulrich zu Protokoll gab, dass er die Lawine durch sein forsches Auf-die-Straße-Treten überhaupt erst in Gang gebracht habe und somit nur seine Pflicht getan habe. Der Hund jaulte. Ulrich sah ihn an: »Ihr Hund scheint mir etwas genügsam.« »Nein, das sehen Sie falsch. Theo jault oft.« Der Hund hob den Kopf – es schien, als nickte er – und stand dann auf. Mit den Zähnen griff er die Leine, reichte sie der Frau und bedeutete so zum Aufbruch. Für Abschied und weitere Worte war keine Zeit. Theo führte und sie folgte. Ulrich schaute ihr noch nach, bis Theo sich zu ihm umdrehte und Ulrich glaubte, dieser würde den Kopf schütteln.

»Was für ein Hund?!«, entfuhr es Ulrich, ehe er sich zu dem Treffen auf den Weg machte. Er eilte nicht. Er trödelte nicht. Beharrlich in gleichmäßigem Schritt machte Ulrich Meter für Meter. Vorbei an Häusern, Geschäften und Behörden. Hin und wieder traf er ein bekanntes Gesicht und grüßte. Einige Male dachte er, ein bekanntes Gesicht zu sehen und setzte schon halb zum Grüßen an – leicht erhobener Arm, gespreizte Finger, Lächeln –, stoppte dann aber, als ihm gewahr wurde, dass es zwar Menschen waren, die er schon oft gesehen, mit denen er aber noch niemals ein Wort gewechselt hatte. Menschen, die die Stadt mit ihm teilten. Die gleichen Wege gingen, die gleichen Geschäfte besuchten, die gleichen Zeiten hatten wie er. Darüber hinaus war es nie zu Annäherungen gekommen. Sollte es jetzt soweit sein? Sollte er den Leuten, die ihn zweifelsfrei – so glaubte er jedenfalls – auch erkannten als jemanden, den sie nicht recht einordnen konnten oder aber als jemanden, mit dem sie sich nur den Raum teilten, seine Aufwartung machen? Sollte er sie grüßen und somit ein für alle Mal ein neues Niveau der gesellschaftlichen Beziehungen untereinander herbeiführen? Würden die Leute überhaupt darauf eingehen? Würden sie ihn verstehen und ihrerseits grüßen? Oder würden sie den Kopf schütteln? Selbst nachdem sie ihn – mag es einem Reflex geschuldet sein – gegrüßt hatten?

Derlei Gedanken umtrieben ihn und über ebendiese unterließ er das Grüßen. Er beließ es bei einem

Mustern. Sollten die Leute doch tun, was sie wollten. Ihn grüßte ja auch keiner. War es Angst, dass sie ihn nicht grüßten? Angst, für komisch gehalten zu werden? Hatte er Angst? Ulrich schüttelte den Kopf: »Quatsch!« – Ein Mann, der vor ihm ging, wandte sich um: »Wie bitte?« Seine buschigen Augenbrauen waren zum Nasenrücken hin zusammengezogen, die anderen Enden standen nach oben. Hinter seiner klobigen Brille wirkte er wie ein Behördenleiter. »Was meinten Sie gerade?« Ulrich – konsterniert, vollkommen überrumpelt, urplötzlich aus seiner Gedankenwelt gerissen – fuchtelte entschuldigend mit dem Arm und rang nach Worten. »Was soll das heißen: Quatsch?«, fuhr der Mann ihn an. Seine Nase vibrierte. Kleine dunkle Härchen zierten sie. »Entschuldigung. Nichts. Gar nichts. Ich sprach nicht mit Ihnen«, beschwichtigte Ulrich. Die Wirkung schlug fehl. »Sie sprachen also nicht mit mir?! Sie beleidigten und sprachen dann also gar nicht mit mir? Sie beleidigen, und das wahrscheinlich fortgehend, und tapsen immer so durch die Welt, in der Ansicht, Sie dürften dies. Es sei Ihr Recht. Beleidigung. Und kaum reagiert jemand auf Ihre Beleidigungen in gebotenem Maße, nehmen Sie Reißaus. Dann sagen Sie, sie hätten damit gar nichts zu tun. Warum entschuldigen Sie sich, wenn Sie doch, wie Sie eben meinten, gar nicht mit mir sprachen? Mich gar nicht meinten. Nun, mir ist es gerade auch egal, ob Sie mich meinten. Dann beleidigten Sie jemand anders. Soll das die Sache etwa besser machen? Sie entschuldigen sich bei mir dafür, dass Sie jemand anders beleidigten?! – Ihre Chuzpe möchte ich haben.« Während der Tirade flogen vereinzelte kleine Spuckbläschen in Ulrichs Richtung. Doch der grimmige Blick des vermeintlichen Behördenleiters sorgte bei Ulrich für das Unterlassen eines Einwurfs. Er räusperte sich kurz und hob dann an: »Mein guter Herr, nichts, was ich jetzt sage, kann Sie von Ihrer Haltung über mich abbringen. Nichts kann auch nur ein Stück weit zur Entspannung dieser Situation oder aber Ihrer Stimmung beitragen. Also unterlasse ich es gleich und empfehle mich Ihnen. Genießen Sie Ihren Tag.« Der Mann schaute verdutzt. Ulrich nickte ihm zu und schob sich an ihm vorüber, allerdings nicht ohne im letzten Moment noch ein Lächeln aufzusetzen.

Ein lockerer Wind blies durch seine Haare, als er im gleichen Schritt wie vor dem Zwischenfall seinen Weg fortsetzte. Vor dem großen Schaufenster eines Rahmengeschäfts blieb er stehen. Die Rahmen interessierten ihn nicht. Stattdessen war die Auslage dekoriert mit einer Vielzahl von Spiegeln. Verschiedene Größen. Verschiedene Formen. Und aus jedem blickte Ulrich sich selbst entgegen. Es war ein eigentümliches Schauspiel, welches sich bot, als er aus dem Verweilen und bloßem Betrachten in die Erkenntnis hinüber schwappte: Die Spiegel hatten eine besondere Anordnung, die dazu führte, das jede Handlung sich selbst spiegelte. Hob er nur leicht den Arm, war diese kleine Bewegung aus vielfachen Perspektiven zu sehen. Jede noch so kleine Bewegung wurde von einem der Spiegel aufgezeichnet und weitergeleitet. Spiegelnde Spiegelung. Ulrich kratzte sich leicht am Kopf und seine Spiegelbilder vollführten einen mannigfachen

Veitstanz. Sein Kabinett schien ihm zu gefallen. Er machte ein paar lockere Tanzbewegungen, inklusive einer Drehung, und beobachtete dabei abwechselnd die Spiegel. In jedem entdeckte er eine andere Kleinigkeit, die ein anderer Spiegel ihm nicht bot, der wiederum dafür eine andere Besonderheit bereithielt. Ulrich stoppte. Gebannt. War es nicht so, dass ein Spiegel auf das zurückverweist, was man ist? War es nicht so, dass ein Spiegel nur zeigt, was man macht? Was die Essenz ist? War es nicht so, dass ein Spiegel wahr spricht? Dass ein Spiegel nichts von Verstellung, Täuschung, nichts von Verrat weiß? War ein Spiegel nicht das wahre Ich? – Ulrich war ein Pausenclown. Das stand fest. Was sollte er anderes sein? Er stand vor einem Geschäft, dessen Auslage aus Spiegeln bestand und amüsierte sich mit seinem dortigen Kabinett. Wer, außer einem Clown, tat so etwas? Aber machte die Tatsache, dass er dies erkannte, ihn nicht eher zu einem Narren? Nicht bloß ein Possenreißer, sondern ein aufrechter Narr. Ein Wahrsprechender. Ulrich schluckte und der Kehlkopf bewegte sich in vielfacher Ansicht. Er stellte sich seinen Spiegeln.

Wie war er eben mit dem Mann verfahren? Hatte es seine Richtigkeit? Konnte er es bis zu seinem Lebensende vertreten? Nun ja, das war nur eine kleine Episode. Aber was war mit dem Treffen, zu dem er sich bewegte? Durfte er dorthin gehen? Konnte er es sich gegenüber vertreten, dorthin zu gehen? Konnte er sich vor seine Spiegel stellen und zweifelsfrei sagen, dass es richtig war, dem Ruf zu folgen? Schließlich fußte, egal, was passieren würde, alles auf einer Lüge. Einer kleinen, und wahrscheinlich auch unbedeutenden Lüge, einer Lüge, die manche noch nicht einmal als eben eine Lüge bezeichnen würden, sondern sie höchstens als Notlüge unter besonderen Umständen definieren würden, Sachzwängen geschuldet. Aber blieb es nicht doch eine Lüge? Er hatte sich bei der Arbeit entschuldigt mit Unwohlsein. Wohl war ihm anscheinend auch nicht. Aber war es das, was er meinte, als er zur Arbeit telefonierte? War es ein Unwohlsein oder war es ein Komischfühlen? Sicher, als er den Brief las, veränderte sich seine Stimmung. Der Magen unterstützte das mit flauem Gefühl. Ulrich wusste, dass er sich an einer Gabelung befand. Die Entscheidung bestimmte die weitere Richtung. Von dort gab es kein Zurück. Was er wählte, sollte er sorgfältig wählen, denn der an welcher Entscheidung auch immer anhängende Rattenschwanz lag in seiner Suppe. Und der Teller war leer zu essen. Blieb etwas übrig, schleppte er es für immer weiter. Je mehr er schleppte, desto beschwerlicher würde sein Weg werden. Vor allem, weil er sich mit halbgarem Essen immer im Kreis drehen würde. Bis nach langer, sehr langer Zeit, eine Gabelung sich wieder auftun würde, die abhängig vom Unverdauten wäre. Sie könnte nur eine Weiche vor der eigentlichen Gabelung sein. Wie lange würde er brauchen, wieder an der für ihn so entscheidenden Gabelung anzugelangen? Bestand überhaupt die Möglichkeit jemals wieder dort anzugelangen? Diese Lüge. Diese kleine, unbedeutende Lüge. Unwohlsein.

Wieder kratzte er sich den Kopf. Es erinnerte an einen Affen, der das Lausen unternimmt. Er schüttelte das Haupt. »Unwohlsein«, stieß er hervor. Ulrich atmete tief, blickte fest in den Spiegel direkt vor ihm. »Was?«, sprach er ihn an, »was?« Der Spiegel antwortete nicht. Ulrich schloss die Augen, blieb still, als horchte er ganz weit in sich hinein, als wollte er hören, was ganz tief in ihm zu schreien versuchte. Leichte Zuckungen um die Augenpartien waren zu sehen. Die Schläfen pochten. Plötzlich zuckte der gesamte Kopf stark, als schreckte Ulrich vor irgendetwas. Die Stirn lag in Falten, die Zuckungen um die Augen wurden stärker, der Mund verformte sich. »Nein. Was für eine Lüge!«, schoss es aus ihm heraus. Er sah, wie ihn aus allen Spiegeln weit aufgerissene Augen anstarrten. Das Haupt zu Boden wandte er sich um und ging.

Ulrich bewegte sich ein wenig langsamer als zuvor. Nur ab und an hob er den Blick, sich zu vergewissern, dass sich vor ihm in unmittelbarer Nähe kein Hindernis auftat. Sein Kopf bewegte sich nur beim kurzen Hinaufblicken, sonst blieb er steif. Mittlerweile trug er die Hände in den Hosentaschen, die Arme nah an seinen Körper gepresst. »Hallo Ulrich«, schallte es fröhlich. Eine Arbeitskollegin begegnete ihm. »Was machst Du?« Er hob – es wirkte sehr gequält – den Kopf und lächelte bizarr: »Ich gehe.« Die Kollegin schaute irritiert, wich etwas zurück, »wie meinst Du das?« Tonlos erwiderte er: »Du fragtest, was ich mache, ich antwortete, dass ich gehe.« Ratlosigkeit war ihr ins Gesicht geschrieben und sie erkundigte sich, ob er denn nicht arbeiten müsse. »Doch«, setzte er knapp hinzu. Die Kollegin war anscheinend auf alles gefasst, nur nicht auf Ulrich. Und so legte sie leicht den Arm auf seine Schulter, fuhr ein wenig auf und ab, griff dann fest zu und sagte: »Ich verstehe nicht.«

Ulrich schien über diese Antwort sehr erfreut, riss er doch plötzlich den Kopf hoch, sah ihr in die Augen und ein beruhigtes Lächeln ergriff ihn: »Ich danke Dir.« Er zog sie zu sich heran, umarmte sie und vergaß auch nicht, ihre Wange mit Küssen zu bedecken. »Ich danke Dir«, wiederholte er. Die Kollegin, über die Liebkosungen zwar überrascht, diese aber dennoch sichtlich genießend, drückte beide Arme fest gegen seinen Rücken und umfasste die Schultern, ehe sie bekannte, dass sie nicht wisse, wofür er ihr danke, dass sie auch dies nicht verstehe, dass es aber alles nicht schlimm sei und dass sie sich wahnsinnig freue, Ulrich zu sehen. Sie gab ihm einen Kuss auf die Wange, wich zurück und fuhr mit dem Finger die von ihr geküsste Stelle entlang. Ob sie die geküsste Stelle fühlen wollte, oder ob sie den Kuss wegwischen wollte, war nicht ersichtlich. Jedenfalls löste sie sich, lächelte ihn noch einmal an und wünschte ihm einen schönen Tag und helle Gedanken. Ulrich brummte nur.

In der Folge nahm er seinen gewöhnlichen Schritt wieder auf und strebte dem Termin zu. Die Miene war aufgehellt, hatte er doch durch die kurzen Antworten Lügen vermieden, hatte er doch nur Dinge gesagt, die unwiderruflich stimmten. So einfach war es. Er log nicht, weil er knapp antwortete. Oder verschwieg er etwas? Nein, der Vorwurf, etwas zu verschweigen, stammt aus einer mangelnden Fragetechnik oder aus der Forderung mehr Informationen zu erhalten, als man ursprünglich einforderte. Man verschwieg nichts, wenn man auf eine geschlossene Frage geschlossen antwortete. Die Beweispflicht lag immer noch beim

Frager. Dieser leitete schließlich die Kommunikation, er war es doch auch, der Informationen begehrte oder ein Gespräch eröffnete. Wenn der Frager dem Antwortenden Unterschlagung vorwarf, so war er es selbst, der seine Funktion nicht voll ausfüllte, und dies nach der Erkenntnis dessen dem Anderen vorwarf, um sich selbst das eigene Verfehlen nicht einzugestehen. Der Frager log. Er log sich an. War es nicht schlimmer, sich anzulügen als jemand anderen? Resultierte die Lüge dem anderen gegenüber nicht erst aus der Lüge sich selbst gegenüber? Lügen. Ein Geflecht aus Lügen. Systematisch.

Ulrich erreichte den angegebenen Ort. Er war ihm nicht gänzlich unbekannt, nur hatte er noch nie sonderlich auf ihn geachtet, nun aber, da er begründet hier war, schenkte er den Gegebenheiten Aufmerksamkeit: Pompöse Architektur, die allerdings nicht zu protzig wirkte. Ziselierte Giebel und verspielte Wasserspeier in einem Mix aus Eierschalenweiß und Bordeauxrot. Pflanzen, säuberlich aufgestellt, rundeten die Fassade ab.

Ulrich stieg die Treppenstufen zum Eingangsbereich hinauf, vorbei an mächtigen Säulen, welche mit Mustern verziert waren. Er durchschritt die große Schwenktür, die sich unter einem verzerrten Knarzen öffnete. Die Luft, die er sogleich einsog, war angenehm. Es mussten eine Menge Luftbefeuchter in Betrieb sein. Das Foyer unterteilte sich in zwei riesige Flügel. In die rechte Seite war ein Restaurant integriert, während die linke Seite durch den dargelegten Cafécharakter eher zu kurzen und mittleren Aufenthalten einlud.

Vor Kopf deutete eine transportable Informationstafel auf Geschäftsveranstaltungen und Kongresse hin. Die Einrichtung passte zu allem und die Bediensteten schienen zur Betreuung geschult zu sein, jedenfalls wurde Ulrich gleich von mehreren ins Auge gefasst, die nur darauf warteten, ihm zu Hilfe zu kommen, sobald er sich für einen Flügel entschieden hatte. Doch noch ehe es soweit war, trat von links eine junge Frau heran und begrüßte ihn mit Namen. Sie stellte sich vor und führte ihn in den Cafébereich, dessen Bedienstete einen vertrauten Umgang mit ihr pflegten. Der Duft ihres Parfums zog vor Ulrich her und verweilte in der eleganten Lounge, wo ihm ein Platz angeboten wurde und nach seinen Getränkewünschen gefragt wurde. Wie sich herausstellte, bevorzugte die junge Frau ihren Kaffee auf die gleiche Weise zu trinken wie Ulrich. Ihre blauen Augen strahlten, Ulrich lächelte. Der Kaffee kam sogleich und weitere einleitende Riten wurden unter dem Hinweis darauf, dass die Frau zwischendurch gerne mal einen Schnaps trinke, übergangen. Ulrich wiegelte harte Sachen ab und so – allerdings nicht ohne auf den hervorragenden Geschmack zu verweisen, den der Whiskey hier habe – lenkte sie das Gespräch auf das Geschäftliche. Sie rückte näher an ihn heran, dämpfte ihre Stimme und breitete Unterlagen aus: Eine Fülle an Material. Bei jedem vermeintlich neuen Punkt, den sie ihm nannte, beugte sie sich vor und schaute Ulrich gewichtig in die Augen. Ihr glattes, schulterlanges blondes Haar ragte am Gesichtsrand dann immer ein wenig nach vorn. Ulrich hörte aufmerksam zu, stellte Fragen. Jede Frage schien die Frau zu verunsichern, denn sie haspelte. Manchmal regelrecht aufgeregt – so war Ulrichs Eindruck.

Nun, die Verunsicherung konnte auch in einer unzureichenden Fragetechnik begründet sein und die Frau hatte deshalb Probleme zu verstehen. Schnell fuhr sie fort und präsentierte ihm weitere Zahlen, Fakten und Tabellen. Diese würden Ulrich schon alles erklären. Zumindest alles Nötige. Er fixierte die Unterlagen, zog sie zu sich heran, spielte mit ihnen herum, arrangierte sie neu und – stellte Fragen. Der Verunsicherung entkam die junge Frau durch das Ordern eines neuen Kaffees und dem vertraulichen Plausch mit dem Bediensteten. Ulrich arrangierte die Unterlagen. Er sagte der Frau, dass er verstehe und sie doch fortfahren möge. Sofort sprach sie weiter von Vorzügen und Risikoarmut, was sie mit neuen Unterlagen bestärkte. Immer wieder flocht sie persönlich anmutende Angaben und Fragen ein. Ulrich hörte geduldig zu, sagte dazu jedoch wenig und konzentrierte sich auf die Unterlagen. Hin und wieder stellte er Fragen, die er dann in einen ihr persönlichen Zusammenhang setzte. Wieder griff die Verunsicherung um sich. Hatte die Frau nicht damit gerechnet? Dachte sie, Ulrich bezöge die Unterlagen auf sich? Stellte sie es sich zu einfach vor?

Ulrich lächelte sie an. Er wiederholte seine Fragen in anderen Worten und lehnte sich zurück. Ihr Nachdenken zu unterstützen, griff er zu seinem Kaffee. Die junge Frau begann zu reden. Stoppte. Begann zu reden. Stoppte. Ulrich nippte an seiner Tasse und schaute sie erwartungsvoll an. Ohne eine der Fragen genauer zu beantworten, erwähnte sie weitere Unterlagen und führte sie vor. Ulrich folgte ihren Ausführungen und stellte Fragen, die er wieder in einen direkten Bezug zu ihr setzte. Eine genaue Antwort bekam er wieder nicht. Stattdessen wurde ihm weiteres Material präsentiert. Als er wieder zu fragen anhob, entschuldigte sie sich kurz, um einen Freund zu begrüßen, der den Cafébereich betrat. Die Begrüßung sollte herzlich wirken.

Nach ihrem Wiederkommen lächelte Ulrich und machte harmlose Witzchen. In der Folge verzichtete er auf weitere Fragen und ließ die junge Frau ihre Ausführungen machen. Ihr rundes Gesicht dokumentierte eine Gutgläubigkeit. Als sie geendet hatte, wollte sie – geschäftliche Seriosität demonstrierend – von Ulrich wissen, ob er noch Fragen habe. Er schüttelte den Kopf. Ob noch Interesse an dem Angebot bestehe, fragte sie, was Ulrich bejahte. Daraufhin erbat sie ein paar persönliche Angaben, die Ulrich in ein Formular einzutragen habe und skizzierte kurz den weiteren Ablauf seiner Dinge. Ein letztes Mal stellte Ulrich noch eine Frage, diesmal ganz leicht formuliert und ihre letzten Angaben nahezu wortgenau zusammenfassend. Ein klares »Ja« folgte. Ulrich lächelte. Er füllte das Formular aus und gab ihr den Stift zurück. »Behalten Sie ihn«, entgegnete sie generös. Ulrich lächelte, nickte und steckte den Stift ein. Beide erhoben sie sich und griffen zu ihren Jacken. Die junge Frau war auf der Höhe der Mode und warf sich das Tuch elegant über. Ulrich trat einen Schritt zurück und ließ ihr den Vortritt. Sie durchschritten das Foyer, wobei sie sich von Bediensteten verabschiedete, und Ulrich öffnete ihr die Eingangstür. Ein paar Schritte gingen sie noch gemeinsam, bis sich ihre Wege trennten. Das Gespräch hatte eine Stunde gedauert.

Ulrich machte sich auf den Heimweg. Mehrmals prustete er und schüttelte leicht den Kopf. War das gerade nun alles ernst gemeint? Sollte es wirklich so stattfinden, wie es stattfand? Dachte man, ihn so überzeugen zu können? Oder war es vielleicht nur ein Test? Ein Test, um seine Eignung zu prüfen? Doch dafür war es zu offensichtlich. Wenn man ihn auf diesem Niveau testen wollte, hätte man ihn gar nicht erst einbestellt. Nur jemand, der vollkommen ungeeignet wäre, hätte ihn eingeladen, wenn er die Möglichkeit unterstellte, Ulrich verweile auf solchem Niveau.

Er schlenderte pfeifend durch die Straßen und freute sich auf den Abend, den er mit Freunden zu begehen gedachte. Die Hände in den Hosentaschen begutachtete er die Schaufenster. Nicht dass er etwas brauchte, aber wenn er etwas Interessantes sähe, könnte er es erwerben. Es galt ihm stets, die Augen offen zu halten. Besonders lange hielt es ihn vor einem Schuhgeschäft. Er studierte die Auslage fachmännisch. Ein Paar Lederschuhe betrachtete er sehr genau – wenn das Schaufenster nicht dazwischen gewesen wäre, hätte er das Paar in die Hand genommen und von allen Seiten untersucht. So aber schaute er nur und reckte den Kopf nach rechts und nach links. Ein Nicken folgte. Als ein Mann sich dazu gesellte und auf die Auslage starrte, sagte Ulrich: »Schuhe. Schuhe sind so nützlich und wertvoll.« Der Mann brummte und setzte hinzu, dass ein guter Schuh durch nichts zu ersetzen sei, er könne jemanden ein Leben lang begleiten und habe große Auswirkungen auf die Stimmung des Trägers. Ulrich lächelte und bemerkte die Bewandertheit anerkennend. Der Mann nickte, wenn auch leicht gequält, und sagte, dass er früher selbst ein Schuhgeschäft besessen habe und sogar Schuhmachermeister sei. Er habe es schließen müssen, weil die Kundschaft ausblieb. Es bestünde wohl kein Interesse mehr an Qualitätsware und in eine Reparatur und gute Pflege stecke niemand mehr Geld. Warum das so sei, wisse er nicht, es sei ihm auch egal, was könne es ändern. Vor zwei Jahren habe er es geschlossen. Er hatte noch drei Kunden. Die habe er auch heute noch. Wenn diese Probleme hätten, kämen sie zu ihm und er kümmere sich um den Erhalt des Schuhwerks, nur neue Schuhe stelle er nicht mehr her. In seiner kleinen Wohnung habe er keinen Platz für die großen Maschinen, die für die Herstellung eines soliden Schuhs notwendig seien. Es habe sich also nicht mehr gelohnt, das Geschäft weiter zu betreiben. Jetzt lebe er von seinen Ersparnissen und einer kleinen Rente. Das Auskommen sei auch nicht das Problem. Vielmehr vermisse er die Zeiten, als sein Schuhgeschäft noch eine Art Begegnungsstätte gewesen sei. Schon kurz nach der morgendlichen Ladenöffnung seien die ersten Leute gekommen, ließen sich nieder und schauten ihm bei der Arbeit zu. Manche hatten gar keine Schuhe zur Reparatur dabei und auch gar nicht die dringliche Absicht, neue Schuhe zu erwerben, sondern genossen es einfach, dort zu sitzen und sich zu unterhalten. Vor allen Dingen genossen sie es, etwas über die Schuhherstellung und Pflege zu erfahren. Manche kämen auch einfach nur, um eine Zigarre zu rauchen. Das sei früher bei ihm normal gewesen. Er selbst habe aber höchstens einmal im Monat eine Zigarre geraucht und ansonsten die Offerten höflich abgelehnt. Er finde es nicht gut, sich hinzusetzen und gemütlich eine Zigarre zu rauchen, während das Geschäft geöffnet sei. Arbeitszeit sei schließlich Arbeitszeit. Aber das Nützliche habe sich damals bei ihm doch sehr mit dem Angenehmen verbunden. Es seien oft ältere Menschen – in Rente – gewesen, die bei ihm gesessen hätten, aber an Samstagen auch etliche junge Leute, die unter der Woche nicht so viel Zeit hatten. Samstags sei es häufig so gewesen, dass man ohne zu arbeiten zusammen saß, stattdessen habe er immer wieder Gebäck verteilt und den Neuigkeiten gelauscht, die die Leute ihm erzählten. Dann habe er viel über den Ackerbau erfahren, weil ein Kunde einen kleinen Bauernhof besaß und jeden Samstag zum Plausch vorbeikam. Er habe über Böden, Vegetationsperioden, Anbaufrüchte und Düngemethoden doziert. Er selbst habe jedes Mal gespannt gelauscht und die Tipps mit großem Erfolg in seinem kleinen Nutzgarten angewandt. Hin und wieder habe der Bauer ihm auch – einfach so – einen Sack Kartoffeln oder ein paar Eier mitgebracht. Das seien herrliche Zeiten gewesen, sagte er. Aber das Lamentieren nütze nun nichts, es sei vorbei, sein Laden sei schon lange geschlossen, viele der Leute von damals schon gestorben oder so gebrechlich, dass sie kaum auf die Straße gingen. Wenn er einen von ihnen besuche, freuten sie sich und redeten über die alten Zeiten. Einige hätten aber auch große Schwierigkeiten sich überhaupt an früher zu erinnern und sie wüssten im ersten Moment gar nicht, wer da gerade vor ihnen stehe und sich mit ihnen unterhalte. Manchmal sei das auch nach zwei Stunden Gespräch noch so und wenn er eine Woche später wieder zu Besuch komme, wiederhole sich dies. Das sei zwar immer etwas komisch und auf die Dauer auch ermüdend, aber dennoch lächelten die Leute oft und hin und wieder komme es ihm so vor, als erinnerten sie sich an etwas ganz genau, dann begannen sie, eine Geschichte zu erzählen, wüssten aber mittendrin nicht mehr, was sie erzählten. Er erzähle die Geschichte dann zu Ende oder frage einfach nach etwas anderem, wovon sie berichten könnten.

Die drei Kunden, die er jetzt noch habe, seien unterschiedlicher Natur. Zwei seien noch von früher da und selbst immer im Geschäft gewesen. Sie seien aber auch schon alt und man merke, wie ihre Gebrechlichkeit zunehme. Bald werden sie wohl auch nicht mehr kommen und um ihre Gesellschaft zu haben, werde er sie zu Hause aufsuchen müssen. Dann werde er ihre Schuhe wahrscheinlich auch nicht mehr zu reparieren haben, was ihn jetzt schon schmerze. Der dritte sei der Sohn eines Kunden, der vor längerer Zeit gestorben sei. Er habe dem Sohn aber immer so viel über das Geschäft berichtet, dass dieser nun wie selbstverständlich vorbei komme. Er sei auch viel jünger als er, der Schuhmachermeister, doch interessiere er sich sehr für das Handwerk. Als er noch ein Kind gewesen sei, sei er oftmals vom Vater in das Geschäft mitgenommen worden, aber irgendwann habe das aufgehört. Der Junge erinnere sich, dass er damals Probleme in der Schule bekommen habe und so auf Geheiß der Mutter die Freizeit nicht im Schuhladen vertun solle, sondern mehr lernen solle. Er habe gelernt und arbeite nun als Buchhalter. Viel lieber habe er etwas über Schuhe lernen wollen, er habe dem Schuhmachermeister schon mehrfach gesagt, dass das Handwerk ihm mehr liege, aber seine Mutter befand, er solle etwas Vernünftiges lernen. Jetzt arbeite er als Buchhalter. »Buchhalter!« deklamiere er immer wieder. Er vermisse die wirklich tätige Arbeit, obwohl er sie gar nicht kenne. Er habe als Kind ja nur ein paar Mal in dem Geschäft des Schuhmachermeisters kleine Handlangertätigkeiten ausgeführt. Sehr zu seiner wie auch des Meisters Freude. Der Vater habe dabei ebenfalls immer gestrahlt. Nur die Mutter sei dagegen gewesen. »Keinen Handwerker«, habe sie immer gesagt, »keinen Handwerker will ich im Hause haben.« Der Schuhmachermeister müsse immer lachen, wenn der Mann das erzähle, und verweise dann stets darauf, dass die Mutter nicht ganz Unrecht behalten habe, schließlich habe er sein Geschäft schließen müssen, während der Mann eine Arbeit und ein Auskommen habe. Der Mann nicke dann immer, unterlasse es aber auch nicht, darauf hinzuweisen, dass es sicherlich andere Möglichkeiten gebe auch jetzt noch mit Schuhen sein Geld verdienen zu können. Außerdem habe er den Geruch in dem Geschäft so sehr geliebt und es sei für ihn das Schlimmste gewesen, als er nicht mehr habe kommen dürfen.

»Handwerk hat goldenen Boden«, lachte der Schuhmachermeister plötzlich auf und sah Ulrich an. Ulrich, überrascht, dass die Rede so abrupt endete, blieb stumm. »Handwerk hat goldenen Boden, sagte ich«, wiederholte der Schuhmachermeister. »Ja, goldenen Boden«, antwortete Ulrich, eher um etwas zu sagen, als dass er über die Aussage nachsann. Der Handwerker brummte. Ulrich zeigte auf einen Schuh, »das ist einer von guter Qualität«, berappelte er sich, »auf die Qualität kommt es an«. »Ohne Qualität ist alles nichts«, bestätigte der Schuhmachermeister. »Aber, verzeihen Sie«, sagte Ulrich, »Sie haben Ihr Geschäft schließen müssen, trotz der Qualität. Bereuen Sie denn nicht, dass Sie etwas mehr Quantität hätten führen können? Dadurch hätten Sie vielleicht die Qualität etwas länger erhalten.« »Nein. Keinesfalls. Zu viel Quantität hätte die Qualität nur verwässert. Sehen Sie«, führte der Schuhmachermeister aus, »die Zeit, die auf die Ordnung und das Arrangement der Quantität verwand wird, geht zu Lasten der Qualität. Alleine der Aufwand der Bestellung. Und vor der Bestellung die Auswahl. Dann die Lieferannahme, das Entpacken der Ware, das Aufstellen der solchen, die Etikettierung. Und dann, was das am meisten Zeitraubende ist, die Anpreisung des Ganzen für den Kunden. Bedenken Sie, Sie müssen sich mit der Qualität der Quantität auseinandersetzen und gute Gründe dafür finden, warum ein Kunde eine solche Wahl treffen sollte und dabei setzen Sie das alles in Bezug zur Qualität der Qualität. Es ist doch viel schwieriger, Gründe für die Wahl von etwas Minderwertigerem zu finden. Vielleicht sogar unmöglich. Also ergehen Sie sich in Ausflüchten und Scheinargumenten. Denn das müssen Sie, wenn Sie auf Quantität setzen. Sie müssen doch mehr von der Quantität verkaufen, für eine gesunde betriebswirtschaftliche Bilanz, als von der Qualität. Die Leute sind doch bereit, für die Qualität auch den angemessenen Preis zu bezahlen. Aber für die Quantität? Nein. Für die Quantität benötigen Sie Überzeugungsarbeit, meist jedoch Überredungskunst. Überredungskunst. So zeitraubend. Nicht nur für Sie, auch und gerade für den Kunden. Stellen Sie sich vor: Der Kunde hat zum Produkt immer Fragen. Je niedriger die Qualität, desto mehr Fragen. Und Sie müssen für all diese Fragen eine Antwort ersinnen. Nein. Die Qualität erspart viel Zeit.« »Und manchmal weiß man auf die Fragen keine direkte Antwort«, warf Ulrich ein. »Weil es keine gibt«, entgegnete der Schuhmachermeister. »Dann wiederholt man formelhaft oder zeigt auf etwas Neues«, senkte Ulrich den Blick. »Ausflüchte sind es, mein Herr. Ausflüchte«, ließ der Schuhmachermeister wissen. »Ausflüchte, ja«, quittierte Ulrich, »die Überhäufung mit Informationen, die in keinem direkten Zusammenhang stehen.« »Das ist die Überredungskunst. Vorteile hat sie keine. Sie raubt nur Zeit für jedermann«, legte der Schuhmacher seine Hand auf Ulrichs Schulter, »machen Sie es gut. Ich bin hungrig. Und ich will meine Freunde noch besuchen. Sie freuen sich doch immer.«

Ulrich bedankte sich und wünschte seinerseits einen schönen Tag, es sei ein gutes Gespräch gewesen, ließ er den Handwerker noch wissen, bevor dieser sich davon machte. Ulrich schaute ihm noch kurz nach und blickte dann wieder auf die Schuhe: »Nein. Ich kaufe nicht alles.«

Noch schwer unter dem Eindruck der Unterredung stehend trottete Ulrich davon. Andächtig. Zumindest wirkte es so. Die Arme hatte er hinter dem Rücken verschränkt, den Blick gerade auf den Boden gerichtet. Manchmal hob er den Kopf und blickte geradewegs in den Himmel, nur für ein paar Meter, das Gehen unterließ er dabei nicht, und senkte den Kopf dann wieder zu Boden. Was rechts und links von ihm passierte, schien ihn nicht im Geringsten zu interessieren, er nutzte Zeit und Weg zum Ordnen seiner Dinge. Sicherlich überprüfte er seine Gedankengänge und seine Vorstellungen.

In der Nacht schlief Ulrich nicht gut. Er wälzte sich hin und her und fragte sich, ob es nicht vielleicht besser gewesen wäre, noch etwas für die Arbeit getan zu haben. Aber für welche Arbeit eigentlich? Er hatte ja etwas getan, er hatte sogar sehr viel getan. Doch war es nicht das, was für den nächsten Tag anstand. Zumindest nicht direkt anstand. Andererseits duldete die Arbeit, zu der es sich am Abend durchgerungen hatte, sie zu verrichten, keinen weiteren Aufschub. Viel zu lange schon hatte er sie zwar vernachlässigt, doch an diesem Abend, zu dieser Stunde, hatte er sie wieder aufnehmen müssen. Leicht ging es ihm von der Hand. Ganz so wie etwas, das man lange vermisste und sich so darüber freute, dass man die aufgebaute Scheu davor vergaß. Es war ihm, als hätte er die ganze Zeit nichts anderes gemacht. Und doch dachte er während dieses Tuns immer wieder an die andere Arbeit, die vielleicht dringender, aber nicht zu dringend anstand. Sollte er sein Tun unterbrechen und sich an das Andere geben. Was, wenn er es machte? Änderte es etwas? Was änderte es? Ihm war klar, dass er beides machen musste. Wenigstens vorübergehend. Doch wer wusste denn, wann das Vorübergehen vorüberging. Er sicherlich nicht. Es lähmte ihn, doch beeinflusste es das Tun nicht wirklich. Derlei Gedanken umtrieben ihn, als er im Bett hochfuhr. »Quatsch«, schoss es aus ihm hervor. »Was hätte ich denn tun sollen?«, fragte er ins Dunkel, »egal, für was ich mich entschieden hätte, der Gedanke an die andere Möglichkeit hätte mich ebenso beschlichen. Ich hatte gar keine Wahl. Es gibt keine Wahl«, sprach er sich zu. Er schlug sich mit der Hand an die Stirn. »Es gibt keine Wahl«, stellte er leise fest – und es klang befreit. Er setzte sich auf die Bettkante und starrte an die Wand. Dorthin, wo ein kleiner Lichtkegel durch das Fenster fiel. Die Hände gefaltet. Er schüttelte leicht den Kopf und ein Lächeln umspielte die Mundwinkel. »Es gibt keine Wahl«, wiederholte er. Sein Blick glitt die Wand entlang, bis dorthin, wo er die Ecke vermutete und folgte dieser Wand, bis zur nächsten Ecke. Ulrich drehte den Kopf weiter, so weit wie es ging. Dann fuhr er herum und glitt die nächste Wand entlang, bis zur Ecke und weiter. Er erreichte wieder den Lichtkegel. Ein Prusten entfuhr ihm und er stand auf, zog die Rollladen nach oben und öffnete das Fenster. Die Arme fest auf der Fensterbank aufgestützt blickte er hinaus. Ein leichter Wind durchzog die Blätter an den Bäumen, das Rascheln war zu hören. Er schloss die Augen und atmete ein, ganz so, als wollte er den Wind einsaugen. Er öffnete die Augen wieder und blickte zu den Sternen. Einzelne funkelten. Es schien, als suche er nach dem Mond, doch war dieser auf der anderen Seite und so aus seiner Warte nicht zu sehen. Eine Katze bestieg den großen Baum auf der anderen Seite. Geschmeidig. »Es gibt keine Wahl«, wiederholte Ulrich, »die Katze – sie klettert. Sie hat keine Wahl.« Er streckte den Kopf weiter aus dem Fenster und hielt sich einen Arm hinter das Ohr. »Schön, wie sie klettert. Und so geräuschlos.« Ein Flattern durchschnitt die Ruhe und ein Vogel flog aufgescheucht aus dem Geäst. »Ein Vogel«, rief Ulrich, »er fliegt. Er hat keine Wahl. Die Katze kommt, er hat keine Wahl. Die Katze kommt – vielleicht den Vogel zu holen. Der Vogel flieht, der Katze zu entkommen. Und doch gibt es keine Wahl.« Ulrich fasste sich mit beiden Händen an die Stirn. Es schien, als schaute die Katze ihn an. Er riss die Arme auseinander, weit aus dem Fenster gebeugt und schrie: »Wer glaubt denn an die Wahl? Es gibt sie nicht.«

Die Katze sprang vom Baum und verschwand in der Dunkelheit, als er eine Stimme hörte: »Ulrich, was schreist Du denn so rum? Es ist spät, aber Du bist noch wach, das ist gut. Komm, wir trinken etwas. Öffne.« Vollkommen überrumpelt erkannte Ulrich seinen

Nachbarn. »Wir trinken etwas, ja«, sprach er eher zu sich als zu ihm und fuhr fort, »ich habe keine Wahl.« Amüsiert schaute der Nachbar ihn an: »Nun mach endlich auf.« Ulrich wackelte kurz mit dem Kopf, als schüttelte er etwas von sich ab. »Wie spät ist es überhaupt? Wo kommst Du her? Ach warte, ich öffne.« Er schloss das Fenster und eilte zur Haustüre, als er bemerkte, dass es gegebenenfalls besser wäre, sich anzukleiden, bevor er Besuch empfinge. Auf dem Teppich machte er kehrt, wie ein Tänzer, und glitt um die Ecke in das Zimmer zurück. Er warf sich ein T-Shirt über und schlüpfte in eine Hose. Derart schnell und sicher, als ob er von Berufs wegen nichts anderes machte und gelangte wieder zur Tür, welche er umgehend öffnete. Sein Nachbar erklomm gerade die letzte Treppenstufe. »Tritt ein«, begrüßte ihn Ulrich, »was hast Du denn mitgebracht?«, und deutete auf den Stoffbeutel, den der Nachbar bei sich trug. »Nichts weiter. Nur eine Jacke und etwas Wein. Ach ja, und das hier.« Er griff hinein und zog ein Paket Lakritz hervor. »Sehr fein, aus Holland«, setzte er hinzu und drückte Ulrich die Tüte in die Hand, während er sich an ihm vorbei in die Wohnung schob. Er stolperte ein wenig über die Schuhe im Hausflur, blickte über die Schulter zu Ulrich und schüttelte den Kopf. Obwohl es auch möglich gewesen wäre, dass der Nachbar damit sein tollpatschiges Stolpern kommentierte, bat Ulrich sofort um Entschuldigung. Es war ganz so, als schämte er sich für den Schuhberg. Der Nachbar schüttelte nun noch heftiger den Kopf und begann zu grinsen: »Wir sollten etwas trinken«, setzte er schnell hinzu. »Ja«, sagte

Ulrich, »klar. Moment nur«, und ehe er etwas anderes tat, riss er das Lakritzpaket auf, führte es an seine Nase, atmete mit geschlossenen Augen tief ein und warf den Kopf zurück. »Moment nur«, wiederholte er und griff hinein, sich eine große Menge in den Mund zu stopfen. Mampfend deutete er auf das Wohnzimmer und nickte. Der Nachbar ging voran und Ulrich bog in die Küche ab. Er kramte etwas Schnaps und Bier hervor. Als er sich drehte, glitt ihm das Bier aus der Hand und zerschellte mit einem Knall auf dem Boden. »Alles okay?«, klang es aus dem Wohnzimmer postwendend. »Ja, nichts passiert«, antwortete Ulrich und machte sich bereits daran, den Boden zu wischen und das Glas aufzuheben. »Einen Moment nur«, rief er ins Wohnzimmer und sprach vor sich hin, dass er den Rest morgen erledige. Morgen reiche in jedem Falle, das Gröbste sei ja bereits erledigt. Er öffnete den Schrank und zuckte, als er bemerkte, dass dort keine Schnapsgläser waren. Er hatte doch einmal einige davon gehabt. Ulrich sah sich in der Küche um und blickte noch einmal in den Schrank, vermutlich um zu schauen, ob denn nicht vielleicht jetzt welche darin wären. Doch dort hatte sich kein neues Bild ergeben. Ulrich stieß einen Lacher hervor, öffnete einen anderen Schrank, entnahm diesem zwei große Weingläser und einen Korkenzieher und wandte sich dem Wohnzimmer zu. Strahlend setzte er – den Nachbar fixierend – an: »Wir haben keine Wahl. Wir müssen Deinen Wein trinken«, und entriss dem verdutzten Nachbarn den Stoffbeutel, welchen dieser auf seinem Schoß platziert hatte. »Dafür ist er ja auch hier«, setzte Ulrich hinzu, ehe er die

Flasche hervorzog und den Korkenzieher ansetzte. Der Nachbar schaute ihn zwar überrumpelt, aber belustigt an. »Wo ist das Lakritz?«, fragte er. Ulrich deutete wortlos auf die Küche und bohrte den Korkenzieher immer tiefer hinein. Es machte ein lautes Geräusch, als er den Korken hinauszog und ein Lächeln breitete sich auf seinem Gesicht aus. Der Nachbar kam zurück, was Ulrich sofort dazu nutzte, noch einmal tief in die Lakritz zu greifen, ehe er den Wein einschenkte. Es war ein schwerer Rotwein, dessen Aroma sich sofort im Zimmer ausbreitete. Genau so wie Ulrich es mochte. Kauend und nickend reichte er dem Nachbarn das Glas, griff zu dem anderen und ließ sich schräg neben dem Nachbarn auf dem Sofa nieder. »Auf unser Wohl und darauf keine Wahl zu haben!«, nuschelte er. Der Nachbar schüttelte irritiert den Kopf und blickte Ulrich fragend an, offensichtlich hatte er kein einziges Wort verstanden. »Was meinst Du?«, fragte er. Ulrich – genüsslich kauend, den Wein ansetzend und einen Schluck nehmend, welchen er umgehend im Mund umspülte, wobei er aber keineswegs das Kauen unterließ – antwortete: »Auf unser Wohl und darauf keine Wahl zu haben!« Der Nachbar lachte laut, nahm Ulrich das Glas aus der Hand und packte mit beiden Händen an Ulrichs Wangen, welche er leicht massierte. »Iss erst einmal auf und dann fangen wir noch einmal an«, sagte er ruhig – in einem Ton, den der Vater dem jungen Kind gegenüber verwendet, wenn dieses vorschnell etwas tut und meint, es gut getan zu haben. Ulrich grinste. Ulrich kaute. Ulrich schluckte. Mit einem Schnalzen verkündete er die Vollendung, griff wieder zu seinem Glas, stieß mit dem Nachbarn an und wiederholte – diesmal sehr klar: »Auf unser Wohl und darauf keine Wahl zu haben!«

Der Nachbar nickte Ulrich zu. Ob er den Spruch damit goutierte oder eher die Tatsache, dass Ulrich nun aufgegessen hatte, fiel nicht weiter ins Gewicht, denn Ulrich langte bereits wieder nach den Lakritz, was dem Nachbarn ein Lachen abnötigte. »Ich bin froh, Dich versorgt zu haben«, setzte er hinzu, lehnte sich zurück und nahm einen großen Schluck Wein. »Ja, ja. Danke«, mampfte Ulrich. Der Nachbar registrierte, dass in der Wohnung ein wenig Unordnung herrschte, was gemeinhin nicht Ulrichs Angewohnheiten entsprach. Waren es zunächst nur die Schuhe im Flur gewesen, so waren im Wohnzimmer Kleidungsstücke verteilt und Zeitungen lagen aufgeschlagen in diversen Ecken des Zimmers. Auch einige Bücher stapelten sich auf dem Tisch. Sofort erinnerte er sich, dass in der Küche sich sogar das Geschirr stapelte. »Nun, Ulrich, wie sieht es denn hier aus?«, setzte er schmunzelnd an, bevor er beschwichtigend hinterher schob, dass es ihn in keinem Falle störe, dass es aber in all der Zeit, in der er Ulrich nun schon kenne – und das seien doch einige Jahre, vielleicht sieben oder acht – in einer derartigen Form doch etwas ungewöhnlich sei. Sicherlich hatte er schon erlebt, dass Ulrich nicht gespült hatte, oder dass Ulrich – scheinbar in Forschungen versunken – Bücher und Artikel hin und her wälzte. Aber ein derartiges Maß der Bündelung aller Einzelerscheinungen war ihm neu und machte ihn, da kam er nicht drum herum, dies hier ganz offen Ulrich gegenüber

149

zuzugeben, sehr neugierig. Nicht dass Ulrich auf den Gedanken käme, er, der Nachbar, wolle spionieren oder schlimmer noch, sich ein Urteil über ihn und die in der Wohnung herrschenden Verhältnisse anmaßen, nur, so viel müsse er jetzt einfach noch einmal sagen, irritiere ihn ein wenig, was er hier sehe, schließlich sei man schon lange befreundet und man kenne den anderen recht gut, so sei es nur legitim, danach zu fragen, zumal es wirklich ehrlich gemeintes Interesse sei, er, der Nachbar, könne gar nicht aufhören dies zu wiederholen. Ihm sei klar, dass das vielleicht den Anschein erwecken möge, als wolle er nur ein wenig auf Kosten Ulrichs sich amüsieren oder vom Zustand in seiner eigenen Wohnung ablenken, welcher, das sei nebenbei ganz deutlich festgehalten, andauernd dem jetzigen in dieser Wohnung hier entspreche und oft sogar noch schlimmer sei, aber das sei mitnichten seine Absicht. Vielmehr sei er überrascht. Ja, überrascht sei er, das sei das richtige Wort. »Ulrich«, setzte er neu an, »tut mir leid, aber das bin ich von Dir nicht gewohnt.« Ulrich schaute ihn währenddessen nahezu regungslos an, einzig ein Kauen verriet Tätigkeit. Dann lächelte er. Sanft. Mild. Entspannt. »Ich habe keine Wahl«, sprach er und verzichtete auf weitere Erklärungen, da er schon wieder zu den Lakritz langte, allerdings nicht ohne die noch im Mund vorhandene Lakritzmasse mit einem großen Schluck Wein zu vermengen. »Was heißt das, Du hast keine Wahl?«, insistierte der Nachbar, »das hast Du eben schon gesagt.« Was solle das überhaupt sein, keine Wahl zu haben, fuhr der Nachbar fort, man habe doch immer eine Wahl, und überhaupt klinge das Ganze ein wenig seltsam, wenn nicht sogar bedrohlich. Sei es denn nicht bedrohlich, wenn man keine Wahl hätte. Damit gäbe es ja auch keine Freiheit, noch nicht einmal in den kleinsten Dingen. Und es sei schlichtweg traurig und beängstigend, zu wissen, dass man keine Wahl habe. Man könne doch gar nicht mehr lachen. Wie meine er, Ulrich, das Ganze denn? Ihn, den Nachbarn, stimme der Gedanke daran nun nicht nur nachdenklich, sondern unendlich traurig. Man stelle sich nur einmal vor, man lebe in einer Welt, in der jeder wisse, dass er keine Wahl habe und das alles so sei, wie es sei, weil es wahllos sei. Auch für die Rechtsprechung sei dies ein großes Problem, mache sie diese doch überflüssig. Jeder könne sich darauf berufen, dass er keine Wahl habe und hätte damit einen Freifahrtschein für jede seiner Taten. So könne er, Ulrich, das doch nicht meinen, wenn er einfach mal locker dahin sage, er habe keine Wahl. Und überhaupt, darauf müsse er, der Nachbar, noch einmal ganz deutlich hinweisen, hieße keine Wahl zu haben doch nichts anderes, als die vollkommene Sklaverei, die Knechtschaft des Menschen. Ulrich solle sich doch bitte erklären.

Ulrich lauschte und kaute gemütlich zu Ende. Zuletzt spülte er sich den Mund um und atmete tief ein. »Das ist ein sehr guter Wein. Er schmeckt hervorragend«, begann er und fuhr sich mit den Fingerspitzen um die Mundwinkel – abgestrichene Rückstände zwischen den Fingerkuppen zu kreisen und zu betrachten. »Das ist ein sehr guter Wein«, begann er von Neuem, »sogar mit dem Lakritz schmeckt er hervorragend. Er

kann ja gar nicht anders, als hervorragend zu schmek-
ken, schließlich ist es ein sehr guter Wein. Es liegt in
seiner Natur, zu schmecken, wie er schmeckt. Aber
lassen wir das. Schau einmal«, sah er den Nachbarn
direkt an, »wenn Du auf einen Baum siehst, erblickst
Du dort ein Vogelnest. Ob es bewohnt ist oder unbe-
wohnt, spielt keine Rolle, da es allein seines Vorhan-
denseins wegen in Betrieb war, bevölkert war. Schaust
Du nun auf einen anderen Baum, siehst Du dort eine
Katze. Nun ja, man könnte denken, sie mache Klet-
terübungen und besteige aus reinem Spielwitz heraus
den Baum, vielleicht mache sie Gymnastik oder dergleichen, doch beobachtest Du die Katze ein wenig intensiver, so bemerkst Du, dass sie nicht aus eigenem
Antrieb dort oben sich herumtreibt, sondern dass sie
folgt. Ihre Bewegungen sind sicher und es macht den
Anschein, als entschiede sie, welchen Ast sie vorzieht,
und doch, entfernt sich der Blick von der Katze und
bestaunt eine größere Szenerie, sieht man unversehens, warum die Katze diesen oder jenen Ast bestieg.
Dort hinten sitzt ein Vogel in seinem Nest. Vielleicht
sogar ein paar mehr. Kleine Vogeljungen zum Beispiel.
Sie zwitschern. Wie sollen sie auch anders? Aber die
Katze bemerken sie nicht. Geschickt und ruhig nähert
sie sich von Ast zu Ast. Jede Bewegung, die sie macht,
geht aus vom Endpunkt: dem Nest.« Der Nachbar war
aufmerksam gefolgt und Ulrich trank erneut, ehe er
fortfuhr: »Du hast die ganze Zeit geschwiegen, hast
zugehört. Das musstest Du auch. Du hattest gefragt.
Ehrlich gefragt.« Er machte eine Pause und blickte zur
Wand auf ein großes Bild. Noch während er dieses fi-

xierte, hob er wieder an: »Jede Deiner jetzigen Handlungen geht aus vom Endpunkt: meiner Antwort. Jede Handlung ist abgeleitet von diesem Vorkommnis. Du kannst es nun noch nicht wissen, aber Du folgst mir. Allein dadurch, dass Du mir durch die Fragestellung die Handlungsmacht herübergereicht hast. Sicherlich könnte es auch anders. Sicherlich könnte es auch sein, dass Deine Frage eine bestimmte Absicht verfolgte und Du Dir meiner Antwort bereits sicher warst und mich somit steuertest. Aber in diesem Falle, der hier gerade vorliegt, ist dies nicht so. Du fragtest ehrlich. Ohne taktische Spielerei. Also hast Du keine Wahl, als mir zu lauschen, mir zu folgen – sofern Du ernsthaft an einer Antwort interessiert bist, was, um es noch einmal deutlich zu wiederholen, unbestreitbar ist, da die Ehrlichkeit aus Deiner Frage schlug. Ich hingegen antworte nun. Und auch ich habe keine Wahl, als zu antworten in der dargebotenen Weise. Natürlich wäre es auch möglich, nicht zu antworten, doch machte ich dies, hätte ich ebenfalls keine Wahl. Dann graute mir vor der Ehrlichkeit Deiner Frage. Und somit antwortete ich auch ehrlich. Es wäre vielleicht nur schwerer zu sehen, schließlich legte ich so Finten und tarnte, wo es nur ginge. Wer aber der Ehrlichkeit Schuldner und Gläubiger ist, dem graut nicht. Der fordert unaufhörlich die Ehrlichkeit. Und von dieser Ehrlichkeit ausgehend kann er nicht anders, als zu antworten wie er antwortet. Der Endpunkt und gleichzeitig sein Beginn ist die Aufrichtigkeit. Von hier aus entfaltet sich rückwärts das Geschehen. Wahllos. Die Ausschweifungen, die ich nun mache, mögen weit führen, mögen

Zirkelschlüsse sein und doch kann ich nicht anders, als sie zu tun. Zur Darlegung muss ich sie vornehmen. Ohne Wahl. Der Vogel nun sitzt in seinem Nest und zwitschert. Schwiege er oder säße er nicht – außer wenn er Nahrung holte oder auf der Balz wäre oder wenn es ein Zugvogel wäre und er nach Süden flöge oder dergleichen – säße er nun nicht in seinem Nest, wäre er krank und handelte somit benommen. Die Katze – woher auch immer – mag es Jahre lange Erfahrung sein, mag es angeborenes, eingegebenes Wissen sein, die Katze, sie weiß von der Existenz des Vogels und sie weiß vom Nest. Ihrer ureigenen Art folgend lauert sie. Jagt den Vogel. Wir sehen also den Vogel, der nicht anders kann, und wir sehen die Katze, die nicht anders kann. Was man jetzt sehen muss, ist das Zusammenspiel der beiden, das ebenfalls nicht anders kann. Es hat keine Wahl. Entfernen wir den Blick und beobachten beide gleichzeitig, entdecken wir den Zusammenhang. Für sich alleine entdecken wir noch nichts. Und immer mehr müssen wir uns zurücklehnen. Immer mehr. Die Grenzen unseres Blickes weiten, das Sichtfeld dehnen. Auch wenn die Augen zu schmerzen beginnen. Gerade, wenn sie zu schmerzen beginnen. Du siehst den Menschen auf der Straße handeln – und Du siehst nur diese Handlung. Wüsstest Du um die näheren Umstände dieses Menschen, verstündest Du die Handlung. Nur, woher diese Handlung stammt, ist Dir noch nicht bewusst. Lehne Dich weiter zurück und beobachte den Menschen länger, so verstehst Du auch den Ursprung dieser Handlung. Doch was bringt uns der Ursprung,

wenn sich daraus schon wieder etwas Weiteres ablei-
ten lässt? Gehe weiter zurück. Zum Schluss gelangen
wir an das Ende, das sogleich der Anfang ist. Gesetzt
den Fall, wir beobachteten einen Menschen in seiner
vollkommenen Ganzheit. Wir verbrächten jede Se-
kunde unseres eigenen Lebens damit, die Handlungen
und somit das Leben dieses Menschen zurückzuver-
folgen. Wir selber nehmen uns dabei ja immer weiter
heraus, lehnen uns zurück, gehen vollkommen in die
Beobachtung über. Und das, was wir am Ende sehen,
ist die Geburt dieses Menschen. Die Geburt, die selbst
Folge von Handlungen ist. Also verfolgen wir diese
zurück. Betreiben eine Art Ahnenforschung. Weiter.
Immer weiter. Zurück bis zum Beginn. – Und erkennen dort unsere eigene Geschichte. Wir finden zu uns
selbst zurück. Wir haben keine Wahl. Bei der Beobachtung können wir Wendungen vornehmen. Sicherlich, das ist möglich. Aber jede Wendung resultiert aus
einer zu diesem Zeitpunkt gegebenen Wahllosigkeit.
Auch wenn wir uns diese nicht eingestehen können.
Aber jede Wendung lenkt nicht vom Ende, vom Ziel
der Beobachtung ab: unserer eigenen Geschichte. Verstehst Du?«, fragte Ulrich plötzlich seinen Nachbarn,
der die ganze Zeit sich weiter zurückgelehnt hatte und
nun schon förmlich im Sofa verschwunden war. Ganz
klein, aber mit einem scharfen Blick. Als lugten nur
noch die Augen hervor.

Ohne Weiteres fuhr Ulrich fort: »Verstehst Du?«,
wiederholte er, »egal, welche Wendung sich darbie-
tet, sie lenkt nicht vom Ende, vom Ziel ab. Sie kann es
gar nicht. Das Ziel ist die Erkenntnis der Geschichte

– der eigenen Geschichte. Die Wendung muss stattfinden. Wahllos. Schließlich ist sie doch den Umständen geschuldet, denen wir uns aussetzen. Und denen wir ausgesetzt sind. Ausgesetzt in der Art, dass wir die Illusion der Wahlmöglichkeit aufrecht erhalten. Doch gibt es bei jeder Handlung einen Fundus von Weggabelungen, deren weiterer Weg schon lange, bevor wir ihn wissen oder erahnen können, feststeht. Bis zur nächsten Gabelung, wo sich das gleiche Spiel vollzieht. Verstehst Du denn nicht?«, blickte Ulrich zum Sofa, das nun vollends unbesetzt zu sein schien, »jeder Weg – und es ist im Grunde genommen immer der Gleiche – ist schon einmal gegangen worden.«

Ulrich endete. Er hob sein Glas in die Höhe und schwenkte es ein wenig. Dann goss er sich den Wein in großen Schlucken in die Kehle, griff zur Flasche und schenkte nach. »Wenn jeder Weg schon einmal gegangen wurde, gibt es also nichts mehr zu entdecken«, vernahm er vom Nachbarn und setzte dem entgegen: »Doch. Sich selbst. Das ist die Aufgabe.«

Als Ulrich erwachte, strahlte die Sonne bereits hell hinein. Das Zimmer war leer. Ein wenig Wein war verschüttet, denn das Glas lag sehr schräg in seiner Hand gegen das Bein gelehnt. Er ließ den Kopf kreisen, dass es knackste. Anscheinend hatte er lange in dieser Position gelegen, denn auch die Knie knacksten, als er die Beine anzog. Er atmete schwer aus und blickte sich um. »Oh, Frühstück«, rief er sich zu, als er die Lakritz auf dem Tisch liegen sah. »Lecker, besser kann es ja gar nicht sein«, sprach er und schlürfte den Rest aus dem Weinglas. Er stieß kurz auf, ganz so als wollte er damit den Tag begrüßen. – Obwohl es auch als ein Abgesang auf den letzten Abend zu deuten wäre. Ulrich war sich selbst nicht sicher. Sicher war er sich jedoch hinsichtlich der Qualität des Weines: »Der schmeckt echt gut. Jetzt noch umso mehr. Wahnsinn«, prostete er sich zu, ehe er wieder genüsslich zu den Lakritz griff. »Das Musikfest«, erinnerte er sich plötzlich und sprang auf. In der Tat war ein großes Musikfest in der Stadt, das er schon seit vielen Jahren besuchen wollte, wozu er aber aus unterschiedlichen Gründen – meist doch sehr nebensächlichen, vorgeschobenen Gründen oder aus purer Lustlosigkeit an diesen Tagen – noch nie gekommen war. Doch dieses Mal würde er es nicht verpassen. Um keinen Preis der Welt. Er war fest entschlossen und auch zog es ihn heute merklich an. Er spürte, er müsste hingehen. Hastig eilte er in die Küche, setzte einen Kaffee auf und stürzte ins Badezimmer. Eine Dusche würde wohl nicht schaden. Ulrich entledigte sich seiner Oberbekleidung, blickte in den Spiegel, hob den Arm, roch an seiner Achsel und nickte dem Spiegel zu: »Kann nicht schaden.« Schnell hatte er alles ausgezogen und sein Gesicht mit Rasierschaum bedeckt. Sicher führte er die Klinge. Sanft und scharf strich sie über seine Wangen. Er stieg in die Duschwanne und drehte das Wasser auf. Es floss ihm mit dickem Strahl direkt über das Gesicht. Das Einseifen war schnell erledigt und noch schneller war die gesamte Dusche inklusive Zähneputzen abgeschlossen: sieben Minuten. Sieben Minuten. In sieben Minuten hatte er es noch nie geschafft. Und er schien auch nicht das Gefühl zu haben, dass ihm nun etwas fehlte. Im Gegenteil. Er strebte dem Musikfest zu. Ganz so, als riefe es nach ihm. »Das Fest, ja. Bald bin ich da. Gleich. Es dauert nicht mehr lang. Nicht mehr lang. Nein, es dauert nicht mehr lang«, sang er in schräger Melodie. Tanzend trocknete er sich ab. Genauso tanzend bewegte er sich weiter durch die Wohnung und sammelte an verschiedenen Stellen Kleidungsstücke ein, die er sich sofort anlegte. Ulrich tänzelte in die Küche, goss sich den heißen Kaffee in eine Tasse und blickte aus dem Fenster. Tanzend, den Kopf nickend. Ein Paar aus dem gegenüberliegenden Häuserblock stand auf dem Balkon und rauchte. Ulrich winkte ihnen freundlich zu und hob zum Prost die Kaffeetasse in die Höhe. Das Paar – sichtlich überrascht – konnte sich ein Lachen nicht verkneifen, erwiderte die Geste jedoch äußerst wohlwollend. Dann nahm der Mann die Frau in den Arm, drückte ihr einen dicken Kuss auf die Wange und nickte Ulrich zu. Es bedeutete wohl, dass er nun am Zug war. Zumindest schien Ulrich die Botschaft so zu deuten und nickte anerkennend, ehe er wieder lächelte und mit dem Zeigefinger auf den Nachbarn deutete. Er stellte die Kaffeetasse weg und machte eine lockere Tanzbewegung auf der Stelle, ehe er die Arme ausbreitete und sich vor seinem Publikum verbeugte. Die Frau platzte vor Lachen und reckte den Daumen in die Höhe. Sie griff sich ihren Mann, zog seinen Kopf heran und küsste ihn fest. Ulrich überließ die beiden sich selbst. Er langte zu einem Apfel – die Vitamine sollten schließlich nicht fehlen. Dann steckte er sich etwas Geld ein und zog die Tür hinter sich zu.

Pfeifend – den Kopf hin und her schwingend – trottete er über den Bürgersteig und schnippte mit den Fingern. Weil es bewölkt war, hatte er heute entgegen seiner sonstigen Gewohnheiten nicht nur eine Jakke dabei, sondern sogar einen Pullover übergezogen. Als er so daher lief, erkannte er plötzlich einen alten

Sportsfreund, der die Straße kreuzte. Beide lächelten sie sich an. Schließlich hatten sie sich lange nicht gesehen und die Wiedersehensfreude war nicht zu verhehlen. Man fragte sich, wie es dem anderen ergehe und was der andere denn gerade so treibe. Ulrich solle doch wieder mit dem Sport anfangen und zum Verein zurückkehren. Man könne ihn immer noch gut gebrauchen. Außerdem habe es doch immer so viel Spaß gemacht. Ulrich konnte dem nichts entgegensetzen. Auch er hatte immer Spaß mit ihm gehabt, aber jetzt habe er keine Zeit mehr dafür. Zu viele Abende gingen dafür verloren. Ja, er sprach von Verlust – und merkte an, dass das früher anders gewesen sei. Da sei es ein Verlust gewesen, nicht zu kommen. »Na ja«, setzte er hinzu, »und außerdem tut mir heute danach alles weh. Ich regeneriere nicht mehr so wie früher.« Der Sportsfreund sah ihn mit gespielt skeptischem Blick an – schließlich war beiden klar, dass er fast 20 Jahre älter war als Ulrich. »Na dann, mach es gut und pass auf Dich auf«, verabschiedete sich dieser und klopfte Ulrich im Weggehen auf den Bauch. Ulrich blickte ihm nach und stieß ein kurzes Lachen hervor. Ganz so, als unterschriebe er dessen Aussage, dass er nun wahrlich nur nach Ausreden suche. Ulrich blickte zur anderen Seite, sah dem fortgehenden Freund noch einmal hinterher und nickte mit ruhigem Gesicht. Er überquerte die Straße und hüpfte ansatzlos auf den Bordstein. Wohl um sich zu beweisen, dass er immer noch fit sei. Zumindest wenn er denn wollte. Aber der Sport spielte jetzt, in dieser Phase seines Daseins, für ihn keine große Rolle mehr: Den Sportler hatte er hinter sich gelassen. »Nein, ich ordne dem Sport nicht mehr alles unter«, sagte er, was dazu führte, dass ein kleiner Junge, der direkt vor ihm ging, sich umdrehte und ihn irritiert ansah. Beinahe enttäuscht. Ein Grinsen konnte Ulrich sich nicht verkneifen. Sei es, um den Jungen zu beeindrucken. Sei es, um die Erkenntnis dieser Tatsache zu bejahen. Und außerdem: was könnte der Junge schon wollen? Und auch die Gedanken an den Freund und den Sport? Was sollte das jetzt alles? Ulrich war auf dem Weg zu dem Musikfest. Und er wollte dorthin.

Auf der Fahrt fiel ihm auf, dass er vielleicht zu spät sein könnte. Hatten die Kassen denn noch geöffnet? Er hätte sich beeilen sollen. Das war ihm nun klar. Doch was sollte er jetzt noch ändern. Panik schien keine in ihm aufzusteigen. Ganz ruhig setzte er seinen Weg fort und schlängelte sich durch die Menge auf dem Vorplatz des Musikfestes. Zielgerichtet. Ohne hektisch zu wirken, aber in rasanter Geschwindigkeit. Fast so, als zöge ihn das Kassenhaus an, von dem er nicht einmal genau wusste, wo es war. Als er die Kasse erreichte, fragte er nach einer Eintrittskarte und legte das Geld auf den Tresen. Er frotzelte mit der jungen Verkäuferin und ließ sie wissen, dass er schon von einer Schließung des Kassenhauses ausgegangen sei. »Wir schließen auch nun«, erwiderte die Frau. »Da habe ich ja noch einmal Glück gehabt«, sagte Ulrich, was die Verkäuferin zwar nicht bejahte, aber auch nicht verneinte: »Wenn Sie meinen.« »›Wenn Sie meinen‹, sagt sie da«, sprach Ulrich zu sich selbst. Was konnte das wohl bedeuten? Vielleicht war es kein Glück. Vielleicht war es notwendig. Vielleicht hatte er keine Wahl. Er musste so kurz vor Schluss ankommen – und die Verkäuferin musste auf ihn warten. Ulrich sah seine Karte an und lächelte: »Es ist gut.«

Er fixierte den Himmel, sah in das tiefe Blau. Die Musik drang an sein Ohr und er begann, mit dem Körper zu wippen. Sein Blick glitt durch die Menschenmenge – in die Gesichter. Offene Augen sahen ihn an. Freundlich. Niemand wich dem Blick aus. Auch Ulrich blickte stets in die Gesichter der Entgegenkommenden. Man nickte sich zu. Sei es bestätigend, sei es zur Begrüßung. Genau war es nicht zu erkennen. Es war jeweils ein Nicken, das sanft und direkt daher kam. So als steckte ein eigentümliches Wissen darin. Es machte jedenfalls nicht den Anschein, dass Ulrich diese Situation nicht behagte. Im Gegenteil, sein Lächeln breitete sich zunehmend aus und auch die Tanzbewegungen nahmen zu. Im Allgemeinen war Ulrich nicht für ausufernde Bewegungen bekannt und so führte er hier auch keine Schritte vor, sondern es war vielmehr sein Gang, welcher einen tänzelnden Schritt annahm. Der Oberkörper wippte dazu, der Kopf folgte dem Rhythmus. Blieb Ulrich stehen, beschränkten sich seine Bewegungen auf die obere Körperpartie, während die Füße nur leicht auf der Stelle auf und ab wippten. Es waren vielmehr weniger die Füße, die wippten, sondern eher seine Zehen, die die Schuhspitzen in Bewegung versetzten.

Tausende Menschen mussten da gewesen sein. Das Fest nahm viel Platz ein und auch ein See, an welchem Gäste kampierten, gehörte dazu. Ausgebreitet mit allem erdenklichen Hausrat saßen sie da. Von mehreren Bühnen aus drang Musik an die Ohren der Leute. Große Bühnen. Nicht etwa so kleine, wie man sie von Jahrmärkten kannte. Nein, richtig große Bühnen. Jede einzelne hätte ein eigenes Fest verdient. Zudem säumten viele Stände den Platz. Zu den Getränke- und Essensständen, welche herrliche Leckereien aus der ganzen Welt anboten, gesellten sich Verkaufsstände, an denen es Textilwaren, Schmuck und sonstige Accessoires gab. Ulrich blickte sich um und goutierte die Szenerie. Zumindest nickte er und ein Lächeln huschte über sein Gesicht, wobei er die Lippen schürzte. Langsam begann er mit der einen Hand rhythmisch gegen seinen Oberschenkel zu klopfen, während die andere in der Hosentasche stecken blieb. Der Fuß tapste auf der Stelle. Während seine Schultern sachte in ein Wippen übergingen, bewegte er den Kopf gemächlich in die eine Richtung und wieder zurück in die andere, bis er links von sich eine Frau sah. Er stutzte, schaute weg – und noch einmal hin. Sie stand immer noch da. Sein Gesicht glich dem eines überrumpelten Losgewinners, der gar nicht davon in Kenntnis war, überhaupt ein Los besessen zu haben: aufgerissene Augen, zögerndes Lächeln, rötliche Färbung. Diese Frau. Sie stand da und sah ihn an. Sah ihm direkt ins Gesicht – und strahlte. Wenn auch etwas zurückhaltend. Sie strahlte dennoch. Ulrich fuchtelte die Eintrittskarte hervor. Er sah die Frau an und schaute wieder auf die Eintrittskarte. Er schüttelte sich und ging zu ihr. Unverändert verharrte sie auf der Stelle und folgte seinen Bewegungen. Ohne auf irgendjemand anderen zu achten und ohne auch nur einen der anderen Menschen zu berühren oder auszuweichen, gelangte Ulrich auf geradem Weg zu ihr. Eine Gasse hatte sich aufgetan. Eine Gasse, die nun, da er direkt vor der Frau stand, sich in einen Platz verwandelte. Unendlich viel Platz schien um die beiden herum zu sein. Sie hatte sich noch immer nicht bewegt, sondern stand – im Gegenteil – völlig ruhig da. Die einzige Bewegung war in ihrem Gesicht zu erkennen: Die Mundwinkel wanderten weiter nach oben und der Unterkiefer glitt ein wenig hinab, so dass die Zähne sich zeigten. »Hallo«, sagte Ulrich, scheinbar ohne zu wissen, wie es nach dieser Eröffnung weiterginge, denn er rieb nervös mit den Fingern seiner Hand, öffnete und schloss sie. Die Frau sagte nichts, was dazu führte, dass Ulrich nun aufhörte mit der Hand zu spielen, sondern sie über seinen Oberschenkel strich, nur um sie dann in seiner Hosentasche verschwinden zu lassen. »Ähm«, setzte er neu an, »Hallo«, wobei das »o« auslautete und so auf seine Hilflosigkeit und Hoffnung auf eine Reaktion hindeutete. Unverändert stand sie da, lächelte nur. Schnell zog Ulrich die Hand aus der Tasche und streckte sie vor: »Ich bin Ulrich.« »Ich weiß«, eröffnete sie ihm. »Oh, ja, das ist … gut«, entgegnete er überrumpelt. »Was machst Du denn hier?«, fragte er und kratzte sich am Kopf. Wahrscheinlich weil ihm die offensichtliche Schwachsinnigkeit seiner Frage bewusst wurde. »Ich warte auf Dich«, nahm sie seine Hand, » es ist gut. Du bist da«, und zog ihn an sich heran. Ulrich umarmte sie sehr eng und presste seinen Körper an ihren. Die Wangen lagen aneinander und Ulrich atmete tief ein, roch am krausen Haar. »Komm«, sagte sie plötzlich, löste sich, nahm seine Hand und zog ihn durch die Menge. Ulrich trottete hinterher. Selbstverständlich. Er folgte ihren anmutigen Bewegungen, die weniger nach einfacher Bewegung denn nach Tanz aussahen. Geschmeidig. Spielerisch. Konnte es einen Hauch von Zufall gegeben haben? War es möglich, dass sich hier eine vollkommen bizarre Clownerie abspielte und Ulrich mittendrin war? Ulrich schweifte ab, sah sich um, sah zur Seite – und stolperte ein wenig. Die Frau blickte nach ihm, lächelte unverändert: »Komm! Wir gehen.« Nein. Zufall konnte das nicht sein. Sie hatte auf ihn gewartet, genauso wie das Kassenhäuschen nicht schloss, bevor er kam. Und nun führte sie ihn. Freudig. Ulrich erwiderte ihr Lächeln: »Ja. Ich komme«, und griff ihre Hand fester, wobei sein Daumen über die Außenseite strich. Sie nickte, umfasste ihn mit dem anderen Arm und drückte ihn abermals an sich. Die ineinander gehaltenen Hände ruhten zwischen ihren Bäuchen.

Ein lautes Poltern war zu hören. Dumpf und rhythmisch. Sie standen ganz nah vor der Bühne und das Spielen dort hatte begonnen. Ulrich sah hinauf. Erstaunt, wie er so schnell hierhin gekommen war. Sie löste sich von ihm und begann zu tanzen. In einem für Ulrich – so schien es – eigenartigen Rhythmus. Abgehackt und doch flüssig. Aggressiv aber irgendwie weich. Sehr interessiert beobachtete er ihre Bewegungen. Sie waren anders als alles um ihn herum, sogar anders als er es jemals gesehen hatte. Er würde niemals so tanzen können, nicht in einer derartigen Weise. Egal, wie sehr er sich anstrengen würde, es würde immer auffallen, dass dies für ihn keine natürlichen Bewegungen waren. Dass er sie lediglich erlernt hatte, vielleicht sogar gut erlernt hatte, aber dass es dennoch nicht seine Bewegungen waren. Fasziniert schaute er drein. Folgte mit den Augen den Regungen ihrer Hände und Arme und wie ihr Kopf sich dazu bewegte. Ihr Oberkörper. Es schien Ulrich nicht völlig fremd zu sein, denn er nickte mit dem Kopf, ganz so als erkannte er etwas wieder. Etwas, das zugegeben schon lange zurücklag, aber dennoch in ihm schlummerte. Fast so, als hätte er ein solches Tanzen schon einmal gesehen. Sein Lächeln breitete sich aus. Als er ihre Beine beobachtete, wie sie sich bewegten und die Knie ab und zu in die Höhe schossen, im merkwürdigen Einklang mit den anderen Bewegungen, lachte er laut auf. Frei Hals. Es platzte aus ihm heraus. – Die Frau bemerkte es nicht. Vielleicht weil die Musik so laut dröhnte. Vielleicht weil sie im Tanz vertieft war. Vielleicht weil sie es einfach nicht merken wollte. Sie tanzte. Ulrich verfiel nun selbst in einen Rhythmus, der zunächst seinen Kopf, dann seine Füße ergriff, bevor die Beine sich anschlossen. Nur sein Oberkörper stimmte noch nicht mit ein. – Nun, es war ja auch so, dass Ulrich im Allgemeinen wenig tanzte. Sehr selten sogar. In seiner Jugend. Ja. Da hatte er ein paar Mal getanzt. Aber nicht so. Nicht wie hier. Nun aber stieg er mit ein. Und er schien es im Einklang mit sich selbst zu tun. Denn er schloss die Augen und tanzte unablässig. Seine Bewegungen wurden flüssiger und zunehmend übereinstimmender. Als ob eine Woge seinen Körper ergriffen hatte und taktvoll hin und her schmiegte. Von unten nach oben. Von oben nach unten. Der Oberkörper, welcher eben noch so steif wirkte, war nun das Zentrum seiner Bewegungen. Stetig bewegte er sich. Nicht zu sehr. Aber doch genug, um als das Zentrum der Gravitation erkannt zu werden. Der einzige Körperteil, der niemals still stand. Ruhig, ganz ruhig. Sachte waren die Bewegungen dort wahrzunehmen. Doch je mehr man darauf achtete, desto eher war zu sehen, wie kleine, filigrane Schwingungen von ihm ausgingen. Ulrichs Gesicht drückte eine große Freundlichkeit und Zufriedenheit aus. Trotz der geschlossenen Augen. Vielleicht sogar gerade wegen der geschlossenen Augen. Ulrich öffnete sie ein wenig. Einen ganz kleinen Spalt nur. Er blinzelte. Und schloss sie sogleich wieder. Nicht jedoch ohne ein großes Lächeln zu vollführen. Vielleicht wollte er sich nur vergewissern, dass er tatsächlich tanzte. Vielleicht wollte er nur sehen, ob er tatsächlich in einer tanzenden Menge sich befand. Vielleicht wollte er auch nur sichergehen, dass die Frau noch vor ihm tanzte. Er näherte sich ihr ein Stück. Gerade so nah, dass er die Berührungen mit ihr, die beim Tanzen sich ergaben, nach Zufälligkeit aussehen lassen konnte. Ab und zu, in regelmäßigen Abständen jedoch, die mit der Dauer des Tanzens immer kürzer wurden, berührten sich ihre Arme; oder seine Arme ihren Körper. Meist die Hüfte, manchmal den Po. Die Augen hatte Ulrich die ganze Zeit geschlossen. Sicherlich um zu genießen. Sowohl den Tanz als auch die Berührungen. Sicherlich aber auch, um vor ihr oder vor sich zu unterstreichen, dass es zufällige Berührungen waren, die dort stattfanden. Die in der Ekstase des Tanzes passieren konnten. Nur für den Fall, dass die Frau auf ihn achtete und sich über die Berührungen wunderte oder vielmehr eine solche Art von Berührung gar nicht herbeisehnte. Andererseits: Hatte sie nicht gesagt, sie habe auf ihn gewartet? Hatte sie ihn nicht zu sich herangezogen? Hatte sie ihn nicht an die Hand genommen und durch die Menge geschleust? Hatte sie nicht sogar mit dem Tanz begonnen? Wie könnte sie nun also den Berührungen nicht aufgeschlossen gegenüber stehen? Wie könnte sie sie nicht wollen? Tief in sich verlangen? Schließlich hatte sie Ulrich zu all dem provoziert. Und Ulrich hatte sich von ihr dazu hinreißen lassen. Aber eigentlich war klar, dass gegenseitige Berührungen willkommen, sogar sehr willkommen waren. Wie sollte es anders sein? Wahrscheinlich sogar noch viel mehr Berührungen. Größere und festere Berührungen. Innigere Berührungen. Es konnte nicht anders sein. Wie sollte Ulrich sich getäuscht haben? Nein, er konnte sich nicht getäuscht haben. Diese Frau wollte von ihm berührt werden. Sie war da, um von ihm berührt zu werden. – Ulrich spürte mit seinem Arm nach ihr und berührte ihre Hüfte. Dann legte er den Arm um die ganze Hüfte und zog sie an sich heran. Ganz nah. Ganz fest. Als wollte er sie nie mehr loslassen. Er drehte seinen Kopf zu ihr und öffnete die Augen. – Erstaunt schoss sein Kopf zurück. Er hatte nicht sie im Arm, sondern ein ihm vollkommen fremdes Mädchen. »Äh… äh… es tut mir leid. Entschuldigung«, suchte er nach einer Erklärung, »das wollte ich nicht. Ich habe Dich verwechselt«, ließ er von ihr ab. Hastig drehte er seinen Kopf hin und her, aber die Frau, die ihn in diese Situation gebracht hatte, war nirgends zu sehen. Die Augen weit aufgerissen, die rechte Hand ins Gesicht geschlagen, die linke Hand, als ob sie in einem nach Rat suchte, Verzweiflung ausdrückte und Entschuldigung erbat, sich hebend und senkend sah er abermals umher. »Ich…ich weiß auch nicht«, stammelte er. »Du hast mich nicht verwechselt«, sah das Mädchen ihn an, »es ist gut.« Sie ging zu ihm hin und umarmte ihn: »Es ist gut.« Den Kopf an seine Brust schmiegend, die Arme hinter seinem Rücken zusammenführend. Erst unten, dann hoch zu seinen Schultern, diese zu umgreifen. Ulrich stand da. »Wie könntest Du mich verwechseln? Dummerchen. Verwechslung? Was sollte das sein? Nein, Du hast mich nicht verwechselt. – Du hast gewählt.« Ulrich sah das Mädchen an und nun war ihm, als ob es gar kein Mädchen war, sondern eine junge, reife Frau. Nach dem, was sie so eben gesagt hatte, eine sehr reife Frau. Sie mag nicht so alt gewesen sein, wie die Frau, der er hierhin folgte. Aber doch schon mitten in den Zwanzigern, was aber die feinen Züge ihres Gesichts zunächst zu verbergen schienen. »Du hast gewählt«, wiederholte sie, »endlich.« In Ulrich schien eine große Verwirrung zu herrschen. Noch nicht mal ein Lächeln trat in sein Gesicht. Er war regungslos.

Immer wieder glitten ihre Arme an seinem Rükken auf und ab. Und immer wieder griff sie von hinten fest über seine Schultern. Selbst wenn Ulrich sich entziehen wollte, es würde ihm nicht gelingen. So eng hielt die junge Frau ihn. »Du hast gewählt«, hauchte sie noch einmal, ehe sie zartlüstern in seinen Hals biss. Ulrich zuckte zusammen und versuchte seinen

Kopf zu entwinden und sich gänzlich von ihr zu lösen. Doch es misslang: Sie bohrte ihre Fingernägel tief in seine Schultern, so dass Ulrich unter dem Schmerz einknickte. Blut quoll hervor. Ulrich schaute nun von unten zu ihr hinauf, da sein Kopf infolge der Gewalteinwirkung an ihre Brust gerutscht war. Triumphierend änderte die Frau ihren Griff und drückte nun von oben auf die Schultern hinab, glitt mit einer Hand auf seinen Kopf und hielt ihn unten, während die andere Hand ihr Kleid ein wenig aufknöpfte und den Bauch freilegte. Sodann drückte sie ihn an ihren Nabel. »Hier!«, rief sie. »Hier. Mein Nabel ist Deine Welt. Spüre ihn und spüre sie.« Sie griff nun mit einer Hand unter sein Kinn und reckte es zu ihr nach oben. »Sind nicht das all Deine Träume?«, fragte sie, »ist es nicht das, was Du immer wolltest: Einen Nabel, der Dich führt? Greif zu! Du hast gewählt.« Und sie presste ihn – der mit aufgerissenem Mund, eingefallenen Schultern, staunend reglos danieder kniete – mit beiden Händen gegen ihren Bauch.

– Doch plötzlich schnellten seine Arme nach oben, griffen ihre Hüfte und schubsten sie von sich. So heftig, dass sie fiel. Auf ihrem Hosenboden saß sie ihm jetzt, merklich erstaunt, gegenüber. Damit hatte sie wirklich nicht gerechnet. »Ich habe keine Wahl«, erhob sich Ulrich, richtete sein Hemd, fühlte nach seiner Schulter und betrachtete das Blut auf seiner Hand. »Es ist mein Blut. Ich habe keine Wahl. Hörst Du? Wo auch immer Du herkommst, täusche mich nicht mit einer Wahl. Du gehörst nicht zu mir«, schloss er und strich sich das Blut an seiner Hose ab. Ulrich ging. Das

Mädchen aber, denn nun wirkte es wieder voll und ganz wie ein solches, weinte.

Obwohl das Fest sehr gut besucht war und überall viele Menschen waren, es teilweise sogar sehr eng war, schien es um diese Szene herum viel Platz zu geben. Und obwohl dieser Platz ausgespart blieb, schien sich auch niemand für das gerade eben Zugetragene zu interessieren. Zumindest erweckte niemand den Eindruck und niemand machte Anstalten, das Mädchen aufzuheben oder Ulrich aufzuhalten. Es war, als hätte es niemand gesehen. Und mit jedem Schritt, den Ulrich machte, schloss sich der Gang hinter ihm zusehends, bis plötzlich die Frau, der er so willfährig bis an diesen Ort gefolgt war, wieder vor ihm stand. Mit Getränken. »Ich habe Dir ein Bier mitgebracht«, reichte sie ihm einen Becher und stieß mit ihrem gegen seinen. Ihr Lächeln ergriff ihn und er setzte an: »Gerade ... äh ... ich ... äh ... da war ... komisch ... äh ... ich ... äh ... puh ... Ich weiß nicht ... äh ...« »Es war gut. Und es ist gut. Keine Sorge«, griff sie nach seiner Hand und nahm sie in ihre. »Es ist sogar sehr gut. Du musst mir nichts erklären. Ich weiß.« Wieder hob sie ihren Becher, sah ihm dann tief in die Augen und nickte. Ulrich lächelte nun. Es war schon fast kein Lächeln mehr. Es war ein Strahlen. Er schaute in ihr Gesicht, schaute auf seine Hand, wie sie in der ihren lag, glitt mit den Fingern heraus und neu in sie hinein. Aber diesmal griffen seine Finger wirklich in ihre. Abwechselnd. Er sah ihr wieder ins Gesicht und auch sie strahlte nun. Eine ganze Weile blieben sie so stehen. Die Finger zusammen, die Blicke tief in den Augen.

Erst ein Betrunkener, der stolperte und die beiden leicht anrempelte, löste sie aus ihrer Erstarrung. Ein wenig Bier musste aus dem Becher des Betrunkenen geschwappt sein, denn ihre Hände waren nass und verklebt. »Warte«, sagte Ulrich, stellte seinen Becher auf den Boden und fuchtelte mit der nun freien Hand in seiner Hosentasche, bis er ein Papiertuch hervorzog, mit welchem er über beider Hände wischte. Natürlich ohne sie zu lösen. Auch die Frau machte keinerlei Andeutung, den Griff zu lösen. Im Gegenteil. »Danke«, sagte sie, »das ist gut.« Das weiße Papiertuch lag um ihre Hände geschlungen. »Hier, nimm einen Schluck«, hielt sie ihm ihren Becher vor den Mund, aus welchem Ulrich willig trank. »Lass uns tanzen«, sagte sie, stellte den Becher auf den Boden, ohne Ulrich aus dem Blick zu lassen, und bewegte ihren Körper in dem ihr eigenartigen Rhythmus, welcher Ulrich nicht fremd zu sein schien, tanzte er doch nun auch nahezu identisch. Ulrich folgte ihren Bewegungen. Ja, es war vielmehr, als ob Ulrich und sie eins wären. Hob sie den linken Arm, dann hob auch er den linken Arm. Zog sie ihr rechtes Bein an den Körper an, zog auch er sein rechtes Bein an den Körper an. Es wirkte wie eine dieser einstudierten Tanzgruppen, die man bei großen Veranstaltungen des Öfteren zu sehen bekam. Und auch Ulrich schien dies aufzufallen, hielt er doch plötzlich inne, bewegte nur noch seine Beine und zog die Frau zu sich heran, ganz nah, ihr etwas ins Ohr zu flüstern, was sie lächelnd bestätigte. Sogar derart bestätigend, dass sie mit ihrer Hand nach seinem Gesicht langte und die Wange streichelte, ehe sie wieder seine

Hand griff und diese zu ihrem Bauch führte. Ulrich strahlte. Ein derartiges Strahlen, ein vollkommenes Leuchten, war an Ulrich zuvor noch niemals zu beobachten gewesen. Und es hielt an. Wahrscheinlich dachte er immer wieder an die kleinen Gesten, welche die Frau unternahm. Sei es das Greifen seiner Hand, sei es ihr Streicheln, sei es das sichere Halten und Führen seiner Hand an gewisse Stellen. Sei es einzig ihr Blick. Ulrich strahlte. Die Frau ebenso. Machte es auch den Anschein, als kenne sie sich mit dem Musikfest und derartigen Tänzen bestens aus, war es jedoch völlig egal, denn nun vollführte sie alles mit Ulrich. Und zwar ohne irgendein Anzeichen von Hinderung oder Andersartigkeit. Das Zusammenspiel zwischen beiden glich vielmehr Perfektion. Natürlicher Perfektion. Denn anders konnte es ja gar nicht sein, dachte Ulrich. Schließlich kannte er die Frau vor dem heutigen Tage nicht. Zumindest nicht wissentlich. Und nun, da er sie traf, glich es Perfektion. Da sie nicht geübt war, musste sie natürlich sein. »Obwohl«, murmelte Ulrich, »sie mir bekannt vorkommt. Fast so, als kenne ich es bereits.« »Was sagst Du?«, fragte sie ihn und er – sichtlich überrascht, dass er nicht nur laut vor sich hin gesprochen hatte, sondern dass sie das auch noch gehört hatte – stammelte wirren Blickes, der sich aber wieder zu einem Lächeln fand: »Nichts. Es ist gut. Ich weiß, dass es gut ist.« »Schön«, entgegnete sie ihm, »gefällt Dir das Tanzen?« »Oh ja, es ist wunderbar. Ich tanze viel zu wenig.« »Wir tanzen alle viel zu wenig«, schloss sie, »lass uns das ändern.« Ob Ulrich etwas Weiteres sagen wollte, schien nicht klar. Jedoch gab er eine tiefe

Zustimmung, begann er doch sofort heftigere Tanzbewegungen zu vollführen, ihr Gesicht dabei nicht aus seinen Augen lassend. Sie lachte, er lachte.

Ein Lied folgte dem nächsten und die Musikgruppen auf der Bühne wechselten sich ab, ohne dass sie das Tanzen unterbrachen. Es war eher andersherum: Je länger sie tanzten, desto heftiger wurde es. Und desto eindringlicher die Musik. Sie tanzten jeder für sich und doch miteinander. Ab und an trafen sich ihre Blicke – und sie trafen sich zielgerichtet. Es war nicht so, dass der eine den anderen die ganze Zeit anblickte und darauf wartete, dass dieser auch zu ihm blickte. Nein. Es war in einer solchen Regelmäßigkeit und Unfehlbarkeit, dass Zufälligkeiten oder das angestrengte Wollen ausgeschaltet waren. Wenn sie einander anblickten, hatten sie keine Wahl. Sie mussten. Und wahrscheinlich wollten sie. Immer wenn sie sich ansahen, lächelten sie in einer Offenheit. Und bestätigten dem Gegenüber wohl die eigenen Gedanken. Welche auch immer es gewesen sein mögen, ein jeder ging davon aus, der andere verstünde sie, müsste er doch in dieser Situation das Gleiche denken, und wenn schon nicht das Gleiche dann doch immerhin ganz genau wissen, was der andere gerade dachte. Wie sonst sollte man das offene Lächeln erklären? Wie sonst sollte man die Gleichzeitigkeit des Anblickens erklären? Wie sonst war überhaupt das alles zu erklären?

Die Musik stoppte und ein riesiger Beifall seitens des anwesenden Publikums erklang. Augenscheinlich waren die Musikfestivitäten für dieses Jahr beendet und alle Leute würden sich nun auf den Heimweg machen. Ulrich blickte erstaunt, als fragte er sich, wie es sein konnte, dass er so lange getanzt hatte. Auch die Frau blickte kurz erstaunt, geriet aber dann, wahrscheinlich infolge des stutzigen Blicks Ulrichs, in Lachen und fiel ihm um den Hals. Ulrich lachte ebenfalls und fuhr ihr durch das krause Haar. »Wie heißt Du eigentlich?«

»E.! Ich heiße E.! Und ich bin bei Dir.«

Ulrich erwachte. Einige unübliche Geräusche drangen an sein Ohr. Er blickte durch die geschlitzten Rollladen und sah ein befreundetes Ehepaar vorübergehen. Fröhlich schoben sie einen Kinderwagen vor sich. »Ach ja«, sagte Ulrich, »sie haben nun ein Kind. Na ja, ich werde sie demnächst noch einmal besuchen.« Dann hüpfte er wieder unter die Decke. Doch die Geräusche ließen nicht ab. Er beschloss, sie zu ignorieren, schließlich war er noch müde. Plötzlich klingelte es an der Haustür.

Schnell sprang er in eine Unterhose, eigentlich wusste er gar nicht warum, da er nur die Männer vom Mülldienst erwartete, welche in der Regel an allen Wohnungen zu klingeln pflegten, um sich Zugang zum Hof zu verschaffen, wo die Tonnen gelagert waren. Doch es klingelte noch einmal. Gezielt in seiner Wohnung. Ulrich öffnete und ein Schornsteinfeger

stand vor ihm. Er wolle Ulrichs Heizanlagen über-
prüfen, sagte er. Ulrich kratzte sich leicht verwirrt
die Brust und bat den Schornsteinfeger herein. Dieser tat vorsichtig einen Schritt nach dem anderen in
die Wohnung, hielt vor jeder Tür und fragte, ob dies
die richtige sei oder jene, wobei er immer ein wenig
den Kopf hervorschob und um die Ecke linste. Als er
im richtigen Raum angelangt war, begann er sogleich
mit seiner Arbeit. Er öffnete seinen Koffer, griff nach
einigen Kontrollgeräten und machte sich am Heizap-
parat zu schaffen. Ulrich sagte, dass vor kurzer Zeit
schon der Installateur dagewesen sei und sich alles
angeschaut habe. Der Schornsteinfeger brummte nur
leicht. Ulrich hob erneut an und wollte wissen, ob der
Schornsteinfeger denn immer komme und kontrol-
liere. »Jedes Jahr«, antwortete dieser. Ulrich kratzte
sich im Gesicht: »Dann war ich wohl die letzten Jahre nicht zu Hause.« Der Schornsteinfeger schaute ihn
lächelnd an und nickte. Ulrich nickte ebenfalls und
verschwand kurz, sich ein Hemd überzuziehen, wobei
er ein breites Grinsen auflegte. Ganz so, als sagte er
sich, dass er nun, wo der Schornsteinfeger kam und
bei ihm klingelte und er, Ulrich, zu Hause war, und
nicht nur zu Hause war, sondern ihm, dem Schornsteinfeger, die Türe öffnete, wenn auch ein wenig ram-
poniert, schließlich war er nicht auf Besuch eingestellt
und noch etwas verschlafen, ganz zu schweigen davon,
dass er ihn in Unterhose empfing, er nun doch ein gutes, wenn nicht sogar ein sehr gutes Jahr vor sich hatte.
Wie sollte es auch anders sein? Immerhin hatte er an
diesem Morgen ein gutes Gefühl gehabt. Und gänzlich

unvorbereitet schien er auf das Kommen des Schornsteinfegers auch nicht gewesen zu sein, wachte er doch zuvor durch unübliche Geräusche auf und nun, da der Mann bei der Arbeit war, hörte er eben diese Geräusche wieder, die nun ganz klar von den Messgeräten stammten. Einzig fragte er sich, wie es sein konnte, dass er die Geräusche zuvor vernahm, zumal, da er nun den Schornsteinfeger genauer betrachtete, es ihm so war, als hätte er diesen, während die Geräusche ihn weckten, draußen, außerhalb des Hauses, gesehen, während auf der anderen Straßenseite seine Freunde den Kinderwagen schoben. Ahnte er sein Kommen? Oder kündigte der Feger sein Kommen an? Während Ulrich noch überlegte, verstummte das Geräusch und der Schornsteinfeger ließ ihn wissen, dass alles gut und er nun auch schon wieder weg sei. Er bedankte sich. Ulrich bedankte sich und schloss dann hinter ihm die Wohnungstür. »Eigentlich«, sagte Ulrich zu sich, »ist es völlig egal, wie rum es ist. Der Schornsteinfeger war gerade hier und alles ist gut. Ich muss gar nicht wissen, ob ich ihn kommen hörte oder ob er sich ankündigte. Hauptsache er war da. Und ich war zu Hause.« Ulrich ging ins Schlafzimmer zurück, legte Hemd und Unterhose ab und stieg wieder ins Bett. »Ein wenig Schlaf wird sicherlich gut sein.«

Es waren einige Stunden, bis Ulrich wieder erwachte. Sehr entspannt, gut ausgeruht. Er holte die Zeitung herein, bereitete sich ein kleines Frühstück und tanzte ein paar Schritte durch die Wohnung, ehe er das Fenster zum Lüften öffnete und sich am Tisch niederließ. – »Ne, nie em Leeve. Da moss dä Himmel krieche. Jo jo, da moss dä Hitler noch ens opstonn, eh dat ich kene Christbaum krie.« Eine scheinbar etwas verärgerte, aber sich ihrer Vorstellungen sehr bewusste Frau, führte ihren Hund kopfschüttelnd am Fenster vorbei. Wem dieser Kommentar galt, war Ulrich nicht ganz klar. Er sah niemand anderen mehr. Wahrscheinlich hatte die Frau kurz zuvor mit jemandem eine Diskussion geführt und ihn dann verlassen, nicht jedoch ohne im Weggehen noch einmal ihren Standpunkt deutlich zu machen. So als wollte sie ihre Worte im Raum stehen lassen, dass sie nach ihr in alle Ewigkeit ausklingen. Sie würde ihren Christbaum bekommen. Das war klar. Ulrich lachte kurz auf. Ihm musste bewusst geworden sein, dass es gerade erst Anfang September war, aber, so sagte er zu sich, »früh geplant ist halb gewonnen. Die Planung ist überhaupt sehr wichtig.« Er schloss das Fenster. »Was willst Du schon planen? Wer bist Du, dass Du planen könntest?«, sprach er zu sich, ehe er sich ratlos oder auch bestätigend, ganz genau war das nicht zu erkennen, den Kopf kratzte. »Planen heißt: sich einen Weg zeichnen«, fuchtelte Ulrich nach einem Blatt Papier, »aber wie einen Weg zeichnen, wenn man nicht Herr über ihn ist? Wenn doch überall eine Abzweigung droht? Oder nicht droht, sondern sich eröffnet? Wenn der Weg gerade einmal von diesem Zimmer bis zur Türe reichte und dann sich durch einen Eingriff andererseits veränderte? Ein Türklingeln zum Beispiel. Ein Klopfen am Fenster. Ein Telefonanruf. Ein Plan ist doch vielmehr ein Wunsch. Und was ist ein Wunsch? Ein ewiger Konjunktiv. Eine Phantasterei, der es hinterher zu hecheln gilt. Ein Wunsch? Puh. Besser wäre vielleicht eine Absicht. Aber nein. Absicht ist auch nur ein anderes Wort für Plan. Beides gaukelt die Vorstellung vor, ich hätte großen Eingriff. Und Eingriff bedeutete Wahl. Doch hab ich gar keine Wahl. Wie sollte ich sie haben? Ich kann nicht anders. Ich muss es tun«, schloss er seine Ausführungen und nahm einen neuen Zettel, da er auf dem alten Pfeile gemalt hatte, die womöglich Pläne oder hypothetische Erhebungen darstellen sollten. »Diesmal war ich zu Hause«, begann er zu schreiben, »ich war zu Hause und nun schreibe ich Dir. Einige Dinge gingen mir durch den Kopf, seit wir uns verabschiedeten. Ich weiß selbst nicht genau, welche. Aber ich weiß, dass sie bedeuten. Was genau sie bedeuten, vermag ich nicht zu sagen, dennoch schwebt ein Nebel großer Bedeutung über mir. Ein Nebel, ein Schleier, der sich hoffentlich bald legen wird. Aber er veranlasst mich dazu, Dir, liebe E., zu schreiben. Auch wenn ich das Rätsel nicht, noch nicht, kenne, bin ich mir sicher, dass Du die Lösung oder der Weg zur Lösung bist. Wir müssen tanzen. Überhaupt müssen wir vielmehr tanzen. Du und ich. Und alle anderen. Ein tanzender Stern. Was auch immer der Weg ist, der für Dich vorgesehen ist, wir teilen ihn. An uns liegt es, ihn länger zu teilen. An mir liegt es, ihn mit Dir zu gehen. Und ich bin bereit, ihn mit Dir zu gehen, meine liebe E., ich bin bereit. Ich bin bei Dir. Von nun an, bis zu dem Moment, an dem dieser Brief für Dich keinerlei Bedeutung mehr hat. Ich bin bei Dir.« Mit einem Lächeln unterschrieb er den Brief und steckte ihn in ein Kuvert, das er sorgsam mit ihrer Adresse beschriftete und frankierte. Dann kleidete er sich an und verließ die Wohnung. Den Brief noch ein paar Mal hin und her schwenkend und auf die Adresse starrend warf er ihn schließlich in den Postkasten und tanzte vergnügt durch die Straße. Es fiel ihm auf, dass einige Leute ihn anstarrten, aber er sah auch das Lachen in ihren Gesichtern. Das Lachen wirklicher Amüsiertheit. Und er kam nicht umhin, sich umzudrehen, wobei er feststellte, dass der ein oder andere, an dem er vorbei getanzt war, nun selbst ein paar Schritte tanzte. »Ja«, rief er, »wir müssen tanzen.« Und so tanzte sich Ulrich an diesem Vormittag in die Bäckerei, wo er ein paar Köstlichkeiten orderte, und das obwohl er zu Hause doch schon ein Frühstück bereit stehen hatte. Nun waren es eben mindestens zwei. »Man weiß ja nie, wer noch kommt«, erklärte er der Verkäuferin, die durch die Erklärung, nach der sie gar nicht verlangt hatte, etwas irritiert dreinblickte. Ulrich zahlte und wünschte noch einen schönen Tag, ehe er wieder nach draußen trat und dort – rein tänzerisch – einen Zusammenstoß mit einer anderen Kundin verhinderte, die gerade im Begriff war, die Bäckerei zu betreten. Lächelnd, aber ohne ein weiteres Wort sah sie hinterher. Ulrich hingegen drehte sich nicht um. Warum auch? Er war bei E..

Vergnügt wie selten, wie wenn ein bleierner Hemmschuh sich löste oder vielmehr, wie wenn der Nebel an einem sonnigen Morgen sich verzieht und der Tau auf den Gräsern als das einzig Feuchte zurückbleibt, so wirkte Ulrich. Eine eigentümliche Vergnüglichkeit, die sich aus ihm Bahn schlug und ihn voll und ganz umgab. Ganz so, als hatte er einen unverän-

derlichen Punkt erreicht, hinter den er nie wieder zu-
rückkonnte, und war sich dessen unumstößlich in der
Tiefe aller möglichen Konsequenz bewusst. Nicht nur
bewusst, sondern regelrecht dankbar, als hätte er lange
um eben solch einen Punkt gebeten oder mit sich ge-
rungen. Nun aber, da er da war, war alle Schwere von
ihm gewichen. Ulrich hatte eine Entscheidung. Er hatte keine Wahl. Es war so, wie es sein musste. Nur dass
sich nun eine Illusion weniger auftat. Ein Nebel hatte
sich verzogen. »Der Nebel ist ein Schleier, ein Schleier,
der Dich umgibt, der Dich umgarnt. Jetzt ist er weg, so
weit weg, wer hätt´s denn geahnt«, sang er los. »Der
Nebel ist ein Schleier, ein Schleier, der Dich umgibt,
der Dich umgarnt. Jetzt ist er weg, so weit weg, wer
hätt´s denn geahnt. Jetzt geh ich nach Haus, Frühstück,
und alles ist gut. Ich, nein ich brat nicht in meinem
Sud. Hörst Du? Ich brat nicht in meinem Sud.« Ob es
an den verstörten Blicken der Entgegenkommenden
lag, ist schwer zu sagen, Tatsache ist jedoch, dass aus
Ulrich, nachdem ihn wieder jemand passierte, der augenscheinlich mit dem vormittäglichen, lautstarken
Singen überfordert war – anders konnte man das Gesicht, das zu einem leibhaftigen Fragezeichen geworden war, kaum deuten – ein Lachen herausplatzte. Ein
Lachen, welches ihn anscheinend derart animierte,
nun noch lauter und noch ausgelassener zu singen:
»Der Nebel, oh ja der Nebel, ist ein Schleier. Der Dich
umgibt. Der Dich sogar umgarnt. Jetzt ist er weg, endlich weg, ja so weit weg, wer hätt´s denn geahnt. He?
Wer? Niemand hätt´s geahnt. Alles ist gut, so richtig
gut. Ich brat nicht in meinem Sud. Das können ande-

re tun. Ich steck allein in meinen Schuh'n. – Und mit denen bin ich aus dem Kochtopf gestiegen.« Dergestalt gelangte Ulrich nach Hause und frühstückte tatsächlich, hatte er sich doch so eben noch ein paar leckere Croissants gekauft. Er stellte das Radio an und lauschte den Nachrichten, wobei es kein wirkliches Lauschen war, da er unentwegt die eben gesungene Melodie vor sich her pfiff. Immer nur dann unterbrochen, wenn er einen Bissen herunter schlang oder sich im Eifer verschluckte, was auch einige Male vorkam, zumal er alles daransetzte, gleichzeitig zu pfeifen, zu kauen und zu schlucken. Dass das nicht gutgehen konnte, schien Ulrich selbst klar zu sein, denn einige Male stockte er bereits, es hinderte ihn aber nicht daran, es weiter zu versuchen. Er wollte es üben – könnte man sagen. Oder, wenn man es anders betrachtet: Er wollte wie ein Kind beim Spielen ständig seine Grenzen austesten und erweitern. Wer weiß, ob nicht ein viel größerer Spielplatz auf ihn wartete, wenn er diesen hier erst verlassen hatte. Doch wie so oft, ging es immer nur so lang gut, bis einer sich wehtat. Und nun tat sich die Luftröhre weh, denn irgendein Bissen, der auf gar keinen Fall da hin gehörte, hatte sich dorthin verirrt. Ulrich hustete heftig. Tränen standen ihm in den Augen und bei jedem neuerlichen Husten klappte er weit nach vorn über. Einzig ein »Scheiße« presste er zwischen den Hustenattacken hervor, die der Befreiung von dem Eindringling galten. Er klopfte sich selbst auf die Brust. Und auf den Rücken. Und er hustete. Hustete. Bis er endlich einen Klumpen in seine Hand spie, den er eingehend betrachtete. »So klein. So geschmeidig. Und trotzdem so … so … so reizend. Ja, das ist es: reizend. So reizend, dass man ihn haben muss und so reizend, dass er zu großen Störungen führt. Reizend. Ein Eindringling ist reizend. Sonst könnte er gar nicht eindringen. Den Boden, die Pforte bereite ich dem Eindringling selbst. Er tritt dann nur noch hinein. Ich muss nicht dem Eindringling zürnen, ich muss mich fragen, warum ich ihm eine Tür anbiete. Der Reiz des Eindringlings ist ja gar keiner. Ich selbst betrachte ihn nur und attestiere ihm einen Reiz. Warum öffne ich dem Reiz die Tür? Was fehlt? Oder fehlt nichts und ich habe von allem zu viel? Zu viel? Ja. Ich habe hier ein zweites Frühstück. Eins hätte es auch getan. Das alte Brot wird jetzt älter. Und hart. Dann muss ich es wegschmeißen, obwohl ich noch so viel davon habe. So viel, dass ich gar nicht mehr brauche. Das Mehr schadet mir nur. … E.! Ich bin bei Dir! Du bist mein Brot. Du bist alles, was ich brauche. Ich möchte nur von Dir genährt werden. Nur von Dir.« Während sich sein Gesicht entspannte, drückte Ulrich auf dem Klumpen in seiner Hand herum. »Und Du? Dir öffne ich nicht mehr die Tür. Wie könnte ich? Mir fehlt doch nichts.«

Während er mit dem Klumpen spielte, schlug die Uhr. Dass es schon so spät war, hatte er nicht gedacht. So viel Zeit nahm der Reiz also für sich in Anspruch. So viel Zeit, auch wenn man dachte, man beschäftigte sich nicht mehr mit ihm. Aber – was wohl das Tükkischste am Reiz ist – er hält einen schleichend und ohne Ton gefangen. Obwohl Ulrich an diesem Tag keine großen Besorgungen oder Anstrengungen mehr vor sich hatte, außer vielleicht einen ausgedehnten Spaziergang zu unternehmen und das herrliche Wetter zu genießen, störte ihn die Trödelei doch gewaltig: »Du Scheiß-Ding! Jetzt gehst Du mir echt auf die Nerven«, schnippte er den Brocken zur Kugel zusammengerollt in den Mülleimer, stand auf und – die Uhr hatte ihn wohl nur auf den Reiz aufmerksam gemacht und in den Tag zurückgeholt, ihn aber sonst nicht anders beeindruckt, wie sollte man es sonst erklären – schüttete sich eine weitere Tasse Kaffee ein und öffnete die Morgenzeitung. Den Politik- und Wirtschaftsteil schnell überblätternd las er sich durch die lokale Berichterstattung und stutzte, da er von einer Serie von Einbrüchen und Überfällen in den letzten Tagen und Nächten las. »Reizend«, kommentierte er, »es gibt wohl viele Menschen, die dem Reiz die Türe öffnen, nachdem sie ihn zuvor erst selbst geschaffen haben. Wenigstens bin ich nicht allein. Na ja, besser macht es die Sache aber auch nicht.« Ulrich schlug die Berichte über den Lokalsport auf. Schließlich war er selbst jahrelang Mitglied eines Sportvereins gewesen und schaute so immer mal nach Artikeln und Ergebnissen. »Mmh … mal wieder erfolglos. Da hat sich auch nichts geändert. Aber sie haben im Verein ein paar Neuerungen durchgeführt. So, so. Wahrscheinlich ein Reiz. Misserfolg und Reiz scheinen verpartnert zu sein«, schlürfte er seinen Kaffee aus und verließ die Küche.

Da er eh einen Spaziergang machen wollte, nahm er das Altglas mit. In letzter Zeit hatte sich einiges angesammelt, so dass er drei randvolle Beutel zu tragen hatte. Unglücklicherweise hatte er so schwer und vor allen Dingen so unhandlich beladen ein ganzes Stück weit zu gehen, da die Container zur Sammlung des Altglases in Folge der Sanierung eines Platzes und damit einhergehender Umstrukturierung nicht mehr an vormaliger Stelle standen, was relativ nah bei seiner Wohnung gelegen gewesen war, sondern in die hinterste Ecke dieses Platzes gewichen waren, was auf Grund der stattlichen Größe desselben und der neuen Wegeanordnung ein erheblicher Mehraufwand an Metern bedeutete.

Ulrich nahm es dennoch ruhig; die Sonne schien. Und so rannen ihm nur ein paar Schweißperlen die Stirn hinunter. Kaum war Ulrich angekommen, musste er feststellen, dass die Müllcontainer entweder lange nicht mehr geleert wurden oder aber, dass sich ihr Einzugsgebiet vergrößert hatte, denn sie quollen über und es war nicht mehr möglich auch nur eine einzige Flasche oder ein einziges Glas hineinzustecken. Und so stellte Ulrich seine Flaschen achselzuckend daneben. Sie zurück nach Hause zu nehmen, darauf hatte er wirklich keine Lust, zumal er nun seinen Spaziergang fortsetzen wollte. Aber, so dachte er kurz, sei das Tragen der Last natürlich auch Körperertüchtigung. Andererseits war er ganz froh, zu Hause wieder mehr Platz zu haben. Die Müllabfuhr würde schon kommen. Und außerdem würde sie so sehen, dass sie entweder eine Leerung vergessen hatte oder aber, wenn dies nicht der Fall war, dass zusätzliche Container aufgestellt werden müssten. Nähme er seine Flaschen nun wieder mit, sähe die Müllabfuhr nicht, dass der Speicherraum der Container ausgeschöpft war. Und so pfiff er vor sich hin und trollte sich.

Der Platz war wirklich schön geworden. Zumindest schöner als zuvor, was allerdings auch nicht so schwer gewesen war, da er vormals jahrelang äußerst ungepflegt darniederlag: Pflanzen, Gräser, Sträucher wucherten. Laubberge türmten sich auf. Müll lag herum und wenn der Wind kräftig blies, flogen Zeitungspapiere durch die Luft. Nein, das war zuvor kein schöner Platz gewesen. Und der Platz, an dem vormals die Glascontainer standen, brillierte als unschöner Höhepunkt der unschönen Parkanlage. Wollte man zu einem der Container gelangen, musste man sich durch ein Scherbenmeer kämpfen. Und eine Tischtennisplatte, die einsam aus dem Dickicht hervorragte, war der Sammelplatz der Ratten, die sowieso überall herumliefen. Nein, das war wirklich kein schöner Ort gewesen. Aber jetzt, nach der Sanierung und nach der Investition von Geld, das übrigens nicht nur aus der öffentlichen Hand kam, sondern zum größeren Teil aus Spenden der Anwohner und anderer interessierter Bürger bestand – auch Ulrich hatte im Übrigen etwas dazugetan, wenn auch nicht viel, aber immerhin ein wenig, was allerdings der Tatsache geschuldet war, dass er kaum Geld zur Hand hatte, als man bei ihm läutete und das Spendenanliegen vortrug – jetzt also, nach der Investition von noch mehr Arbeit als Geld, denn die Grundarbeiten wie das Müllsammeln und das Beschneiden oder Ausmachen von Pflanzen waren von den Anwohnern selbst erledigt worden, wenn auch unter erheblichen Schutzmaßnahmen, da die Rattenplage den ein oder anderen ängstigte, jetzt aber war es ein wirklich schöner Platz. Und die Ratten waren weg. Ulrich selbst hatte nur einen einzigen Tag mitgearbeitet. Er hatte eine Müllzange in die Hand genommen, welche man sich eigens für die Säuberung bei einer nahegelegenen Schule ausgeliehen hatte, und war kreuz und quer über den Platz gelaufen und hatte gesammelt und gesammelt. Unzählige Eimer kamen so zusammen. Jedes Mal wenn er in einem Bereich fertig war, hatten andere Arbeitende schon wieder ein gutes Stück Gebüsch zurechtgestutzt, so dass er dort weiter Müll aufsammeln konnte. Nach diesem Tag hatte ihm der Rücken sehr wehgetan, doch war er froh gewesen, eine Müllzange gehabt zu haben und sich nicht noch tiefer hinunter beugen zu müssen, was bei der Belastung durchaus zu länger anhaltenden Rückenschmerzen geführt hätte. So aber hatte er sich an diesem Abend ein Bad eingelassen und sich anschließend ins Bett gelegt, wobei ihm allerdings der Gedanke an eine Freundin kam, die er lange nicht mehr gesehen hatte, sie war wegen einer neuen Arbeit in eine andere Stadt gezogen. »Hach«, stieß er hervor, »C. kann so gut massieren.«

Nun aber, da der Platz schön war und Ulrich seine Flaschen neben die Container gestellt hatte und ein Lied pfiff, ging er weiter. Schließlich wollte er die neuen Wege beschreiten. Er war gerade ein paar Meter von den Containern entfernt, als sich vor ihm eine Weggabelung auftat. Er schritt einen Weg daher. – Geradewegs in einen Haufen Scheiße. »Scheiße«, bemerkte er passenderweise und sah wie der Kot an beiden Seiten unter seiner Sohle hervorquoll. »Scheiße. Scheiße, Scheiße.« Da der gesamte Park umgestaltet wurde, gab es an den Rändern auch keinen Rasen mehr, sondern nur Blumenbeete. Also rieb er den Schuh über den Boden, sich so vom gröbsten Dreck zu befreien. Nirgends war Laub zu sehen, mit welchem er den Schuh abwischen konnte und so musste er weitergehen. Den beißenden Gestank in der Nase. Wo er auch hinging, der Geruch kam mit. Hätte er nun umkehren sollen? Hätte er nun nach Hause zurück gehen sollen, nur wegen des Kots an seinen Schuhen? Er war ja wegen der Flaschen schon nicht umgekehrt. Warum also nun? Ulrich rieb noch ein wenig den Schuh über den Boden und setzte dann seinen Weg fort. Pfeifend. Er störte sich nicht weiter am Gestank. Und wenn es jemand anders tat, pfiff er auf ihn. Vielmehr von Belang war die Frage, warum ein Hundehaufen mitten auf dem Weg lag. Hätte ihn nun jemand auf den Gestank angesprochen, hätte er sofort auf die Unsitte von Hundehaufen auf dem Gehweg verwiesen. Dass überhaupt ein Hund irgendwo hinscheiße, sei es auf den Weg oder an dessen Rand, und dass das Herrchen oder Frauchen das Exkrement dann einfach liegen lasse, sei wohl ein Relikt aus früheren Tagen, als der Mensch auch noch überall hinschiss und später zwar zu Hause schiss, den Unrat aber aus dem Fenster auf die Straße kippte, was aber nun, in heutigen, zivilisierten Zeiten derart nicht mehr möglich wäre, so dass die Leute den Umweg über den Hund nähmen, der, frei wie man an der Leine nur sein kann, noch überall hinscheißen könnte, sozusagen als verlängertes Rektum des Herrchens oder Frauchens.

In derlei Gedanken zog Ulrich durch den Park, gespannt, was noch für Überraschungen auf ihn warteten. Wäre er doch eben bloß den anderen Weg gegangen, er wäre um den Haufen herumgekommen. Andererseits hieß es doch auch, Scheiße bringe Glück. In Anbetracht des Haufens, in welchen er getreten war, würde er nun eine Menge davon haben. Er ließ sich auf einer Bank nieder und zog sich den Schuh aus. Irgendeinen Passanten würde er fragen, ob dieser ein Stück Papier habe, das er ihm geben könne, um den Schuh zu säubern. Irgendeinen Passanten. – Als plötzlich eine junge Frau um die Ecke bog. Sehr nett anzusehen, adrett gekleidet und mit einem natürlichen Lächeln bewehrt. Ein Lächeln, das gar nicht anders sein konnte, als einfach nur da zu sein. Permanent. Von innen heraus. Sie schaute Ulrich an, der sie gerade nach einem Papier fragen wollte, als ein Hund daher gelaufen kam und um sie herumscharwenzelte.

Augenscheinlich ihr Hund. Er lief auf Ulrich zu und drehte dann ab. »Oh mein Gott«, hob die Frau an, »sind Sie etwa in einen Hundehaufen getreten? Nicht doch? Doch nicht etwa dort hinten in diesen?« Ulrich schaute verdutzt. »Es tut mir leid. Warten Sie. Hier, ein Papiertuch. Entschuldigung, es tut mir so leid. Ich hatte die Tüten zu Hause vergessen, um den Haufen wegzumachen. Ich habe sie gerade schnell geholt. Es tut mir so leid. Kommen Sie. Geben Sie mir den Schuh.« Und noch ehe Ulrich irgendwie im Stande gewesen wäre, etwas zu erwidern, nahm die junge Frau den Schuh, riss Ulrich das Papiertuch, das er gerade erst in die Hand genommen hatte, wieder aus der selbigen und begann, den Schuh zu säubern. Obwohl sie etwas aufgeregter war als eben, als sie um die Ecke kam, verlor sie ihr Lächeln nicht. Sie hatte sich vor Ulrich gekniet und wischte mit dem Tuch am Schuh. Schnell, aber keinesfalls hektisch. »Bald ist er wieder sauber«, sagte sie und blickte Ulrich an, der immer noch nichts gesagt hatte. »Bald ist er wieder sauber und sie können überall hingehen, wohin sie wollen.« »Überall, wohin ich will?«, fragte Ulrich. »Wohin Sie wollen«, antwortete sie und ihr Lächeln schien sogar noch größer geworden zu sein, »diese Schuhe sind zum Gehen gemacht.« »Das ist sehr nett von Ihnen.« »Finden Sie? Ich denke, es ist selbstverständlich.« Ulrich griff nach ihrer Hand, damit sie aufhörte zu wischen. »Ich danke Ihnen.« »Wofür?«, fragte die Frau. »Dafür, dass Sie sind, wie Sie sind«, antwortete Ulrich. Die Frau sah ihn fest an. In die Augen. Ihre Hand hielt Ulrich immer noch. An ihrem Handgelenk. Als wollte er sie am

Davonlaufen hindern. Seinen Schuh – mittlerweile glänzend poliert – hielt sie in der anderen Hand. Ein leichter Wind erfasste ihr Haar. »So, hier. Ziehen Sie ihn wieder an«, sagte sie und griff nach Ulrichs Fuß. Sie streichelte einmal über den Spann und glitt zu seiner Ferse, die sie fixierte, ehe sie ihm den Schuh überzog. Ulrich war gefangen. Zwar war er es, der zuvor ihr Handgelenk hielt, doch sie war es, die ihn jetzt an der Fessel hatte. Wie sollte er gehen, wenn sie ihn an der Fessel hatte? Langsam schob sie den Schuh über den Fuß. Erst ganz zum Schluss löste sie ihren Griff ab und fuhr mit einzelnen Fingern die Wade entlang. Ulrich schaute auf sie hinab. Doch war es wohl eher so, dass sie auf ihn hinab schaute. Er war gefangen. Sie band ihm den Schuh und blickte erst dann wieder zu ihm hinauf. Ulrichs Mund stand offen. Die junge Frau, deren Lächeln immer noch allumfassend war, erhob sich und stand nun gerade. Ulrich blickte immer noch nach unten. Auf seine Schuhe. »Aber«, stammelte er, »aber nun glänzt der eine und der andere ist matt.« »Der andere muss sich selbst zum Glänzen bringen«, antwortete sie und streichelte Ulrich über den Kopf. Dieser schaute nur kurz hinauf und dann gleich wieder auf seine Schuhe. »Aber … aber wie muss er das machen? Wie … wie schafft er das?« Enttäuschung und Ratlosigkeit schwangen in seiner Stimme mit. Die Frau beugte sich zu ihm herunter, tätschelte seine Wange mit der ihren und stoppte vor seinem Ohr: »Das kann der Schuh nur alleine wissen«, flüsterte sie, »und denken Sie daran: Er ist zum Gehen gemacht.« Sie küsste seine Schläfe, erhob sich und machte ein paar Schritte. »Komm, wir gehen«, rief sie und Ulrich, freudig überrascht ob dieser augenscheinlichen Aufforderung, wollte gerade aufstehen, als der Hund an ihm vorbeischoss und sich bellend an die Beine des Frauchens schmiegte. »Warum sollte sie auch mich meinen?«, fragte sich Ulrich konsterniert, »ich glänze nicht.« Während er dem Paar hinterher blickte, bog es um die Ecke und sein Blick glitt ins Leere. »Ich glänze nicht«, wiederholte er. »Und warum sollte ich überhaupt mit ihr gehen? Sie war doch nur ein Reiz. – Aber kann ein Reiz so hell sein? Was ist nur los? Sie war kein Reiz. Aber ich sollte ihr auch nicht folgen. Was war sie? Was?« Ulrich sprach wild vor sich her und schlug die Hände über dem Kopf zusammen. Ganz tief verbarg er sich in seiner Armbeuge. Irgendwann blickte er auf seine Schuhe. Wippte mit den einzelnen Füßen auf und ab. Abwechselnd. Der eine glänzte, der andere war matt. Der eine wurde ihm poliert, den anderen müsste er selbst polieren. Die Schuhe waren zum Gehen gemacht. Also müsste er den Schritt tun. Und so stand er auf, blickte noch einmal in die Richtung, in welche die junge Frau fortgegangen war und machte sich dann zur anderen auf. An der Stelle vorbei, an der der plattgetretene Hundehaufen lag, den die Frau einzusammeln zurückgekommen war. Jetzt, da er nur noch ausgewalzt war, konnte sie ihn sowieso nicht mehr einsammeln. Der Regen würde ihn irgendwann fortspülen. Nun, als Ulrich dies so sah, sprach er, dass er einen wahrlich großen Fuß habe, der ebenfalls einen wahrlich großen Abdruck hinterlasse. Und das, so schloss er, könne so schlecht nicht sein. Er kam zurück an die Weggabelung und nahm diesmal den anderen Weg. Er würde nun immer zurückgehen und neu ansetzen, wenn ihm das Dickicht zu undurchdringlich würde.

Ulrich war an diesem Tag sehr nachdenklich. Nicht dass die Nachdenklichkeit ein Wesenszug gewesen wäre, der ihm ansonsten abginge. Mitnichten. Vielmehr war er des Öfteren nachdenklich und sann über allerlei Dinge nach. Stellte Gedankenspiele auf, wie er sich wohl in der ein oder anderen Situation, welche ihm begegnen könne, verhalten möge und welches Verhalten nicht nur das Adäquateste wäre, sondern vielmehr das folglich einzig Richtige. Dann wiederum prüfte er, wie sein Verhalten in vergangenen Situationen war und ob er dort richtig oder vielmehr einzig folglich gehandelt habe. Es war möglich, dass er dann zu Ergebnissen kam, die in direktem Widerspruch zu seinem tatsächlichen Verhalten standen, was ihn dann dazu veranlasste, über eine Maschine oder irgendeine andere Möglichkeit nachzudenken, die es ihm ermöglichte, das Vorgegangene ungeschehen zu machen und an den Anfangspunkt des Vorgehens zurückzukehren, um nun – nach allen jetzigen Erkenntnissen – so zu handeln, wie es vornehmlich besser gewesen wäre. Besser, in allerletzter Konsequenz natürlich für sich selbst, besser aber vielmehr für alle an der Situation beteiligten Personen und Dinge. Denn, so fiel ihm immer wieder ein, trage er ja nicht nur die Verantwortung für die Dinge, die er tat, sondern er trage ja ebenfalls die Verantwortung für die Dinge, die er nicht tat. Dass er dieses Bonmot in einer Zeitung las, lag lange Zeit zurück. Er war damals noch sehr jung, doch hatte es anhaltende Wirkung auf ihn. Zwar wusste er nicht mehr ganz genau, in welchem Zusammenhang er es gelesen hatte, auch wusste er nicht mehr ganz genau, woher es stammte, aber an der Wahrheit der Aussage rührte dies nicht und Ulrich wollte diesem Spruch folgen.

Die Nachdenklichkeit, die ihn jetzt umgab, war allerdings nicht derart. Sie glitt eher in eine Art Bedrücktheit ab. Ganz so, als hätte er heute eine unbequeme Wahrheit erfahren, die es nicht zu umgehen ginge. Ganz so, als wäre die Wahrheit ein korrigierender Eingriff. Etwas Unumstößliches. Als wären die Gedankenexperimente, die er sonst vortrug, zwar richtig, aber als gehörten sie vollends in ein Land der

Kindereien, in welches er sich – vermutlich durch ein Zuviel seiner Umtriebe – verrannt hatte. Und als wäre dies hier am Vormittag im Park ein Hinweis von allerhöchster Größe gewesen, der ihm zwar Hilfe stellend zuteil wurde, der ihm aber auch den festen Boden unter den Füßen wegzuziehen drohte. Ulrich war klar, dass an seinen Gedanken mehr dran war, als er sich vorstellen konnte. Als es möglich gewesen wäre, sich dies bis in bitterster Konsequenz vorzustellen. Er war bedrückt. Wie der Forscher, der von der Neuerung und Bedeutung seiner Entdeckung überzeugt ist, und dann bei deren Eintritt, ein neues und größeres Phänomen vor sich hat, das er nicht zu erklären vermag und das auch noch die Grundfesten alles Bestehenden, nebst der gerade erst getätigten Entdeckung erschüttert. Ulrich war bedrückt. Er war orientierungslos und nicht zu einer Sinnesaufnahme fähig herumgelaufen. Er wusste noch nicht einmal wie lange. Jetzt saß er auf dem Balkon seiner Wohnung und schwenkte ein Glas Rotwein. Er schwenkte es, setzte zum Trinken an, setzte sogleich wieder ab und schwenkte. »Das …«, sagte er und setzte das Glas wieder an, bevor er es abermals sofort wieder absetzte und ins Schwenken verfiel, »das … das ist … das ist gut. Oder nicht? Doch. Das ist gut.« Er hob das Glas in die Höhe, betrachtete die Färbung gegen das Licht und leerte es in einem Zug. »Ahhhh«, wischte er sich den Mund ab und schenkte sich nach. »Es ist zum Gehen gemacht. Also tue ich es.« Ulrich trank noch einen Schluck, stellte sich dann hin und rief von der Brüstung des Balkons in die Welt, zumindest in die nähere Umgebung, so weit sein Ruf dringen würde, dass alles zum Gehen gemacht sei. Und dass man es nur tun müsse. Gehen. »Es ist gut«, schloss er und leerte das Glas, ehe er energisch nach drinnen verschwand, nicht jedoch ohne etwas ungeschickt gegen die Undurchdringlichkeit des Vorhangs anzukämpfen.

Der restliche Tag verlief ohne Besonderheiten, wenn davon abzusehen ist, dass Ulrich, wahrscheinlich unter den Eindrücken der vorangegangenen Vorkommnisse stehend, auf eigenes Kochen verzichtete und stattdessen auswärts aß. Das Stimmengewirr in der Wirtsstube hinderte ihn daran, einen Gedanken zu fassen oder sich auf eine Zeitung zu konzentrieren. Auch war es ein solches Gewirr, dass Ulrich keinem einzigen Gespräch lauschen konnte, selbst wenn er gewollt hätte. Meist war es anders herum. Meist saß er in vermeintlicher Konzentration versunken, bis er an Nebentischen einen Gesprächsfetzen hörte, der ihn in einer Art packte, dass er nur noch diesem Gespräch lauschte, ob er nun wollte oder nicht. Meist wollte er nicht. Jetzt, wo er für eine Ablenkung dankbar gewesen wäre, erhielt er keine. Er saß mit sich alleine in einer vollen Wirtsstube und stierte auf sein Glas Wein. Vorsorglich hatte er eine Flasche bestellt. Es sollte die zweite des Tages sein.

Ulrich war am Morgen erst spät aufgestanden. Es war schon Vormittag. Zwar läutete der Wecker zur gewohnten Zeit, aber er war zu müde, um sich aus dem Bett zu erheben. Die Augen öffnete er nur kurz, um nach dem Wecker zu tasten und ihn auszustellen. Die goldene Morgenstund sollte ruhig noch etwas auf ihn warten, jetzt war mit ihm sowieso nichts anzufangen. Er drehte sich um und schlummerte wieder. Jedoch wurde er in regelmäßigen Abständen wach, dachte aber nicht daran, das Bett zu verlassen und änderte stattdessen lediglich seine Liegeposition. Das zog sich einige Zeit lang hin, bis er aus dem Bett schoss: »So! Jetzt ist es genug.« Er begab sich sofort hinunter auf den Boden und begann, Liegestütze zu machen. Laut zählte er mit. »Siebenundvierzig. Achtundvierzig. Neunnnn…und…vierzzzzzzz«, brach er zusammen. Laut keuchend. Augenscheinlich haderte er damit, keine fünfzig Stück hintereinander geschafft zu haben, denn als er ins Badezimmer ging, die Zähne zu putzen, sich im Gesicht und unter den Armen zu waschen, begutachtete er sich kritisch im Spiegel und befühlte seine Muskeln. »Mmmh«, konstatierte er. Er kleidete sich an und kümmerte sich um die Schmutzwäsche, als es an der Haustür läutete. Es läutete abermals. Als es auch noch ein drittes Mal läutete, war Ulrich klar, dass nicht die Müllabfuhr, der Postbote oder ein Werbezusteller Einlass verlangte, sondern dass jemand ganz gezielt zu ihm wollte. Ulrich – noch das Waschmittel in der Hand – öffnete die Tür. Dort stand eine Frau, mit der er einst zusammengearbeitet hatte. Ulrich war überrascht – und erfreut. Sogleich bat er sie hinein und hoffte auf Entschuldigung für das späte Öffnen, wobei er auf das Waschmittel deutete. Sie umarmten sich – wegen des Waschmittels jedoch etwas umständlich. Ulrich führte sie in die Küche. Da er gerade eben erst aufgestanden war, war der Rest der

Wohnung nicht vorzeigbar. Auch war die Luft noch verbraucht und so erschien ihm die Küche als der einzig richtige Ort. Die Frau legte ihre Jacke ab und Ulrich fragte, was er ihr anbieten könne. »Einen Tee«, wie sie sagte. »Schön. Hier wohnst Du also. Und wie lange schon?« »Ein paar Jahre«, antwortete Ulrich und brühte das Wasser auf, wobei er sie nach der Sorte des Tees fragte: »Grüner Tee? Schwarzer Tee? Kräutertee? Sweet Chai? Brennnesselmischung? Vier Jahreszeiten? Ingwertee?« »Grüner Tee«, antwortete die Frau. Ob ihre Wahl wohl daran lag, dass Ulrich sie mit dem runter geratterten Teeangebot überfuhr und sie sich nur noch an die erstgenannte Sorte erinnern konnte oder ob es tatsächlich der Tee war, der ihr am meisten zusagte? Ulrich jedenfalls griff ebenfalls zum gleichen Tee. Immerhin rege er Körper und Geist an, versprach die Verpackung. »Entschuldige bitte, ich bin eben erst aufgestanden. Ich war gestern erst sehr spät im Bett«, eröffnete er ihr. »Aber Du hast frei. Das ist in Ordnung«, entlastete sie ihn. Sie plauderten ein wenig über Aktuelles und Vergangenes. Und ebenfalls über Schwebendes. Ihre Zusammenarbeit war noch nicht so lange beendet und so gab es sie beide direkt betreffende Verfahren, über die man sich nun also austauschte. Verfahren, die zwar im Verdacht standen von Dringlichkeit und Wichtigkeit zu sein, die aber bei genauerer Untersuchung einen Großteil ihrer angeblichen Wichtigkeit verloren. Nichtsdestoweniger hatte beiden ihre Zusammenarbeit derart gefallen, dass die Frau nach weiterer, in privaterem Rahmen stattfindender Zusammenarbeit fragte, was Ulrich sofort bejahte und die Freude daran unterstrich. Nur in einem kurzen Satz wurde über einen Preis gesprochen, der zum Wohle beider gewählt wurde und deshalb wohl auch nicht länger verhandelt wurde. Man schlürfte gemütlich den Tee und aß Obst. Die Frau habe nur schnell einen Abstecher machen wollen, weil sie vor kurzem schon einmal an seinem Haus vorbeigekommen wäre und sich infolgedessen gedacht habe, dass sie beim nächsten Mal, wenn sie Zeit habe, vorbeikomme und nun sei sie hier, könne aber nicht so lange bleiben, da sie in einer Stunde noch einen Termin in der Gegend habe, nun aber die Zeit doch gerne hier verbringe, nicht zuletzt um ihn zu einem Essen einzuladen, da sie doch wisse, dass er bald Geburtstag habe. Ulrich bedankte sich, wies sie aber auch darauf hin, dass sein Geburtstag schon vorbei sei. »Oh«, bemerkte die Frau, »dann lade ich Dich trotzdem ein« und sprang auf, Ulrich zu umarmen. Natürlich nahm er die Einladung gerne an und meinte, dass sie einfach sagen solle, wann sie Zeit habe und er es dann einrichten werde. Sie erzählte von dem Termin, den sie gleich habe, woraufhin Ulrich feststellte, dass er einen Nachbarn habe, der selbst einmal in der Woche zum gleichen Ort gehe und dort helfe. Ob sie sich wohl kennen würden? Die Frau musste verneinen, da sie heute erst das dritte Mal dort sei. »Aber«, sagte sie, »ich glaube, ich kenne Dich schon von früher. Ich glaube, ich habe Dich schon früher gesehen. Vor unserer Zusammenarbeit. Du hattest eine Freundin und warst nicht glücklich mit ihr. Ich hatte das gesehen und Dich darauf angesprochen.« Sie nannte einen Ort und eine Zeit. Beides war Ulrich zwar bekannt, aber dennoch vermochte er nicht, sich an ein derartiges Zusammentreffen zu erinnern. Auch nach näherem Beschreiben fiel ihm nichts ein. Sicher, er sei zu dieser Zeit an diesem Ort gewesen. Und sicher, er habe damals auch eine Freundin gehabt. Und ja, Probleme habe es auch gegeben. Aber er könne sich nicht daran erinnern. Vielleicht sei es jemand anders gewesen, der ihm sehr ähnlich sehe. »Das kann sein«, antwortete die Frau, »ich bin mir sicher, dass wir uns von früher kennen.« Ulrich überlegte. Und fast war es so, dass sich nun Szenen vor seinen Augen abspielten, die die Worte der Frau bestätigen könnten. Aber könnte es nicht auch sein, dass er die Szenen gerade deshalb nun formte, um den Worten der Frau eine Bestätigung zu geben? Könnte es nicht auch sein, dass er nun nach der bildhaften Beschreibung der Frau diese Szenen generierte und sie als seine weit zurück liegenden Erinnerungen abspeicherte? Vielleicht weil er die Frau mochte? Vielleicht weil er hoffte, dass er so nachträglich eine Bestätigung für etwas suchte, von dem er nicht einmal wusste, was es war? Könnte es nicht auch sein, dass er die Selbsttäuschung allzu gern betrieb, um vor was auch immer davon zu eilen? Könnte es nicht vielleicht auch sein, dass die Selbsttäuschung alles erst lebenswert machte? Aber war die Selbsttäuschung dann überhaupt Leben? Hatten diese Szenen nun stattgefunden oder nicht? Ulrich überlegte. »Hast Du denn immer noch keine Frau?«, setzte die Frau von Neuem an. »Nein«, erwiderte Ulrich. »Aber warum nicht? Ich verstehe es nicht. Du arbeitest mit so vielen Frauen zusammen.« »Die Richtige war eben noch nicht dabei«, hoffte Ulrich auf Entschuldigung. »Die Richtige!? Dann wirst Du immer warten. Die Richtige gibt es nicht. Du musst Kompromisse machen«, erklärte die Frau in einer ehrlichen Deutlichkeit. »Ja, Du hast recht«, pflichtete Ulrich ihr bei, »aber doch nur bei der Frau, bei der sich Kompromisse lohnen«, fuhr er fort. Halb erklärend, halb um Entschuldigung bittend. »Du musst Kompromisse machen«, sah sie ihn an. Ulrich sann nach, in welcher Art er Kompromisse einginge. Und in der Tat nahm er der Frau meist die Entscheidung ab, bevor es für sie überhaupt zu einer Entscheidung gekommen wäre. Im Bewusstsein, dass er einen schwereren Weg für sein Leben gewählt hatte, als manch andere es tun – vielleicht glaubte er auch einfach nur, einen schwereren Weg gewählt zu haben –, nahm er vielen Frauen die Entscheidung ab, an seiner Seite zu sein, indem er sie erst gar nicht an seine Seite ließ. Er wolle ihnen nicht wehtun und ihre wie seine Zeit nicht verplempern, sagte er sich dann immer. Aber verplemperte er so nicht noch viel mehr Zeit? Konnte er überhaupt vorher wissen, bei welcher Frau sich Kompromisse lohnten und bei welcher nicht, wenn er es gar nicht erst so weit kommen ließe? In der Tat überließ er der Frau nicht die Entscheidung. In der Tat traute er der Frau die Entscheidung nicht zu. Er traute ihr nicht zu, die Bürde zu stemmen, mit ihm zu leben. Das Los, das auf ihm lastete, oder das er sich selbst anlastete – auch darüber herrschte bei ihm keine Klarheit – sah er als zu schwer an. Er trug es schon so lange. Wie sollte jemand anders es tragen und nicht nach einer Weile unter ihm leiden

und an ihm verzweifeln? Die Möglichkeit, dass sich
das Los erleichterte oder sogar ganz verschwand, zog
er gar nicht erst in Erwägung. War es nicht vielleicht
so, dass sich mit einer Frau an seiner Seite die Dinge
vereinfachten? Das Leben erblühte? Die Kraft nur so
aus ihm bräche? »Ja, ich muss Kompromisse machen«,
sah er sie an. Ihre Augen glänzten. »Das wird schön.
Du wirst eine tolle Frau finden.«

Da es schon spät geworden war, brach die Frau auf.
Schließlich hatte sie einen Termin. Sie sagte jedoch,
dass sie sich bald wieder bei ihm melde, denn sie wolle
ihn ja noch zum Essen einladen, worauf sie sich sehr
freue. Ulrich ebenfalls. Sie umarmten sich und sie verließ die Wohnung, nicht jedoch ohne sich noch einmal
umzudrehen und Ulrich wissen zu lassen, dass es viele
Frauen gebe. Ulrich schloss die Tür und schüttelte den
Kopf: »Ich muss Kompromisse machen.«

Offensichtlich angeregt vom Gespräch und wohl
auch vom grünen Tee lichtete Ulrich gleich alle Rollladen und riss die Fenster auf. Er hatte einiges aufzuräu-
men, was er unmissverständlich jetzt tun wollte. »Ich
räum jetzt auf … Dubbididubbdubb. Alles auf … Dubbididubbdubb. In allen Dingen, die mir was bringen.
Oder auch nich. Was weiß denn ich? Ich räum jetzt
auf … Dubbididubbdubb. Alles auf … Dubbididubbdubb. Immer auf … Dubbididubbdubb. Dubb Dubb
Dubb Dudubb«, tanzte, sang und sprang er durch die
Wohnung. Er griff nach alten Zeitungen und warf sie
weg. Er griff nach alten, teilweise schmutzigen, oftmals muffigen Kleidungsstücken und warf sie auf einen Haufen. Er müsste heute wohl noch eine Wäsche

machen. Er griff nach Tellern und Tassen, die vereinzelt herumstanden und trug sie zusammen. Dann schüttelte er sein Bett aus. »Ich räum alles auf – und dann kommst Du hier drauf. Jaha«, sang er, wobei ein Grinsen sein ganzes Gesicht erfasste. »Ich mach einen Kompromiss, dass Du die Beste bist, wer Du auch bist. Dubbididubbdubb. Ich mach einen Kompromiss, dass Du die Beste bist, wer Du auch bist. Dubbididubbdubb«, trällerte er vor sich hin, ehe er stutzte: »Aber am besten ist, ich zieh erst mal neue Bettwäsche auf«, besann er sich und zog das Bett ab.

Als alles aufgeräumt schien, machte er sich daran, tiefer zu gehen. Es gab noch eine Vielzahl an Ordnern und Schubladen, deren Inhalt alles andere als geordnet war. »Nicht nur die Oberfläche«, sprach er zu sich und wiederholte es. Ob es Mantra oder Mahnung war, war letztlich egal. Ulrich durchstöberte zunächst die Schubladen. Vieles warf er weg. Es hatte sich tatsächlich einiges an Kram angesammelt und es war wirklich nötig, diesen wenn schon nicht zu entsorgen, dann mindestens zu ordnen. Überhaupt war es wohl besser eine Übersicht über das eigene Haben zu besitzen. Abgesehen davon, dass sie manche Dinge erleichterte, brachte sie das, was uferte, wieder ins Lot. Inzwischen war es Mittag geworden und Ulrich hatte noch nichts gegessen, obwohl er schon seit längerer Zeit unter Hunger zu leiden hatte. Zumindest knurrte der Magen laut auf. »Aber ich will das noch fertig machen«, sagte Ulrich, nur um wieder zu stutzen, »ach Quatsch. Ich mach einen Kompromiss. Ich esse jetzt und danach mach ich eine Pause und dann mache ich weiter. Vielleicht. Vielleicht aber auch nicht. Ich kann ja morgen weitermachen. Ich muss es nur tun.« Er stand auf. Da er die ganze Zeit vor herausgerissenen Schubladen auf dem Boden kauerte und Dinge auf verschiedene Haufen sortierte, ging sein Bein nicht der eigentlichen Tätigkeit nach, sondern knickte weg. Ulrich stützte sich am Türrahmen. »Heijeijeijeijei«, konstatierte er und trat mehrfach mit dem Bein auf den Boden, schwenkte es, um es an dessen Arbeit zu erinnern.

In der Küche fand er nicht viel: Brot, Eier, Käse, Zwiebeln, Bohnen. Er schnitt sich ein Stück Käse ab und hackte Zwiebeln klein, welche er anschließend anbriet und in der Pfanne mit den Bohnen vermengte. Anschließend gab er es auf das Brot und legte oben drüber zwei Spiegeleier: »Ein Festmahl«, stellte er zufrieden fest. Nach dem Essen saß er noch ein wenig in der Küche und schaute aus dem Fenster. Dort war eine Katze, die allem Anschein nach auf der Lauer lag. Ulrich versuchte ihr Ziel zu sehen. Und tatsächlich. Zwei Mäuse spielten miteinander und knabberten an etwas herum. Vergnügt, wie es schien. Sie wimmelten durcheinander, kletterten übereinander und knabberten wieder. Die Katze aber war ruhig. Zentimeter für Zentimeter schlich sie heran. Auch sie würde einen Kompromiss machen müssen und sich für eine entscheiden. Die Möglichkeit beide zu bekommen, war sehr gering und die Gefahr war groß, dass ihr dann beide entglitten. Und außerdem, was sollte die Katze denn mit zwei Mäusen, wenn sie nach der ersten schon keinen Hunger mehr hatte. Nein, sie würde einen Kompromiss machen. Immer näher kam sie heran. Unbemerkt. Und dann griff sie zu. Mitten in das Spiel, in das Gewimmel hinein. Eine Maus hatte sie und ließ sie nicht mehr los. Die andere lief aufgeschreckt davon und die Katze sah ihr noch nicht einmal nach. Ulrich biss noch ein Stück Käse ab und ging zurück an die Arbeit. »Käse für die Maus«, sprach er und griff zur letzten Schublade. Wenigstens diese würde er heute noch durchsuchen, säubern und ordnen. Vor ihm hatten sich schon einige Haufen aufgetan. Abfall, noch neu zu ordnen, noch zu lesen, in näherer Zeit zu gebrauchen, Erinnerungen. Alles sollte seinen Platz bekommen. Und Ulrich stieß auf ein Foto und einen Brief. Eine Frau hatte ihm dies vor langer Zeit geschickt. Eine Frau. Was für eine Frau. Ulrichs Gesicht verformte sich ein wenig. Halb fröhlich, halb traurig. Dass diese Frau ihn einstmals ergriffen hatte, war offensichtlich. Das Foto betrachtend kratzte er sich über den Kopf. »Was war ich doch für eine Maus – und kam trotzdem mit dem Leben davon. Wenn auch lädiert.« Er öffnete den Brief und las wenige Zeilen. »Die Katze hatte sich noch nicht entschieden. Oder aber sie wollte nur spielen.« Seine Hände sanken auf seinen Schoß und er legte den Kopf in den Nacken, den Blick an die Decke gerichtet. »Käse für die Maus. Den gab sie mir«, schüttelte er den Kopf und betrachtete die Haufen. Unverkennbar wusste er nicht, auf welchen Haufen er das Fundstück legen sollte. Wegwerfen hätte er es können. Sicherlich. Aber hätte er sich dessen dann völlig entledigt? Auch lesen hätte er den Brief noch einmal können. Aber was hätte es gebracht? Stünde er danach nicht vor dem gleichen Problem? Wohin damit nach dem Lesen? In näherer Zeit gebrauchen hätte er es auch können, denn – wie er ihr Foto anblickte – umtrieb sie ihn heftig und es schien, als spielte er mit dem Gedanken, erneut Kontakt mit ihr aufzunehmen. Die gemeinsam verbrachte Zeit zählte zu der schönsten. Doch Ulrich war nicht mehr die Maus von damals. Vielleicht läge genau darin die Chance auf eine neue, eine längere Zeit. Er hatte es geliebt, sie im Arm zu halten. »Unglaublich. War sie schön«, stieß er hervor und schaute noch einmal auf ihr Foto, »so schön.« Doch alles war vergangen und somit Erinnerung. Und außerdem sollte ihn der Reiz doch nicht mehr korrumpieren. Andererseits musste er Kompromisse machen. Ulrich nahm den Brief erneut und las ein paar weitere Zeilen. Er blies die Backen auf, schüttelte den Kopf, las weiter, schüttelte wieder den Kopf, betrachtete das Foto und – lächelte. Er packte es zusammen. »Ich beschäftige mich später damit«, legte er beides auf einen Haufen. Noch neu zu ordnen.

Als er alle Schubladen vollständig entleert, dieselben von innen gereinigt und verschiedene Haufen nebeneinander hatte, entsorgte er den Haufen für den Abfall, welcher tatsächlich – zu Ulrichs Wohlwollen – einen riesigen Umfang erreicht hatte und begann, die Haufen sorgfältig in die Schubladen zu legen. Übrig blieb einzig das noch neu zu ordnende. Ein Brief, ein Foto und einige wenige Unterlagen, deren Wichtigkeit er noch nicht ganz überblicken konnte. Eine Schublade war noch frei, in die er dies nun legen konnte. Ulrich inspizierte noch einmal die Unterlagen und erspähte einen mehrere Jahre zurückliegenden Poststempel.

Er blätterte ein wenig darin und da er die Unterlagen eben nur deshalb auf den Haufen legte, weil er schnell mit den Schubladen vorankommen wollte und sich nicht so lang mit etwas beschäftigen wollte, was ihn von der Grobarbeit abgebracht hätte, nun aber die Zeit fand, die Dinge noch einmal richtig durchzugehen, kam er zu dem Schluss, dass es sich hierbei um längst vergangenen Kram ohne jegliche Aktualität und eventuelle Relevanz handelte, weshalb er auch dies entsorgte. Nun blieb also eine ganze Schublade für die einstmals so schöne Frau, von der er noch ein Foto, einen Brief und einige Erinnerungen hatte. Eine Schublade für die Vergangenheit, die unmissverständlich in die Gegenwart hereinreichte. Derart hereinreichte, dass sie die Zukunft ebenfalls bestimmte. Wenn auch nur auf kleine, vielleicht unbedeutende Art. Aber sie reichte herein. Was sollte Ulrich auch tun? Ob in der Schublade nun greifbare Erinnerungen an diese Frau gelagert waren oder ob eine leere Schublade an den Vorgang gemahnte. Selbst wenn Ulrich die Schublade irgendwann mit irgendetwas anderem füllte, erinnerte er sich beim Öffnen jedes Mal an die Vorgänge rund um diese Schublade. Schmisse er sie weg, müsste er einen neuen Schrank besorgen. Und was hätte er davon, sähe er doch den neuen Schrank und erinnerte sich daran, dass er ihn kaufte, um eine Schublade zu vermeiden. Diese Frau gehörte zu ihm. Und er zu ihr. Das wäre zu akzeptieren. Und somit gebührte ihr auch diese Schublade. »Sie gehört dazu«, sprach Ulrich, legte den Brief und das Foto säuberlich hinein und schob die Schublade sanft zu.

Seine Arbeit für diesen Tag war erledigt. Er gedachte, noch einen kleinen Spaziergang zu machen und ein wenig zu lesen, was er in aller Ruhe tat. Gleichmut strahlte aus ihm hervor, während es draußen zu stürmen begann. Blätter flogen durch die Gegend, Teile von Zeitungen wirbelten durch die Luft und die Bäume wiegten hin und her. Stürme dieser Art waren zwar nicht gerade selten, für die Jahreszeit allerdings unüblich. Noch unüblicher war das plötzliche Aufziehen des Tiefdruckgebiets, da nichts vorher darauf hindeutete. Ulrich hatte seinen Spaziergang zum Glück schon hinter sich. Wäre er nun noch draußen unterwegs, hätte er sich vielleicht des einen oder anderen Dachziegels erwehren müssen, der ihn – ob geplant oder zufällig – als Ziel auserkoren haben könnte. Einer ging direkt vor ihm zu Boden, als er aus dem Fenster schaute. Laut scheppernd zerbrach er. »Alles Gute kommt von oben«, lachte Ulrich und schon kam der zweite Ziegel geflogen. »Immerhin ist es ein gutes Geschäft für die Dachdecker. Andererseits«, überlegte er, »haben sie ihre Arbeit zuvor wohl nicht gut genug getan und verdienen sich nun dumm und dämlich.« Dumm und dämlich. Er zuckte. Hatte er gerade wirklich gehört, wie jemand dumm und dämlich gesagt hatte. Ulrich ging noch näher ans Fenster. Und tatsächlich: ein kleiner Junge kauerte unterhalb des Sims und wiederholte die Worte. Dumm und dämlich. Gerade als Ulrich das Fenster öffnete, stand der Junge auf, sah ihn direkt an und rief »Dumm und dämlich. Dumm und dämlich. Dumm und dämlich«, ehe er Ulrich die Zunge herausstreckte und Reißaus nahm. Er lief mitten auf die Straße, wo sowieso niemand verkehrte und er somit auch niemandem ausweichen musste, und tanzte und sprang, als sei das Unwetter sein Spielplatz. Fühlte er sich sicher, dass er so weit von den Häusern auf der Straße sprang und somit den Dachziegeln entkam, dann war er auf dem Holzweg, denn Äste krachten auch dort auf den Boden. Allerdings, so musste Ulrich sich eingestehen, waren es weniger mächtige Äste denn kleinere Zweige, die dort niederprasselten. Aber auch ein dünner Zweig konnte wie ein Peitschenhieb wirken. »Nun bring Dich endlich in Sicherheit«, rief Ulrich dem Jungen hinterher, der sich aber nicht daran störte und um irgendeine Ecke verschwand. Ulrich hingegen, der gerade wieder das Fenster schließen wollte, wurde im Gesicht von einem eben solch dünnen Zweig getroffen. Das würde einen Striemen geben. Und vielleicht hatte Ulrich diesen ja auch verdient. Es machte nicht den Anschein, als ärgerte er sich darüber. Stattdessen ging er in die Küche und brühte einen Kaffee auf. Vor dem Fenster sah er abermals die Katze. Diesmal jedoch hatte sie sich ganz klein gemacht und in eine Ecke des Hofs zurückgezogen. Dort würde sie unbeschadet alles überstehen. Und Ulrich plante ebenso. Er goss sich den Kaffee ein und ließ sich im Wohnzimmer auf der Couch nieder. Den Blick aus dem Fenster gerichtet, ohne ein spezielles Ziel. Wolken zogen vorüber. Dicht gedrängt. Nur ab und zu war ein kleiner Fleck frei, der darauf aufmerksam machte, dass es sich nicht um eine einzige, große Wolke handelte. Sonst war alles geschlossen. Fast schwarz. Ulrich trank seinen Kaffee. Schwarz.

Als der nächste Morgen aufzog, saß Ulrich noch immer auf der Couch. Er war eingeschlafen und hatte falsch gelegen. Es knackste in seinem ganzen Körper, als er sich streckte. Der Kaffee war kalt. Wie sollte es auch anders sein, nachdem er einige Stunden in der Tasse vor sich hin kühlte. Dennoch testete Ulrich einen Schluck. »Pah. Was für ein kalter Kaffee«, spie er ihn aus und betrachtete die Verheerungen des Sturms: Die Straße war übersät mit Ästen, Zweigen und Dachziegeln. Einige Bäume standen schief, andere waren sogar entwurzelt. Die Stadtreinigung würde viel zu tun haben, wieder alles in Ordnung zu bringen. Doch es war Sonntag. Wahrscheinlich würde zumindest heute alles so bleiben, wie es war. Ulrich schmunzelte. »Alles kalter Kaffee und doch bleibt es, wie es ist. Herrlich«, sprach er sich zu und kratzte sich zuerst am Kopf und dann am Hintern. Ein Gähnen rundete den Morgentoast ab. Den Sonntag ließ er vorüberziehen. Vielleicht zog auch der Sonntag an ihm vorüber. Ulrich jedenfalls machte nicht mehr als hin und wieder aus dem Fenster zu schauen, zu lesen, immer wieder kleinere Portionen zu essen und zwischendurch zu schlafen. Nur um alsdann wieder aus dem Fenster zu schauen und sich über kalten Kaffee zu amüsieren.

Am nächsten Tag hatte Ulrich einen Behörden-
gang zu erledigen. Direkt nach dem Aufstehen verließ
er ohne Verzug die Heimstätte. Nur eine kurze Wäsche
hatte er vollzogen und sich die Zähne geputzt. Auf
Nahrungsaufnahme jeglicher Art verzichtete er, dachte er doch, dass dies zu viel Zeit in Anspruch nähme
und die Behörde dann schon geschlossen hätte, wenn
er endlich vor ihrer Tür stände. So griff er sich nur die
Zeitung unter den Arm, um mit ihr die sicherlich an-
stehende Wartezeit zu verkürzen.

Die Behörde – ein zurückversetzter, hell geklin-
kerter Bau – schoss vor ihm auf. Durch den Hauptein-
gang sah er eine Frau kommen und hielt ihr die Tür
auf. Was sollte er sich auch an ihr vorbeiquetschen?
Und so erntete er bereits am frühen Morgen ein lä-
chelndes Gesicht zum Dank. Augenscheinlich war

die Frau solches Verhalten nicht mehr gewohnt, was wiederum Ulrich unverständlich war, denn er machte es immer so und es erschien ihm auch weitgehend logisch, zuerst Leute einen Ort verlassen zu lassen, um dann an ihrer Stelle diesen zu betreten. Käme er dazu, ohne dass Leute gingen, müsste der Raum doch bald überfüllt sein. So aber blieb alles im Fluss. Die Frau bedankte sich, was Ulrich mit einem selbstverständlichen »Bitte« abschloss. Er schlenderte vor die Informationstafel. Welcher Abschnitt war wohl für seine Angelegenheit zuständig? Zu seiner Freude stellte er fest, dass es für Angelegenheiten seiner Art nicht notwendig war, eine Wartemarke zu ziehen. Somit würde es also schnell gehen. Ulrich betrat die große Halle und reihte sich ein in die Schlange der Wartenden; sie war kurz. Vier Personen standen vor ihm. Eine nach der anderen wurde zügig abgefertigt und Ulrich rückte näher an den Schalter heran. Augenkontakt zu den beiden Damen dahinter hatte er jedoch noch nicht. Gerade als Ulrich an der Reihe gewesen wäre, verlangsamten sich die Amtsvorgänge. Der eine Schalter wurde frei und Ulrich hörte, wie die Dame dort zu der sie verlassenden Person sagte, sie solle zur Kasse gehen und dann mit der Quittung zurückkommen, der Rest werde dann ganz schnell wieder hier bei ihr erledigt. Die Person verließ den Hallenbereich und die Schalterdame ordnete ihre Angelegenheiten, was Ulrich zwar dazu bewog, mit dem Platz zu liebäugeln, ihn aber auch davon abhielt, darauf zuzugehen, da der Vorgang der vorangegangenen Person offensichtlich noch nicht abgeschlossen war. »Von meiner Seite wäre es das«, endete am zweiten Schalter zweifelsohne ein Amtsvorgang, woraufhin eine junge Dame sich vom Platz vor dem Schalter erhob und ging. Erleichtert. Ulrich setzte sich gerade in Bewegung, ihren Platz einzunehmen, als die Frau hinter dem Schalter sich ihrerseits erhob und ihren Posten verließ. Ulrich wartete. So nah dran und doch nicht am Ziel. Er tapste von einem Fuß auf den anderen. Augenscheinlich hatte er sich innerlich schon auf die Unterredung mit der Amtsperson eingestellt und musste nun warten, was für seine Erwartung eine Enttäuschung, wenn auch nur eine kleine, darstellte. Die markierte Linie, welche nicht zu übertreten war und den End- oder auch Anfangspunkt des Wartens kennzeichnet – wie immer man es auch sehen mag – war von ihm bereits überschritten. Mit beiden Füßen. Der zweite Schalter wurde nicht mehr besetzt und der erste wartete auf die von der Kasse bald zurückkehrende Person. Ulrich wartete seinerseits. Diesseits der Linie. Nachdem sich immer noch nichts tat, sah ihn die Frau am Schalter an und bat ihn zu sich, wobei sie klarstellte, dass der Vorgang an der Kasse für ihre eigentlich noch zu behandelnde Sache wohl länger dauere. Sie schob die Unterlagen beiseite und fragte, was sie für Ulrich tun könne. Er meldete kurz sein Anliegen und wies sich aus. Behände griff die Dame in eine Ablage, schob zwei, drei Dinge hin und her und zog eine Akte hervor, in der Ulrichs Anliegen dokumentiert war. Sie holte die für Ulrich wichtige Unterlage heraus und legte sie ihm hin, nebst einem Dokument, welches er zu unterschreiben habe, um den Erhalt der Unterlage zu dokumentieren. Schließlich solle alles seine Richtigkeit haben. Ulrich pflichtete ihr bei und zeichnete gegen, ehe er das wichtige Dokument an sich nahm und sich freundlich verabschiedete. Nicht eine Minute hatte sein Vorgang gedauert. Hinter ihm stand bereits die von der Kasse zurückgekehrte Person, ihre Angelegenheit endlich zum Abschluss zu bringen.

Ulrich verließ das Gebäude und kehrte heim. Dabei begegnete er einer Frau, die – wie er wusste – ein paar Häuser links von ihm wohnte, die er aber lediglich hin und wieder durch die Straße gehen sah, mit der er allerdings noch nie ein Wort gewechselt hatte. Dazu hatte sich noch nie die Gelegenheit ergeben, obwohl doch oft die Möglichkeit bestanden hätte, sich wenigstens zu grüßen, wenn man sich traf, was aber auch nicht vorkam, obwohl beide – er und die Frau – sich ansahen und eindeutig erkannten. Zudem teilten sie etwas nicht ganz Alltägliches miteinander, denn Ulrich hatte sie bereits einmal nackt gesehen. Zufällig. Er hatte beobachtet, wie sie durch ihre Wohnung lief. Und es hatte ihn fasziniert. Nun, möglicherweise grüßten sie deshalb einander nicht und kamen auch sonstwie nicht ins Gespräch – in die Augen sahen sich aber dennoch. Jedes Mal. Es war schon einige Zeit her gewesen, dass Ulrich auf dem Balkon eines Freundes stehend seinen Blick über und in die Hinterhöfe gleiten ließ. Und dabei sah er sie. Unvermittelt. Nackt. An einem frühen Abend. Die Vorhänge waren nicht zugezogen und sie bewegte sich durch verschiedene Zimmer. Ulrich sah ihr dabei zu. Auch als ein Mann nackt durch eines der Zimmer schritt, ließ er nicht davon ab. Einen kurzen Moment war ihm sogar, als hätte sie ihn gesehen, als hätte sie Ulrich, der doch weit oben auf einem Balkon stand, direkt angesehen und wäre dann in ein Zimmer verschwunden, das nicht einsehbar war, nur um noch einmal herauszukommen und sich zu zeigen. Langsam. Ulrich war sich sogar sehr sicher, dass sie ihn gesehen hatte, und dennoch war sie noch einmal heraus gekommen. Nun also begegnete er ihr, und nachdem sie einen Blick austauschten, einen Blick der das gegenseitige Erkennen und das Wissen um den Vorfall dokumentierte, begann sich in Ulrich etwas zu regen. Die Frau schien ihn ergriffen zu haben, denn in der Folge, mittlerweile wieder zu Hause angekommen, umgaben ihn Gedanken, die er lange nicht mehr vernommen hatte. Er dachte an verschiedene Frauen und ihre Leiber und was er ihnen sagte und wie er sie berührte und ihnen befahl und sie es ihm dankten, dass er so tat. Namen sprach er vor sich hin, gab halblaut Anweisungen und stellte Fragen, die die Frauen beantworteten. Fragen unangenehmer Art, deren Antwort zu geben die Frauen sich zierten, doch nach wiederholter Aufforderung zur Antwort willig und erleichtert gaben. Nackt waren all diese Leiber und berührten sich selbst, ebenso wie sie sich gegenseitig berührten und nicht zuletzt Ulrich. Alles auf seinen Befehl, auf seine Anweisung oder auf seine Frage hin. Ab und an fragten sie sich auch gegenseitig und befahlen sich, was nicht ganz so gut gelang und von Ulrich hart kommentiert wurde. Jedoch ergriff er dabei immer die Partei der befehlenden und fragenden Frau und verlieh ihren Aussagen durch sein Zutun

Nachdruck, so dass die Befohlene und Befragte Folge leistete, nur um ihrerseits in der Ausführung des Befehls und der Beantwortung der Frage aufzugehen und anschließend selbst vorzugehen, wie mit ihr vorgegangen worden war. Immer mehr Frauen kamen hinzu. Immer mehr Leiber balzten umeinander. Die meisten nackt, manche spärlich bekleidet. Ulrich selbst stand fast die ganze Zeit nackt in der Mitte herum, obwohl man nicht genau sagen konnte, wo die Mitte war, die Leiber sich jedoch allzeit um ihn herum ausbreiteten, wo er sich auch bewegte. Die Leiber. Liegend, hockend, kniend. Nur ganz selten stand einer aufrecht. Und wenn, dann nur um das zu tun, was er gerade befohlen bekam. Ulrich, wenn er nicht stand, saß und schaute dem Treiben zu. Nichts entging ihm. Manchmal legte er sich auch auf den Boden und die Frauenleiber rückten sehr nahe an ihn heran, beschnupperten ihn, ihre Zungen fuhren aus, doch berührten den Körper nicht, nur ab und an streiften ihn einzelne Finger. Die Leiber trauten sich nicht völlig an ihn heran. Nur auf seinen Befehl hin taten sie es, und wenn er die einzelnen, die es taten, anschließend fragte, ob sie es gewollt hätten, bejahten sie es und er fragte sie, warum sie es nicht direkt getan hätten, ohne auf seine Aufforderung zu warten, was sie schamhaft eingeknickt damit beantworteten, dass sie es nicht wüssten. Nun, da sie es taten, wüssten sie, dass sie es wollten, zuvor allerdings hätten sie Angst gehabt, seien unsicher gewesen. Nun aber würden sie es tun. Freudvoll tun. Ulrich fragte, warum sie dann nicht weiter täten, sondern wieder stoppten und wieder antworteten sie, dass sie es nicht genau wüssten, dass er doch redete und sie es deshalb nicht für gestattet hielten. Ulrich befahl der, die dies als erstes zur Antwort gab, ihn anzufassen. Hart anzufassen und das zu tun, was sie nun wirklich wolle. Sie schaute ihn an und er rief ihr zu: »Tu, was Du wirklich willst.« Die Frau schaute auf die anderen, deutete ihnen an, sich etwas zurückzuziehen und machte einen Satz auf Ulrich, schnupperte an seinem Gesicht, glitt hinunter und biss ihm in die linke Seite. Sie machte einen Satz von ihm und Ulrich sah sie an, rief sie zu sich und streichelte ihr Gesicht. »Und ihr anderen? Was wollt ihr?«, rief er und erhob sich.

– Ulrich, dessen Gedanken derart abglitten, blickte aus dem Fenster und sah wieder die Frau, mit der er den Vorfall teilte. Ihr Gehen glich einem Stolzieren und Ulrich, der sonst eigentlich nicht wirklich von ihr angetan war – sie war ihm zu dünn, zu jungenhaft, wie er bemerkte, als er sie damals zum ersten Mal wahrnahm – blickte ihr hinterher.

Diese Gedanken. Woher kamen sie? Warum? Lange waren sie ihm fern. Vermisst hatte er sie nicht. Doch nun standen sie vor ihm und Ulrich kam nicht umhin zuzugeben, dass sie ihm gefielen. Vereinzelt. Auch die Frau des beschriebenen Vorfalls gefiel ihm. Doch wahrscheinlich nur unter den gerade erlebten Eindrücken. Andererseits, hatte nicht eben diese Frau die Eindrücke hervorgerufen? Sollte er ihr nun dankbar sein? Oder den Reiz verdammen? Er wusste es nicht. Ulrich wusste es nicht.

Auf der Arbeit öffnete sich die Tür und eine Frau steckte den Kopf hinein. Ohne Umschweife fragte sie, ob er »Ulrich« sei. Offenkundig war es eine Kollegin, allerdings eine, deren Arbeitsplatz weit entlegen von dem Ulrichs war, denn es hatte nicht den Anschein, als kenne er sie, was aber auch nicht weiter verwunderlich war, da es eine Unzahl an Arbeitsstätten gab, die teilweise so weit voneinander gelegen waren, dass sich nicht die ganze Belegschaft kannte und das auch, weil es immer mal wieder zu Wechseln im Personal kam und es so durchaus möglich war, dass sie heute in diesem Bereich arbeitete und somit zeitlich begrenzt ihr Arbeitsplatz näher an Ulrichs heranrückte. Ulrich hatte die Frage noch nicht ganz beantwortet, als sich schon an der Kollegin eine andere Frau vorbeischob und unbekümmert forsch unter lauten »Ulrich! Ulrich!« Rufen ins Zimmer stürmte, was ihm ein Lächeln ins Gesicht trieb, erkannte er doch jemanden, mit dem er früher einmal eine Zeit lang zusammen gearbeitet hatte, und ehe er richtig von seinem Platz aufgestanden war, umarmte sie ihn schon und küsste seine Wange. Ganz recht schien Ulrich das nicht zu sein, da er nicht alleine in seinem Arbeitsraum war, sondern dort noch drei weitere Personen anwesend waren, die – so machte es den Anschein – sich in einer Art Besprechungs- oder Trainingsphase befanden, waren ihre Tische doch so angerichtet, dass sie freien Blick auf Ulrichs Tisch hatten, der Zentrum des Raumes war und sie augenscheinlich gerade in wichtige Aufgaben vertieft waren, lagen doch einige Unterlagen vor ihnen, in welchen sie eifrig lasen und schrieben.

Ulrich führte seinen Zeigefinger zum Mund und bedeutete der Frau leise zu sein, wobei er nicht unterließ auf die drei Personen hinzuweisen, denen er ebenfalls mit beschwichtigender Handbewegung zu verstehen gab, dass er kurz den Raum verließe. Die Frau verstand zwar offensichtlich die besondere Situation, ließ sich aber dennoch von Ulrich aus dem Raum schieben. Nachdem er die Tür leise hinter sich zugezogen hatte, hüpfte die Frau locker in den angrenzenden Raum, dessen Türe weit offenstand und ließ Ulrich passieren, nur um ihm sofort wieder um den Hals zu fallen und ihm die Wange zu küssen. Die Freude brach sich aus ihrem Gesicht derart Bahn, dass die Augen schon ganz feucht waren und so ließ sie nur kurz von ihm ab, um ihn ein wenig aus der Distanz zu betrachten, sofort jedoch wieder auf ihn zuzustürmen und ihn fester zu umarmen und mehr zu küssen als noch gerade eben und das mit wiederkehrendem »Ich liebe Dich, Ulrich. Oh, ich liebe Dich. Danke, Ulrich.«, ganz nah an seinem Ohr zu unterstreichen, wofür sie sich redlich strecken musste, da sie doch einen ganzen, wenn nicht sogar eineinhalb Köpfe kleiner war als er. Dann löste sie langsam ihre Umarmung, nicht jedoch ohne nach seinen Armen zu fassen, diese hinunterzugleiten und seine Hände zu halten, während sie ihn mit fast noch feuchteren Augen, die von Ehrlichkeit und Dankbarkeit zeugten, ansah, nur für einen kurzen Moment jedoch, bevor sie sich wieder an ihn heranzog, ihn küsste und die Liebesbekundungen wiederholte. »Danke. Das habe ich doch gern gemacht«, entgegnete Ulrich und streichelte ihr über den Rücken, ehe er sich zurücklehnte. Die Frau fuchtelte etwas aus einer Tasche hervor, augenscheinlich ein amtliches Schreiben, welches die Fruchtbarkeit ihrer beider Zusammenarbeit feststellte. »Sieh, Ulrich. Sieh. Hier. Alles ist gut. Ich danke Dir. Ich bin so glücklich«, reichte sie ihm das Papier, welches er eingehend studierte und sie dafür lobte. Sie packte Schokolade aus und gab sie ihm, wusste sie doch offensichtlich aus ihrer gemeinsamen Zeit, wie sehr Ulrich Schokolade mochte, was er lächelnd dankte. »Ohne Dich hätte ich das nicht geschafft. Danke. Ich möchte mit Dir essen gehen. Und spazieren gehen. Und etwas unternehmen«, sagte sie, tief in seine Augen blickend, was Ulrich ihr halb ablehnend, halb zustimmend, ohne sich genau festzulegen, geschweige denn einen festen Termin zu machen, in Aussicht stellte. »Darf ich noch einmal?«, fragte sie und es klang wie das Bitten eines Kindes, welchem der Vater kurz zuvor etwas Tolles erlaubt hatte, das – so wusste es das Kind – so oft nicht wieder vorkommen würde und es folglich nur jetzt die Chance auf eine schnelle Wiederholung sah. Mit leuchtenden Augen. Erwartungsfroh. »Klar«, sagte Ulrich und noch ehe die Silbe ganz ausgeklungen war, hatte die Frau ihre Arme schon wieder um Ulrich geschlungen und machte sich an seiner rechten Wange zu schaffen. Mit einem letzten »Vielen Dank« ließ sie von ihm ab, wischte sich eine Träne aus dem Auge und verschwand im Flur. Ulrich sah ihr nach und schüttelte lächelnd, vielleicht etwas ungläubig den Kopf. Mag es daran gelegen haben, dass sie zu ihm kam. Mag es daran gelegen haben, dass sie ihn so stürmisch umarmte und küsste. Mag es daran gelegen haben, dass ihm so etwas überhaupt passierte. Jedenfalls ging das Schütteln in ein ruhiges, unter leicht aufstoßendem Lachen vollführtes Kopfnicken über. Er nahm die Schokolade in die Hand und betrat wieder den Raum, in dem die drei Personen zwar noch bei der Arbeit waren, jedoch – das war offensichtlich – auf eine baldige Erklärung Ulrichs hofften. Gespannt lächelnd schauten sie ihn an, bis eine sich hervorwagte und mit einem Wort fragte: »Freundin?« »Nein, nein«, antwortete Ulrich, »jemand, mit dem ich einmal intensiv zusammenarbeitete.«

Er war zu der Hochzeit einer langjährigen Freundin geladen, die er aber aus vielerlei – wenn auch eher nichtigen – Gründen seit langer Zeit nicht mehr gesehen hatte. Überhaupt hatte er seit einer letzten Geschäftsbeziehung, welche schon etliche Monate zurücklag, keinen Kontakt mehr zu ihr. Sicher, er hatte versucht, Kontakt auf verschiedenen Wegen herzustellen, doch kam es nie dazu. Und so, als Ulrich schon fast vergessen hatte, dass es sie gibt, flatterte eines Tages die Einladung zu ihrer Hochzeit herein.

Ulrich war amüsiert. Zum einen über die Tatsache der Heirat, womit er so nicht gerechnet hatte, was aber durchaus – so musste er zugeben – unumwunden zur Freundin passte, zum anderen über die Gestaltung der Einladung, die der Art der Freundin höchst entsprechend war. Frontal, witzig, verspielt. So erwartete ihn auch die Hochzeit: Den Höhepunkt der Messe sollte die Vermählung darstellen, als der Pfarrer darum bat, dass sich die Trauzeugen rechts und links neben das Brautpaar aufstellen mögen. Doch einzig ein Trauzeuge erhob sich und schritt nach vorne. Das Getuschel war groß. Ein Trauzeuge. Nur ein Trauzeuge. Ginge das überhaupt? Ulrich, selbst wenn er nicht mit der Materie einer Hochzeitsordnung vertraut gewesen wäre und er demnach nicht gewusst hätte, dass es völlig egal war, ob dort nun drei, zwei oder einer die Heirat bezeugten, musste lachen. Nicht zuletzt weil es ihm offensichtlich erschien, dass der Pfarrer selten solch nicht ganz alltägliche Vermählungen vornahm und sich an dieser Stelle einfach versprochen hatte. Also nicht wirklich versprochen, sondern dass er derart in seinem Ritus aufgegangen war, dass er automatisch seine Worte herunter spulte. Und da 99% aller Hochzeiten zwei Trauzeugen aufführen, hatte er an dieser Stelle einfach das gleiche wie immer gesagt, was sonst niemandem auffiel. Nur dass es heute die anwesende Hochzeitsgesellschaft zu einem Raunen brachte. Die Aufregung war allerdings schnell vergessen, als der Pfarrer, dessen Fauxpas ihm selbst wahrscheinlich noch nicht einmal aufgefallen war, da in den der Trauung vorangegangenen Gesprächen mit Sicherheit über den oder die Trauzeugen gesprochen wurde, völlig unberührt von der Tatsache, dass nun nur drei statt vier Leute vor ihm standen, mit der Zeremonie fortfuhr. Anschließend flossen Tränen. Als die Braut beim Auszug an Ulrich vorbeischritt, lächelte sie derart, wie er sie lange nicht mehr lächeln gesehen hatte; augenscheinlich war sie sehr glücklich. Das Feuchte um ihre Pupillen unterstrich das Glänzen. Ulrich freute sich, seine Freundin so zu sehen. Fast war es, als wollte er sie jetzt schon an sich drücken und gratulieren, doch hätte das wohl nur für weitere Irritationen der Hochzeitsgesellschaft gesorgt und so wartete er ab.

Glücklicherweise war der Weg von der Kirche zum Ort der anschließenden Feier nicht sehr weit, denn Ulrich wollte Sekt. Dort angekommen hatte sich eine große Schlange Gratulanten vor dem Brautpaar aufgereiht, weshalb Ulrich zunächst an dieser vorbeiging und sich ein Glas Sekt besorgte, ehe er sich hinten anschloss. Die Gratulanten schlängelten sich langsam vorwärts; jeder wollte ein paar Worte sagen. Ulrich lachte, als er endlich vor der Braut stand, und vergaß fast, das Glas aus der Hand zu stellen, so sehr stürmte er auf sie zu, sie zu umarmen. Sie drückten sich fest, ließen voneinander ab, glitten beide ein wenig nach hinten, nur um sich dann abermals zu umarmen. Beide strahlten und Ulrich kam nicht umhin, seine Freude auszusprechen. Der Bräutigam, den Ulrich eigentlich gar nicht kannte, wartete geduldig. Ulrich wünschte ihm ebenfalls alles Gute und machte den Weg für die letzten Gratulanten frei, die sich noch hinter ihm eingereiht hatten.

Mit einem neuen Sekt erkundete er die Räumlichkeiten. Der Gastraum war viel zu klein für all die Gäste, weshalb verschiedene Anbaue zur provisorischen Vergrößerung dienten, die allerdings ihren Charme deutlich in den Vordergrund spielten. Wo auch immer etwas Platz war, standen Stehtische und luden zum

Verweilen ein. Ganz so, als sei alles von vorne herein exakt so geplant gewesen. Ulrich begrüßte einige Bekannte. Braut und Bräutigam waren völlig in Beschlag genommen und gingen ihren repräsentativen Aufgaben nach. Ulrich wollte lieber warten, bis sich alles gelegt hatte und die Braut Ruhe verspürte. Früher hatten sie oft und viel geredet. Doch das würde nicht gehen, wenn sie nicht entspannt war. Ulrich konnte warten. Er blickte umher und war köstlich amüsiert, als er sah, wie ein Mädchen, mit dem er vor vielen Jahren – die derart weit weg zu liegen schienen, dass es kaum vorstellbar war – sein Leben geteilt hatte, wie sie nun hier mit dem Mann an ihrer Seite umging. Dieselben einstudierten Berührungen, dieselben gestelzten Gesten in der Öffentlichkeit, dasselbe betont liebevolle Wort an den Mann – all dieses Nichtssagende. Armer Teufel. Ulrich wusste nicht genau, ob er den Mann bedauern sollte, während dieser – stoisch an seinem Bier nippend – das Mädchen in ihrem Gehabe gewähren ließ. Wie sie Glück vorführte. »Glück vorführen. Was für ein Schwachsinn«, sprach Ulrich halblaut lachend vor sich hin, »Glück leben. Das ist es. Wie die Braut hier.« Diese stand gerade herzhaft lächelnd vor einer Ulrich unbekannten Frau und tanzte ausgelassen auf der Stelle. Ulrich grinste und orderte einen weiteren Sekt. Die Kellnerin lächelte ihn an, was er sofort erwiderte, da sie doch – obwohl noch recht jung – sehr nett anzusehen war. Wäre sie einige Jahre älter gewesen, wäre Ulrich vielleicht geneigt gewesen, sie anzusprechen, denn – das war deutlich zu sehen – gefiel sie ihm doch sehr. Immer wieder blickte er zu ihr und folgte

ihren Bewegungen, die zurückhaltend aber doch zielgerichtet waren. Ihr brauner Zopf schwang manchmal
von Seite zu Seite, wenn sie von irgendeinem Gast gerufen den Kopf schnell drehte. Manchmal riss sie ihn
sogar derart schnell herum, dass der Zopf ihr über die
Schulter schoss und gegen die Wange schlug. Dabei
lächelte Ulrich besonders. Wie wäre es wohl, wenn sie
nackt im Schlafzimmer stünde und Ulrich sie riefe, so
dass sie sich ebenso umdrehte und ihr Zopf ebenso
nach vorne schnellte? Aber da Ulrich sie von einer Seite rief, könnte er gar nicht richtig sehen, wie der Zopf
nach vorne schwang, sondern er nähme nur die Spitze
des Zopfes wahr, die er aus seiner Perspektive zu sehen im Stande wäre. Wenn sie doch aber vor einem
Spiegel stünde und er sie dann riefe, sähe er nicht nur
direkt ihre Bewegung und die Spitze des Zopfes, sondern auch den ganzen Vorgang des Herumschwingens
und nicht zuletzt die Drehung in der Hüfte, wo sich
Haut und Fleisch eindrehten, während der Unterkörper noch gerade verweilte. Mit festem Stand auf dem
Boden. Er sähe den Po, die Brüste halb offen, halb im
Profil und er sähe ihr Gesicht, während er zuvor der
Bewegung des Zopfes gefolgt wäre. Ulrich nahm einen
kräftigen Schluck Sekt und beobachtete, wie die Kellnerin behände ihrem Werk nachging. »Ein bisschen
älter müsste sie sein«, nuschelte er vor sich hin, als ihn
ein sehr interessiertes »Wer?« daran gemahnte, dass
er nicht alleine war. Die Braut hatte den Arm um seine Schulter gelegt und ihren Kopf an seinen gepresst.
»Wer?«, wiederholte sie, »wer müsste ein bisschen
älter sein?« »Ach niemand«, streichelte Ulrich ihren

Arm und anschließend ihren Kopf, ehe er sie ansah, auf die Wange küsste und ihr sagte, dass er sich wirklich sehr für sie freue. »Danke, Ulrich. Ich freue mich so sehr, dass Du da bist. Komm, wir tanzen«, zog sie ihn vom Stuhl. Ulrich musste lachen. Was sie auf das Parkett legten, war aller Ehren wert. »Und wie steht es bei Dir mit der Liebe?«, fragte sie ihn. »Ach, das alte Lied«, tanzte er um sie herum, »sie ist mir noch nicht begegnet. Niemand, bei dem ich dachte, dass es etwas sei.« »Vielleicht nimmst Du es einfach zu schwer. Die Liebe ist leicht und locker.« »Ja«, antwortete Ulrich, »vielleicht ist es aber auch nur die Erotik, die leicht und locker ist. Vielleicht ist es lediglich der Reiz«, griff er ihre Hand fest und drehte die Braut unter seinem Arm, bevor er sie an sich heranzog: »Ich weiß es nicht«, flüsterte er in ihr Ohr. Die Braut streichelte seine Wange: »Ulrich, es ist gut. Du wirst sehen.«

Die anderen Gäste hatten mittlerweile fast alle angefangen zu tanzen und der Bräutigam löste die Braut bei Ulrich mit einer jungen Frau aus. Ihr dunkler Teint stach aus dem Trägerkleid hervor und ihre dunklen Augen tanzten auf der gleichen Höhe wie die seinen. Ulrich kannte sie nicht und doch legte sie nach drei, vier Tanzbewegungen ihren Kopf auf seine Schulter. Er roch an ihrem Haar. Sie an seinem Hals. »Wer bist Du überhaupt?«, fragte er. »Pssst«, antwortete sie und legte ihren Arm unter dem Jackett um seine Hüfte. Ulrich lächelte. Zufrieden. Eigenartig zufrieden. Und legte seine Arme fester um sie. Eine Hand griff ihr Schulterblatt, es zu streicheln und ab und an in den Nacken hinauf zu fahren, die andere Hand ruhte direkt über ihrem Po. Richtige Tanzbewegungen fanden gar nicht mehr statt; die beiden tippelten umschlungen auf der Stelle. Die Zufriedenheit, die aus ihm hervortrat, war besonders. Obwohl er diese Frau nicht kannte und obwohl sie eigentlich noch nichts gesagt hatte, schien sie Ulrich physisch wie psychisch zu berühren. Er schien sich zu ihr hingezogen zu fühlen in einer Weise, die ihm nicht nur sehr gut tat – sein Gesichtsausdruck war mehr als nur gütig und froh, er war regelrecht selig – sondern in einer Weise, die er längst verloren glaubte. Langsam schob er seine Finger im Nacken höher und lüftete ein wenig ihr Haar, dass er seine Nase besser darin vergraben konnte, ehe er ihr zuflüsterte, dass es sehr schön sei. Das alles sei wirklich sehr schön. »Ja. Pssst. Es ist gut«, hauchte die junge Frau mit ihrer Wange an seiner, ohne ihn anzusehen, und drückte ihn noch fester an sich. »Du bist gut«, sagte sie und streichelte seinen Hinterkopf. In all der Seligkeit war Ulrich nicht klar, was und wie ihm hier geschah, doch war ihm bewusst, dass eine derartige Begegnung, ein derartiges Berühren bis vor kurzem noch nicht möglich war. Er war nicht bereit dafür. Doch – wie sich hier zeigte – war er es nun um so mehr, streichelte seine Hand doch in ruhigen, andauernden Bewegungen über ihrem Po entlang, während er seine Wange an ihrer rieb und mit dem Moment im Einklang war. Kurz lachte Ulrich auf, als wäre ihm klar geworden, wie er hier mit einer schönen Frau in eindeutiger Weise, dafür gab es gar keine andere Lesart, an einen Punkt geraten war, der imstande wäre, seinem Leben eine neue Richtung zu geben. Er befand sich an einer Weggabelung, die ihm, das war klar, erst die Frau auf dem Musikfest geebnet hatte. Sie war die Botin gewesen, welche ihn zurückholte und neu empfänglich machte. Sie hatte ihre Aufgabe damals wohl etwas zu gut erledigt, denn Ulrich hatte sich an sie gehalten, lange an sie gehalten, war er doch sehr von ihrer Schönheit und ihrem Wesen eingenommen gewesen, doch nun erst, mit der schönen Frau, mit der er hier tanzte, die Frau, mit der der Bräutigam seine Braut bei Ulrich ausgelöst hatte, war ihm klar, dass die Frau auf dem Musikfest da gewesen war, um ihm den Weg zu bereiten, um ihm zu zeigen, dass er sich selbst für die schönsten Frauen interessieren könnte und sie es auch für ihn taten, dass er das Handeln übernehmen könnte und dabei auf eine Entsprechung treffen würde. Die Frau in seinem Arm hatte das Auflachen vernommen und – wahrscheinlich die Richtung seines Gedankenganges erahnend – küsste sie ihn auf die Wange, ehe sie ihm in die Augen sah, die ihren Blick freudig aufnahmen, und öffnete ein wenig die Lippen. Ulrich schüttelte leicht den Kopf, als wollte er zum Ausdruck bringen, wie ihn die Glückhaftigkeit dieser Situation erschlagen habe, und schob seinen Kopf vor, sie zu küssen. Die Frau erwiderte seinen Kuss und Ulrich nahm seine Hände von ihrem Körper, ihre Hände zu fassen. Ohne die Lippen abzusetzen, standen sie mitten in der Hochzeitsgesellschaft, um sie herum ein großes Tanzen, und hielten ihre Hände ineinander verkeilt in die Höhe. Ulrich setzte den Kuss ab und sah sie an. »Es ist gut«, sagten beide gleichzeitig und umarmten einander, ehe sie das Gesagte mit einem neuen, innigen Kuss besiegelten.

Am Morgen hatte er lange geschlafen. Zwar wachte er immer wieder auf, doch schaffte er es nicht, sich aus dem Bett zu wuchten. Vielleicht wartete ja noch ein Traum auf ihn, den er sonst, wenn er ihn nicht jetzt, an diesem Morgen, haben würde, verpasste. So wälzte er sich hin und her und sein Ohr, das er wohl zu lange auf das Kissen gedrückt hatte, tat weh. Auch schmerzte seine Schulter. Die Schlafposition hatte er anscheinend während der Nacht nicht häufig genug gewechselt. Im Allgemeinen vollzog der Körper so etwas selbstständig, doch Ulrich hatte wohl derart viel getrunken, dass er den Körper überlistet hatte. Mit allen Unannehmlichkeiten, wie sich an diesem Morgen zeigte.

Ulrich trat genervt die Decke von sich und setzte sich aufrecht. Es war sinnlos, auf weitere Träume zu hoffen. Der Nacken knackste, als er sich reckte. Er setzte die Arme weit hinter sich auf dem Bett auf und streckte den Bauch hervor, wobei er laut brummte. Seinen nackten Leib kratzend, stand er auf und ging ins Badezimmer. Was der Spiegel ihm bot, war entsetzlich – und amüsant. Die kleinen Augen waren gerötet, die Haare standen in alle Richtungen, um den Mund klebten verkrustete Spuckreste und eine Gesichtshälfte war gänzlich rot. Schulter und Arm zierten Abdrücke der Bettwäsche. »Nun denn«, zuckte Ulrich die Schultern und wusch sich das Gesicht und die Achseln. Das kalte Wasser ließ ihn erschauern, weckte ihn aber auch gänzlich. Alle Muskeln spannten sich und er zog die Zehen an. »Sie hat Qualität«, sprach er, »sie hat wirklich Qualität. Das kann ich von mir gerade nicht behaupten. Puhhhh.« Was wäre, wenn sie nun vor seiner Tür stünde und um Einlass bäte? Würde sie sich auch an die Schulter dieses Ulrichs legen? Dieses vollkommen derangierten Typen? Wenn er die Tür öffnete, würde sie Kehrt machen, noch ehe sie die Schwelle übertreten hätte. Wer so aussieht, bei dem würde auch die Wohnung verlottert sein. Und eine Frau mit ihrer Qualität hielt nichts von Verlotterung. Andererseits, hätte auch sie bestimmt solche Tage. Und abgesehen davon. Ihre Qualität war derart, dass sie dem Gegenüber solche Tage zugestand. Sie würde nicht fortlaufen, sie würde lachen. Und sie würde sich freuen. Wer weiß, vielleicht würde sie Ulrich höchstpersönlich unter die Dusche stellen und waschen und ihm anschließend ein Frühstück machen, ihm die Zeitung vorlesen und ihn massieren. Vielleicht würde sie ihn die ganze Zeit streicheln, bis die Abdrücke der Bettwäsche von seinem Körper verschwunden wären. Vielleicht würde sie aber auch nur hereinkommen, lachen und fragen, wie er das alles nun wieder in Ordnung bringen wolle, vorher würde sie ihn nämlich nicht küssen. Sie würde sich nur hinsetzen und zusehen, wie er hastig versuchen würde, sich und die Wohnung in einen guten Zustand zu bringen, während sie ab und zu einen Kommentar abgeben würde und ansonsten an ihrem Tee oder Kaffee nippte. Denn was sie am liebsten trank, wusste Ulrich nicht. Vielleicht würde sie auch derart weit gehen, dass sie ihm ein Zeitfenster setzte, innerhalb dessen alles in Ordnung sein musste, sonst ginge sie. Und sie täte auch ihren Abgang mit Qualität.

Ulrich zuckte mit den Schultern, während er sich weiter die Zähne putzte. »Ach, Scheiße. Das hat keine Qualität«, registrierte er, als das Wasser im Waschbekken nicht ablief. »Verstopft. Pffff. Warum ist eigentlich immer alles verstopft? Was auch irgendwo getan wird, nichts geht flüssig. Immer ist irgendwas«, sagte er leicht genervt, als er den Pümpel suchte und auch diesen wegen verstopfter Schränke nicht auf Anhieb fand, sondern ein Teil nach dem anderen in den Flur warf, ehe er am hintersten Ende auf die Saugglocke stieß. Er dichtete einige Abflüsse ab und setzte die Glocke an. Mit heftigen, ruckartigen Bewegungen fing er an zu arbeiten und hörte das Gluckern in den Leitungen, während das Wasser ihm entgegen schwappte. Es lief trotzdem nicht ab. Also erhöhte er die Frequenz der Bewegungen, doch weiterhin war nur ein Gluckern zu hören. Aus einem nicht ganz abgedichteten Abfluss kamen ihm Rückstände entgegen und ein übelriechender Gestank drang ihm in die Nase, der sich zudem immer weiter ausbreitete. »Spätestens jetzt würde sie lachen«, sagte Ulrich und begann selbst zu lachen. »Wie ich hier so stehe. Aussehe wie ich gerade aussehe. Mit einem Pümpel in der Hand. Vollkommer Gestank um mich herum. Welche Frau würde da nicht widerstehen?« Ulrich verschloss alle Abflüsse luftdicht und versuchte es aufs Neue. Er übte langsamen, aber kräftigen Druck aus. Das Gluckern wurde lauter und das Wasser floss ab. Mit ihm verstärkte sich aber auch noch einmal der Gestank. Ulrich rümpfte die Nase und kratzte sich am Kopf. »Guten Morgen«, schloss er, als es an der Tür klingelte. »Oh. Mal sehen, ob sie wirklich lacht«, schaute Ulrich sich hastig um und riss ein Fenster auf, ehe er zur Tür rannte, wo er gerade noch rechtzeitig bemerkte, dass er immer noch nichts angezogen hatte. Wieder klingelte es. Er zappelte in eine Hose, warf sich ein Hemd über und riss die Tür auf, als es gerade wieder klingelte. Erleichtert stellte er fest, dass nicht sie es war, sondern der Nachbar. »Ach Du bist es«, begrüßte er ihn, wobei jedoch auch etwas Enttäuschung mitschwang. »Hast Du jemand anders erwartet?«, fragte ihn dieser, und ohne die Antwort abzuwarten schloss er an, dass es hier ganz schön stinke. Ulrich blies die Backen auf und zuckte mit den Schultern. Der Nachbar stolperte beim Eintreten über die von Ulrich umher geworfenen Sachen und verhinderte ein Aufprallen seines Kopfes gegen die Wand gerade noch durch das Nachvornewerfen seiner Arme, womit er sich abzustützen verstand. Den Sturz verhinderte er dennoch nicht: Er hing schräg in der Luft, an die Wand gestützt, doch der Teppich, auf dem die Füße standen, rutschte unerbittlich nach hinten. Der Länge nach plumpste er hin.

Ulrich lachte. »Schön, dass es Dich amüsiert«, schallte es ihm vom Boden entgegen, worauf Ulrich nur noch mehr zu lachen anfing und seinerseits mit dem Rücken gegen die Haustür gestemmt, die Beine nach vorne weggleitend, langsam mit dem Hintern sich dem Boden näherte und dort aufsetzte, ehe er sich, den Nachbarn beim Aufsteigen der roten Farbe in seinem Gesicht beobachtend, kringelte. »Ja, ja«, konstatierte dieser und stieg, wohl weil ihm die Witzigkeit dieser Situation klar wurde, ins Lachen mit ein. Ulrich aber, der gerade darum bemüht war, sich zusammenzureißen, explodierte gleich wieder, als sein Blick in den Spiegel fiel, der ihm noch eine andere Perspektive der Situation ermöglichte: der wegschauende Beobachter. Langsam erhob sich der Nachbar und schob mit dem Fuß alles auf dem Boden Liegende an die Wand, bevor er sich über Ulrich beugte, diesem, der immer noch über den Boden kringelte, aufzuhelfen. Die hingestreckte Hand ergriff Ulrich zwar, aber er schaffte es nicht, auch nicht aus gebotener Höflichkeit, das Lachen gänzlich zu unterdrücken, sondern gluckste wiederholt vor sich hin, was immer wieder durch »Danke, Danke«-Bezeugungen unterbrochen wurde. Als er endlich aufrecht stand, klopfte er dem Nachbarn auf die Schulter: »Herzlichen Glückwunsch zum Geburtstag, mein Freund.« Dabei musste auch dieser wieder lachen, schließlich war der Glückwunsch Ulrichs aufrichtig gemeint. »Es gibt doch nichts Besseres, als an seinem Geburtstag laut zu lachen«, nahm ihn Ulrich in den Arm. »Du hast recht«, schloss der Nachbar, was Ulrich wieder zum Glucksen trieb. Ein seltsames und wohl auch seltenes Bild gaben die beiden Männer ab, wie sie da, mitten im Flur, einander in den Armen lagen und derart ihr Lachen im Zaum zu halten versuchten, dass ihnen die Tränen aus den Augen schossen. »Was kann ich für Dich tun?«, fing Ulrich sich als erster wieder. »Hast Du ein paar Eier für mich?«, fragte ihn der Nachbar, seine Tränen aus dem Gesicht wischend. Ulrich bedeutete ihm in die Küche zu gehen. »Ach, und noch ein wenig Mehl wäre auch nicht schlecht.« »Kuchen, he?!«, stellte Ulrich fest. »Ja, aber ich habe nicht genug Zutaten«, erwiderte der Nachbar. »Zutaten. Immer braucht man Zutaten. Immer tut man zu«, gab Ulrich mehr für sich als für den Nachbarn zu verstehen. »Warum backst Du überhaupt einen Kuchen?«, fragte er, was der Nachbar kopfschüttelnd damit beantwortete, dass er doch Geburtstag habe. Das sei Ulrich schon klar, entgegnete dieser, doch frage er sich dennoch, warum dann ausgerechnet er einen Kuchen backe und nicht irgendjemand anders, schließlich habe er doch Geburtstag und an diesem Tag solle er doch nicht dafür arbeiten, dass irgendwelche Gäste verköstigt seien, sondern die Gäste sollten doch dafür arbeiten, dass der Nachbar einen Tag habe, an dem er sich wie ein König fühlte. Die Dienste der Magd sollen andere übernehmen. Im Allgemeinen seien Geburtstage doch eher Stress für den Jubilar, weil er sich um alles zu kümmern habe, doch dabei stehe der Jubilar doch eigentlich im Mittelpunkt und habe das Recht, die Füße ganz weit hochzulegen und sich von den Gästen die Aufwartung machen zu lassen. So aber kämen die Gäste immer nur, setzten sich an Tische oder auf Sofas und redeten miteinander, während der eigentliche Jubilar, vollkommen zur Magd verkommen, darum bemüht sei, es allen Gästen angenehm zu machen und für reichlich Essen und Trinken zu sorgen. Das könne doch nicht der eigentliche Zweck eines Geburtstagsfestes sein. Da wolle doch niemand mehr ernsthaft eines feiern, sehe doch ein jeder, mit wie viel Stress ein solches verbunden sei. Es müsse doch für alle Jubilare zur reinen Pflicht verkommen sein. Wahrscheinlich, so müsse man mal in Statistiken nachlesen, steige sogar das Risiko für Herzinfarkte bei den Jubilaren an solchen Tagen. Und wer wisse schon, ob in solch einem Falle die Versicherung zahle. Vielleicht resümiere diese, dass der Jubilar sich mutwillig eines Risikos ausgesetzt habe und sie nähme somit Abstand von Zahlungen, was noch über den eventuellen Tod des Jubilars hinaus für Unannehmlichkeiten sorgen würde. Aber dies nur nebenbei. Eigentlich, so müsse doch irgendwo geschrieben stehen, stellte Ulrich fest, dass der Jubilar keinen Handschlag zu tun habe und sich ganz auf das eigene Abfeiern konzentrieren dürfe. »Ja, das kann schon sein. Es ist wirklich immer ganz schön stressig«, pflichtete der Nachbar Ulrichs Ausführungen bei, »aber vielleicht ist der Zweck ja nicht nur das eigene Abfeiern.« Vielleicht liege dieses erhabene Königsgefühl bei verschiedenen Jubilaren ja auch in ganz anderen Dingen, führte der Nachbar aus. Und vielleicht müsse man, um diese Dinge zu erreichen auch mal die Dienste der Magd übernehmen. Vielleicht sei der Zweck seines Geburtstages ja, die Leute, viele verschiedene Leute, zusammenzuführen. Leute, die sich schon lange nicht mehr gesehen haben, und Leute, die sich noch nie gesehen haben. Vielleicht fühle er sich ja wie ein König, wenn er ganz eigenartige Konstellationen zusammenführe, die so sonst eher selten oder gar nicht möglich wären. Wenn die Menschen Kontakte und Verbindungen knüpften. Er jedenfalls freue sich immer auf das Fest, auch wenn, so müsse er noch einmal zugeben, der Stress doch etwas weniger sein könne. »Sehr gut gesprochen«, klatschte Ulrich auf, »und deshalb verschwindest Du jetzt und ich backe Dir einen Kuchen. Besondere Wünsche?« »Schokoladenkuchen«, grinste der Nachbar. »Dann eben Schokoladenkuchen«, dirigierte Ulrich ihn aus der Tür.

»Was habe ich mir da bloß aufgehalst?«, sprach Ulrich zu sich, als er zurück in der Küche war, »ich habe doch noch nie einen Kuchen gebacken.« Er griff nach dem alten, vergilbten Kochbuch, das ganz oben auf dem Regal neben den Weinflaschen lagerte und schlug es in einer Art auf, als hätte er es noch nie zuvor geöffnet. Er wunderte sich sogar ein wenig, woher das Buch kam, war er sich doch sicher, dass er niemals ein Kochbuch angeschafft hatte. Allerhand Zeichnungen stachen hervor. Doch nirgends eine, die einen Kuchen zeigte. »Das Inhaltsverzeichnis«, rief Ulrich sich ins Gedächtnis, »irgendwo muss es ein Inhaltsverzeichnis geben.« Er blätterte nach hinten, wo sich jedoch nur ein Kalorienregister befand. »Kalorienregister? Wer zählt denn Kalorien, wenn es um einen Kuchen geht?!

Die erfinden aber auch zu jedem Genuss einen Makel.« Ulrich schlug das Buch vorne auf und fand dort im Inhaltsverzeichnis eine Angabe über das Backen, weshalb er auf Seite 401 blätterte. »Nimm ¼ Pf. Schokolade, reibe sie recht fein, 20 Eyer, thu sie in einen Topf, ⅞ Pf. fein gesiebten Zucker dazu, schlage selbiges 1 Stunde, dann thu ¾ Pf. Stärkemehl nach gerade dazu. Es wird auch von 1 Zitrone die Schale dazu genommen. Schmiere die Form mit Butter aus, und backe sie langsam«, las er halblaut und kratzte sich am Kopf. »Zwanzig Eier? Und dazu nur 125 Gramm Schokolade? Und das eine Stunde schlagen? – Ohne mich.« Hastig blätterte er nach anderen Angaben. »Zwanzig Eier. Das ermöglicht Selbstmördern völlig neue Felder«, runzelte er die Stirn. Bei den allgemeinen Backregeln fand er Hinweise das Arbeitsgerät, die allgemeinen Zutaten und den Arbeitsablauf betreffend. Die Teigschüsseln seien besser aus Stein oder Porzellan denn aus blankem Metall, das Mehl solle vorher immer gesiebt werden, feinkörniger Zucker eigne sich meist besser als grobkörniger, Margarine oder Öl eigne sich meist ebenso gut wie Butter, Eier schlage man zuerst einzeln in eine Tasse, bevor man sie dem Teig beifüge, auch habe man auf sorgfältiges Trennen von Eiweiß und Eigelb zu achten, da Spuren von Eigelb im Eiweiß das Steifschlagen stark beeinträchtigten und der wichtigste Hinweis: Alle Zutaten stelle man vor Arbeitsbeginn zurecht, bereite sie vor und wiege sie ab. Vor allem beim Hefeteig müsse darauf geachtet werden, dass die Zutaten auf Zimmertemperatur angewärmt seien, beim Backpulverteig sei eben dies überflüssig. Weiterhin sei darauf

Acht zu geben, die Backbleche und -formen gut einzufetten und auch jeden noch so versteckten Winkel zu berücksichtigen. Vor allem bei stark verzierten Formen sei auf das Auspinseln mit zerlassenem Fett besondere Aufmerksamkeit zu verwenden. Halbhohe und hohe Formen solle man nicht bis zum Rand füllen. Der Kuchen benötige noch ausreichend Platz zum Aufsteigen. Und man solle bloß nicht auf die Idee kommen, die Backofentür vor dem Ablauf der halben Backzeit zu öffnen, weil die Gefahr immens sei, dass der Kuchen zusammenfalle. Dass der Kuchen durchgebacken sei, zeige sich, wenn bei der Garprobe kein Teig mehr an der vorsichtig in den Kuchen gestoßenen Stricknadel hafte. Dann nehme man ihn heraus und lasse ihn, am besten unter einem Tuch, zehn Minuten vor Zugluft geschützt ruhen, bevor man ihn aus der Form nehme. Es sei völlig egal, um welchen Kuchen es sich handele, man solle ihn auf keinen Fall länger als nötig in der Form lassen, wenn man keinen Blechgeschmack wolle. »Ja«, stimmte Ulrich zu, »das meiste ist sowieso viel zu blechern. Leider weiß ich jetzt immer noch nicht, wie man einen Schokoladenkuchen macht«, zog er eine Schnute. »Intuition, mein Freund. Intuition«, sprach er sich selbst zu und sah sich nach den Zutaten um. Butter, Zucker, Mehl und auch Backpulver, obwohl er nicht wusste, woher es war. Vielleicht gehörte es zum Kochbuch. Zwanzig Eier waren nicht da, sondern nur sechs, aber die würden doch wohl reichen, war sich Ulrich sicher. Er ging in die Vorratskammer und suchte die Schokolade. Mehrere Tafeln brachte er mit. 250 Gramm Zartbitter, schließlich soll-

te es auch nach Schokolade schmecken. »Gut«, pustete
er durch, nachdem er Backblech und Schüssel bereit
gestellt hatte. »Jetzt muss ich das alles irgendwie kombinieren. Logisch kombinieren. Die Schokolade sollte
ich erst mal schmelzen.« Mit etwas Butter zusammen
packte er sie in einen Topf und erhitzte diesen über
einem Wasserbad langsam, während er in anderen
Schüsseln Eiweiß und Eigelb trennte, wobei ihm jedoch immer wieder ein wenig Schale mit in die Schüssel fiel und er beim Herausfiltern Eigelb ins Eiweiß
tropfen ließ. »Arrrgh«, nestelte er nach dem Dotter
und mühte ihn heraus. Die Schokolade war mittlerweile mit der Butter zusammengeschmolzen, so dass
Ulrich den Topf aus dem Wasserbad herausholte und
ihn zum Abkühlen auf ein Holzbrett stellte. »Was mache ich jetzt mit dem Eiweiß?«, kratzte sich Ulrich am
Kopf. Ihm fiel der Mixstab in die Augen. »Erst einmal
steif schlagen«, machte er sich über die Schüssel her.
Dann nahm er ein Backblech und legte es mit Backpapier aus. Dem Eigelb fügte er den Zucker hinzu –
viel Zucker, vierhundert Gramm – und rührte es auch
mit dem Mixstab, bis es schaumig war. Ein weiteres
Mal überprüfte er die geschmolzene Schokolade, doch
sie schien ihm noch zu heiß, weshalb er sie weiter abkühlen ließ und sich derweil mit dem Mehl und dem
Backpulver beschäftigte. Mit einer Waage wog er das
Mehl sorgsam ab: 400 Gramm Zucker, das bedeutete
für ihn 200 Gramm Mehl. Logisch. Anschließend ver-
mischte er es mit ein wenig Backpulver. Nun befand er
auch die Schokoladenmasse für gut und gab deshalb
das schaumige Eigelb hinzu und rührte es unter. Die

Mehlmischung ließ er langsam rührend durch ein Sieb rieseln – einiges ging daneben. Aber wo gearbeitet wird, fallen nun mal Späne. Zu guter letzt hob er mit einem Küchenhelfer vorsichtig das steife Eiweiß unter, so sorgfältig, dass keine Klümpchen übrigblieben und eine cremige, braune, gleichmäßige Masse entstand. Zart. Die eben gezeigte Sorgfalt verlor Ulrich jedoch beim Verteilen des Teiges auf das Backblech, wobei dicke Tropfen auf Boden und Arbeitsplatte landeten. Wo gearbeitet wird, fallen Späne. »Mal sehen, was es wird«, schob er das Ganze in den Ofen.

Teig klebte an seinen Fingern und in seinem Gesicht, welchen er zumindest von seinen Fingern leckte, und welcher – seinem Gesichtsausdruck nach – gut schmeckte. Auf dem Tisch verteilt lagen Mehl und Zucker und überall dazwischen klebten Eierschalen. Auch zwischen seinen Zehen. »Jetzt weiß ich auch, warum ich nicht backe«, quittierte er und säuberte seinen Fuß, ehe er die Schüsseln und die übrigen Utensilien abspülte. Der Tisch und der Boden brauchten allerdings besondere Fürsorge: so klebrig verdreckt war beides schon lange nicht mehr. Ulrich kramte Eimer, Besen und Putzzeug aus der Abstellkammer hervor und begann mit der Säuberung. Er konnte sich nicht erinnern, wann er das letzte Mal feucht gewischt hatte. In der Tat waren deutlich Veränderungen auf dem Fußboden festzustellen, nachdem er über diesen gewischt hatte. Stellenweise glänzte es sogar. Ulrich grinste. »Es glänzt«, lachte er und legte den Schrubber beiseite, um den Tisch abzuwischen. Er war derart aufgedreht, dass seine Bewegungen immer schneller wurden, als er über den Tisch kreiste – und so stieß er das Mehl zu Boden. Eine Wolke stieg um Ulrich auf, der genau in sie hineinsah. Mit weiß gepudertem Gesicht nieste er vor sich hin, dass sich bei jedem Mal ein wenig Mehl abschüttelte. Ulrich setzte sich hin und legte die Sachen beiseite, wobei er mit dem Fuß noch einmal richtig in den Mehlberg trat. »Backe, backe nur mit Dir. Backe, backe – das wünsch ich mir«, trällerte er vor sich hin und fuhr mit beiden Füßen durch das Mehl. Griff mit den Zehen hinein und rieb sie aneinander. »Backe, backe nur mit Dir. Backe, backe – das wünsch ich mir. Ein Kuchen – nur für Dich und mich. Ein Kuchen soll auf unsern Tisch«, unterbrach ihn ein weiteres Niesen. Den Kopf in der Hand, den Arm auf den Tisch gestützt, die Stirn leicht gerunzelt blickte er aus dem Fenster und schürzte die Lippen. »Nun denn«, schwang er sich auf und kehrte das Mehl etwas zusammen, ehe er sich im Badezimmer selbst reinigte. Plötzlich reckte er die Nase gen Backofen. Der Kuchen war fertig. Er musste fertig sein. Ulrich hatte zwar nicht darauf geachtet, wie lange er schon im Backofen war, allerdings hätte es ihm auch nicht wirklich geholfen, da er keinerlei Erfahrung im Kuchensegment besaß. Einzig auf seine Nase hatte er sich zu verlassen. Und der Geruch war köstlich, was doch nichts anderes bedeuten konnte, als dass die optimale Backzeit erreicht worden war. Zielsicher langte Ulrich nach den Küchenhandschuhen und öffnete den Backofen. Hitze und noch intensiverer Geruch schlugen ihm entgegen. Den Kuchen beförderte er auf den Tisch und stellte ihn mitsamt Form auf ein Holzbrett.

Obendrüber breitete er ein Handtuch und rieb sich die Hände. In der Tat stand dort auf dem Küchentisch ein gelungener Kuchen. Nur an einer Stelle schien er nicht ganz aufgegangen zu sein; ihm fehlte eine Ecke. »Mein erster Kuchen«, sagte Ulrich sichtlich stolz, als er ihn von allen Seiten betrachtete. »Wenn er schmeckt, wie er riecht, backe ich einen extra nur für sie.«

Ulrich machte es sich auf dem Sofa bequem und griff zu einem Buch, sich den Vormittag zu vertreiben. Oft setzte er jedoch ab. So, als sei er nicht ganz bei der Sache. Immer wieder hob er an und las von neuem. Wie ein Kind, das am Strand immer wieder vergebens eine Sandburg baut, da ein anderes Kind jedes Mal sofort nach Fertigstellung kommt und sie zerstört. Mit gleichem Eifer wie das Kind zu sagen scheint »Ich schaffe es doch, außerdem macht es mir Spaß«, setzte Ulrich immer wieder neu an. Es war zwar keine allzu leichte Lektüre, zu der er gegriffen hatte, doch wäre es auch egal gewesen, wenn es sich um solche handelte. Wie sollte denn Lektüre gegen diese Frau ankommen? »Kuchen für Dich und mich. Kuchen auf unserm Tisch«, trällerte er wieder, ehe er sich eine kleine Ohrfeige verpasste. »Fang Dich, Junge. Fang Dich«, sprach er sich zu und las wieder im Buch. Diesmal klappte es deutlich besser, denn er beendete einige Seiten und setzte erst dann wieder ab: »Backe, backe nur mit Dir. Backe, backe – das wünsch ich mir«, stutzte er plötzlich. »So, jetzt reicht´s. Da werde ich doch noch ganz verrückt.« Er ging ins Badezimmer, zog sich aus und begann die Rasur.

Mehrmals läutete und klopfte es an der Tür, so

dass Ulrich es – obwohl er es versuchte – nicht überhören konnte. Er stieg aus der Wanne, legte sich ein Handtuch um und ging zur Tür. Pützen bildeten sich hinter ihm. Der Nachbar stürmte hinein und rutschte ein wenig auf dem nassen Boden aus, verhinderte diesmal jedoch den Sturz. »Kaffee«, rief er, »hast Du Kaffee? Ich habe keinen Kaffee mehr. Und Gäste wollen doch Kaffee.« »Ganz ruhig«, klopfte Ulrich ihm auf die Schulter, »keine Sorge. Es ist genug Kaffee da.« »Wie siehst Du überhaupt aus?«, besann sich der Nachbar plötzlich, »empfängst Du etwa jeden in diesem Aufzug?« »Jeden, der wie verrückt auf Einlass drängt.« Ulrich lächelte und deutete dem Nachbarn den Weg zur Küche, der direkt die Vorratskammer anvisierte und darin kramte. »Wo ist denn das Kaffeepulver? Ich finde es nicht.« Ulrich zog ihn hervor und drückte ihm eine randvoll gefüllte Dose in die Hand. »Du solltest aber besser keinen Kaffee trinken«, grinste Ulrich und nestelte im Schrank nach Baldriantee. »Hier für Dich. Bis später«, setzte er ihn ohne weitere Umschweife freundschaftlich vor die Tür.

Als Ulrich klingelte, schienen schon viele Gäste
da zu sein, denn das Stimmgewirr, das ihm entgegen-
schlug, drang weit bis ins Treppenhaus. Strahlend öffnete der Nachbar die Tür. Nichts von seiner vorherigen Hektik und Aufregung war mehr zu spüren; er war
sichtlich entspannt. »Hier!«, drückte Ulrich ihm den
Kuchen in die Hand, »ein 1a Schokoladenkuchen.«
Der Nachbar umarmte ihn und bedankte sich, ehe er
ihn hereinbat. Sie gingen durch den Flur ins Wohnzimmer, wo sich wirklich jede Menge Leute tummel-
ten, die der Nachbar der Reihe nach Ulrich vorstellte.

Nur wenige gemeinsame Freunde waren da, die
meisten waren Ulrich unbekannt. Es wurden Hände
geschüttelt, es wurde angestoßen und es wurde ein wenig über dies und das gesprochen. Wie das Wetter
denn so sei? Woher man sich kenne? Ob man die
neuesten Sportnachrichten schon vernommen habe?

All solche Sachen. Bis der Nachbar mit einem Tablett wiederkam, auf welchem Ulrichs Kuchen fein säuberlich in kleine Stückchen geschnitten war, und um Ruhe bat, um jeden – auch die Leute, die in der Küche waren – darauf hinzuweisen, dass dieser Schokoladenkuchen eigens von Ulrich für ihn gebacken worden sei und dass jeder ihn nun probieren müsse. Damit es für alle reiche, habe er, der Nachbar, den Kuchen extra in kleine Stückchen geschnitten. Man solle doch nun bitte zuschlagen. Und noch während er dies sagte, ging er zunächst zu jedem einzeln und hielt das Tablett unter die Nase, dass ein jeder zugriff, doch es dauerte nicht allzu lange und nachdem die ersten »Mmmmhs« aufkamen, drängten sich alle Leute dicht um den Nachbarn herum, um möglichst schnell ein Stück zu erhalten. Tatsächlich blieben am Ende zwei Stücke übrig, die auf Ulrich und den Nachbarn warteten. »Sehr schokoladig«, sprach einer der Gäste immer noch kauend. »Ja, fantastisch«, sagte eine Frau. »Und es macht vollkommen satt«, fügte ein Mann hinzu. Der Nachbar überschlug sich fast vor Lob, obwohl nicht genau zu verstehen war, was er sagte, da er unentwegt mit vollem Mund, mampfend, vor sich hin sprach. Ulrich war völlig überrascht und hatte selbst noch gar nicht abgebissen. Wie angewurzelt stand er mitten im Raum und registrierte die auf ihn gerichteten Blicke und die wiederholten »Sehr gut«, »Fantastisch«, »Lecker« Bekundungen, wobei er auf das kleine Stück Kuchen in seiner Hand sah und ungläubig lächelnd den Kopf schüttelte. Plötzlich klingelte es an der Tür, was Ulrich aufschrecken ließ, die übrigen Gäste jedoch nicht sonderlich störte. Einzig der Nachbar reagierte und ging unter einem »Ah, da ist sie ja« zur Tür. Ulrich schaute ihm nach, ehe er wieder in die Gesichter der Gäste blickte und alsdann auf den Kuchen hinuntersah, als wolle er sicher gehen, dass die Leute wirklich einzig von dem Kuchen so angetan seien. Von hinten tippte es Ulrich auf die Schulter und als er sich umdrehte, stand dort neben seinem Nachbarn, der gerade zu einem Vorstellen anhob, die Frau, mit der er zuletzt getanzt hatte. »Was, was machst Du denn hier?«, stammelte Ulrich sichtlich überrascht. »Dich küssen«, sagte sie und langte nach seinem Kopf. Nachdem der Kuss geendet hatte, sah Ulrich sie noch einmal an und umarmte sie, ehe er zu einem zweiten, diesmal allerdings kleinen, nicht ganz so innigen Kuss ansetzte. Als Ulrich in die Runde blickte, sah er nur lächelnde Gesichter. Fast schienen sie zufrieden zu sein. »Ich habe noch ein Stück Kuchen für uns«, ließ Ulrich von ihr ab und brach das Stück, woraufhin sie bereitwillig den Mund öffnete. Während Ulrich es ihr in den Mund legte, schloss sie die Augen und kaute dann langsam. Ulrich sah, wie sich ihr beim Kauen Grübchen formten und kam nicht umhin, diese zu küssen. Ein breites Lächeln ergriff ihr Gesicht und sie öffnete die Augen, Ulrich direkt anzusehen und griff ohne hinzusehen nach dem kleinen Stück Kuchen in Ulrichs Hand, welches sie ihm ihrerseits in den Mund schob. – Dieser stand zweifelsohne offen. Teils mag es am Wollen gelegen haben, teils an der Überwältigung. Nichtsdestoweniger schob ihr Zeigefinger das Stückchen genau in die Mitte des Mundes, woraufhin Ulrich diesen schloss und bevor er mit dem Kauen begann, ihren Finger beim Hinausgleiten mit den Lippen berührte. Der Kuchen schmeckte hervorragend. Die Frau fuhr mit ihrem Finger seine Wangen entlang, die Kaubewegungen nachzuzeichnen. Abermals küssten sie sich. Auch wenn der Mund noch nicht ganz leer zu sein schien – die Gäste applaudierten. Beide lachten, als sie in die Menge schauten, küssten sich noch einmal und umarmten sich fest, ehe sie sich wieder der Menge stellten. Langsam keimten die Gespräche wieder auf und – zunächst noch vereinzelt, dann aber immer häufiger – traten Gäste an das Paar, das die Arme umeinander gelegt hatte, heran und sprachen davon, wie schön sie das ganze fänden und dass sie sich unheimlich freuten, hier zu sein. Ulrich und die Frau bedankten sich und sahen sich immer wieder an. Wahrscheinlich hätten sie sich die ganze Zeit angesehen, doch wurden sie ununterbrochen von Gästen unterbrochen, die davon sprachen, wie schön es sei und sogar gratulierten. Ulrichs Finger der rechten Hand gruben sich tief in die Taille der Frau und auch sie erhöhte den Druck in ihrer linken Hand. Die Finger kreisten leicht. Es hatte den Anschein, als wollten sich beide schnell verabschieden und allein miteinander sein, doch ertrugen sie geduldig die Gespräche und beantworteten ausdauernd Fragen, die sie eigentlich selbst nicht zu beantworten imstande waren. Seit wann sie sich denn kennen würden? Und seit wann sie derart zusammen wären? Wie sie sich kennengelernt hätten? Ob jeder Tag so zuginge wie jetzt? Meist zuckten sie nur die Schultern, sahen sich an und gaben zu Protokoll, dass es gut sei, wobei es jedes Mal schien, als ob der Druck in ihren Fingern zunähme. »Na, ihr zwei«, legte der Nachbar von hinten seine Arme um ihre Schultern, »ist alles gut?« »Es ist gut«, sagte Ulrich, »Unendlich gut«, fügte die Frau hinzu und sie sahen ihn an, die Köpfe nach hinten gebeugt, wobei sein Grinsen das ganze Gesicht einnahm. »Schön«, sagte er und streichelte ihre Schultern, ehe er von ihnen abließ und sich unter die Gäste mischte. Das Paar aber stand nun erstmals seit langer Zeit alleine. Kein Gast verwickelte es in ein Gespräch. Niemand sann darauf, seine Neugier befriedigt zu sehen. Überall unterhielten sich die Leute in kleinen Gruppen. Selten zu zweit, meist zu viert oder fünft. Manchmal gar mehr; überall war Trubel. Und in der Mitte dieses Treibens, völlig ruhig, hielt sich das Paar fest. Einzig ihre Finger bewegten sich an der Seite des Anderen, während sie – fast nicht wahrzunehmen – immer enger zusammenrückten und ihre Becken aneinanderdrückten. So als wollten sie sie ineinander verschieben, was natürlich nicht möglich war und so gesellte sich zu den leichten Fingerbewegungen, ganz sanftes Bewegen der Beckenaußenseiten. Ein zartes Kreisenlassen. Kaum zu sehen und doch zu spüren. Ihre Gesichter zierte ein Ausdruck von tiefer Zufriedenheit und Freude. Die Gäste verstiegen sich währenddessen immer weiter in Gespräche und wechselten die Konstellationen in ihren Gruppen. Manchmal drang ein Gespräch oder zumindest ein Wort an das Paar heran, denn die Gesichter der beiden verformten sich zu einem Grinsen, ab und an sogar zu einem Lachen. Es war jedoch auch möglich, dass das gar nichts mit den Gesprächen der anderen zu tun hatte, sondern einzig und allein der Situation geschuldet war. Doch welcher Situation überhaupt? Der des hier lautlosen und engen Beisammenstehens während drum herum überall Gespräche brandeten? Der Situation dieser Feier überhaupt? Oder lachten sie vielmehr, weil sie nicht damit gerechnet hatten, sich so festzuhalten? Ulrich wusste es selbst nicht und woher sollte er wissen, was sie dachte? Fakt war nur, dass sie beide gleichzeitig lachten. Und ohne ein weiteres Wort zu sprechen, ohne sich überhaupt direkt anzusehen, drehten sie sich um und verließen unbemerkt die Wohnung des Nachbarn. Das Zuknallen der Türe mochte sie doch noch verraten haben, aber das störte sie im Treppenhaus nicht mehr. Sie griffen an ihre Gesichter und streichelten sich ihre Wangen. Ulrich küsste ihre Stirn und dann ihre Nase, sie tat es ihm gleich, ehe sie sich anschauten und leicht nickten. Ihre Münder öffneten sich ein Stück und ihre Zungen tasteten nach vorne, sich zu umschlingen und im Schutze der Lippen einen Tanz aufzuführen. Ulrichs Hände glitten von ihrem Gesicht über ihre Schultern den Rücken entlang und drückten sie fest an sich. Die Frau hielt ihre Hände in seinem Gesicht und tätschelte es, bevor eine Hand sich um seinen Kopf schob und ihn dort festhielt, dass die Lippen sich nicht lösen mochten. Kichern unterbrach die Szenerie und so mussten auch die beiden lachen, wobei sie ihre Wangen küssten und aneinander rieben. Hinter dem Türspion hatte sich die Gästeschar eingerichtet und blickte aufmerksam ins Treppenhaus hinaus. Ermahnungen zur Ruhe wurden ausgesprochen, auch wurde gefragt, ob die beiden im Treppenhaus etwas bemerkt hätten, wobei von einer Gruppe versichert wurde, dass niemand draußen etwas gemerkt haben könne und von einer anderen Gruppe die Meinung vertreten wurde, dass es bei dem Lärm vollkommen unmöglich sei, nichts bemerkt zu haben. Unterbrochen wurde dies von vielen »Psssts«, die von einer weiteren Gruppe stammten. Dann kehrte Ruhe ein, die jedoch nur ganz wenige Sekunden währte, da anscheinend von weiter hinten gefragt wurde, was denn gerade passiere. Das Paar vergrub seine Gesichter in der Schulter des jeweils anderen und lachte in sich hinein. Plötzlich fassten sie sich an der Hand, drehten sich um und vollführten in Richtung Tür eine Verbeugung, wie man sie nach gelungener Aufführung seinem Publikum zum Besten gab, woraufhin bei lautem Gelächter die Tür aufgerissen wurde und alle nach draußen stürzten und unter gewaltigem Applaus das Paar umarmten. Ulrich ließ die Frau nicht mehr los und bedankte sich, diese jedoch hatte irgendwo ein Schlupfloch entdeckt und entschwand, Ulrich mit sich ziehend, aus der Menge, die Treppe hinunterzurennen. Bis zur ersten Stufe folgte die Meute noch johlend, ließ dann aber von den beiden ab und betrat langsam wieder die Wohnung des Nachbarn. Das Paar stürmte weiter die Treppe hinunter, die Frau zog ihn hinter sich her, Etage um Etage, vorbei an Ulrichs Wohnung, hinaus auf die Straße. Abermals ertönte lautes Gejohle: Die Meute hatte es sich oben am Fenster bequem gemacht und blickte nun auf die Flüchtenden herab. Schnell liefen sie um eine Ecke – endlich alleine. Kein Gejohle war mehr zu hören, als die Frau stoppte, nach Ulrichs Kopf griff und ihn küsste. »Es ist gut«, hauchte sie, »es ist gut.« »Ja!«, bestätigte er und legte ihre Hand auf sein Herz.

Eng beisammen gingen sie weiter. Die Arme gegenseitig fest um die Taillen geschlungen, die Köpfe aneinander gelehnt, schlenderten sie nahezu im Gleichschritt durch die Stadt. Zwischen Häuserfluchten hindurch, an Parks und Seen vorbei. Hin und wieder gab einer der beiden ein leichtes Seufzen von sich, das Bestätigung im Reiben des einen Kopfes am anderen fand. Manchmal, wenn der Weg es zuließ, wenn er gerade war, wenn er eben war und auch nicht ansteigend, reichten die zwei sich auch noch die freien Arme und hielten ihre Hände vor dem Bauch zusammen, wobei sie bemüht waren, mal den Bauch des einen, mal den Bauch der anderen zu streicheln und die ansetzende Berührung ebenfalls mit einem Seufzen und Kopfreiben zu bejahen. Wenn sie derart gingen, schoben sich ihre Schultern immer ein wenig nach vorne. Der gemeinsame Körper war nach rechts und links hin abgeschlossen, nur von vorne konnte sich jemand zwischen sie drängen, doch in diese Richtung blickten sie. Manchmal rückten die Schultern sogar noch enger zusammen, immer dann, wenn sie die Hände nicht auf dem Bauch platzierten, sondern wenn einer von ihnen versuchte, das Bein, vor allen Dingen das Knie des anderen, zu streicheln, der andere aber in diesem Moment genau das Selbe zu tun gedachte und so jeweils nur die Außenflächen der Hände genau zwischen ihnen an den Beinen rieben. Dabei waren sie auch immer ein wenig vorgebeugt, so dass es den Anschein hatte, sie wollten eine in sich geschlossene dreidimensionale Kugel bilden. Natürlich war dieses Gebilde fragil, nicht von langer Dauer, denn nicht nur dass ein solcher Korpus zu zweit recht schwer herzustellen war, am meisten erschwerte wohl das stetige Vorwärtsgehen die Formbildung. Der Gang wurde derart unsicher, dass baldiges Loslassen der sonst freien Hände vonnöten war. Stets wenn dies passierte, lachten beide und ergingen sich sogleich im Seufzen, wobei die Hand an der Taille des Partners leicht kreiste. Während der ganzen Zeit redeten sie kein Wort. Vielleicht wussten sie nicht, was zu sagen war. Vielleicht gab es aber auch nichts zu sagen. Ein Seufzen reichte und der andere rieb den Kopf. An einem See stoppten sie und setzten sich auf eine Bank. Sogleich griffen sie nach ihren Gesichtern, zogen sie an sich und küssten sich. Lange Küsse wurden oft von kleinen, schnellen, die sich der Lippen des anderen vergewissern wollten, abgelöst. Ulrich legte ihr die Haare hinter das Ohr, sie streichelte seine Schläfe. Wenn gerade nicht die Lippen aufeinander pressten, haschten sie nach den gerade mit den Fingern befühlten Stellen. Nur selten blickten sie sich in die Augen und wenn stellten sie jegliche Bewegung ein und sahen sich an. Bis es einen der beiden nicht mehr hielt und er die Augen des Gegenüber küsste, ehe er über die Nase zum Mund gelangte, wo er zunächst viele kleine Küsse auf und um die Lippen verteilte, bis sich dann die Zunge aus dem Mund vorschob und die Lippen des anderen liebkosend dafür sorgte, dass sich dessen Zunge ebenfalls nach vorne wagte, die

Spitze der anderen zu berühren, sich jedoch sofort nach der Berührung wieder zurückzuziehen und auf weiteres Vordringen der anderen zu warten. War diese weit genug vorgedrungen, erwartete die andere sie freudig, drängte diese aber druckvoll zurück, bis sie ihrerseits so weit nach vorne geschossen war, dass sie zeitweilig von ihr abließ und die Lippen des Partners umspielte, bevor sie auf Anforderung der anderen Zunge doch noch in den Mund folgte. Ulrich und die Frau strichen sich währenddessen durch die Haare und legten die Arme wieder umeinander. Ihre Knie berührten sich und bildeten so ein Dreieck mit ihren Oberschenkeln, durch das plötzlich ein Hund seinen Kopf streckte und bellte. Das Paar fuhr zusammen, löste die Zungen, entfernte die Köpfe voneinander und drehte die Beine nach außen, während die Oberkörper sich näher zusammendrückten. Ein schwarzer Schäferhund guckte nach oben und richtete sich jetzt auf, die Vorderbeine setzte er sogar auf die Bank. Theo. Ulrich erkannte ihn sofort. Seine Zunge hing herunter, er sah Ulrich an, dann die Frau und bellte einmal, wonach er sich mit der Zunge über die Schnauze fuhr. Dann legte er seine Pfoten auf die Oberschenkel des Paars und nickte. »Theo! Lass das! Theo!«, hörte Ulrich eine Frauenstimme rufen. »Theo! Oh, es tut mir so leid«, bat die Frau es zu entschuldigen, »es tut mir wirklich so leid. – Ohhh, Sie sind es«, unterbrach sie sich und geriet in ein Lachen. Ulrich lachte seinerseits, erkannte er doch die Frau, welche er einmal vor der Haustür umgerannt hatte. Hinter ihr, ihre Hand haltend, stand schweigend ein Mann. »Es tut mir wirklich leid«, begann sie von neuem. »Es ist doch nichts passiert. Oder Theo?«, entgegnete Ulrich, wobei er den Kopf des Hundes streichelte, was die Frau an seiner Seite schon längst tat. Ziemlich genau nachdem er die Pfoten auf ihrer beider Oberschenkel gelegt hatte, hatte sie ihn angelächelt und begonnen, ihn zu streicheln. Theo rieb seinen Kopf zunächst am Bein der Frau, daraufhin an Ulrichs Bein, ehe er nickte und sich zu seinem Frauchen umdrehte, sie zum Weitergehen aufforderte. Der Mann blickte schweigend drein, das Frauchen sah auf das Paar und Theo bellte einmal, zog dann am Frauchen und führte sie fort. Die Frau winkte kurz, der Mann hingegen tat nichts und Theo – Theo nickte. »Was für ein Hund?!«, sagte Ulrich. »Ein toller Hund«, fügte die Frau an seiner Seite hinzu, nahm Ulrichs Hand und fragte, ob er auch einmal einen Hund haben wolle. Ulrich pustete durch. Ein Hund habe viel Tolles, aber könne man es ihm antun, ihn in der Stadt zu halten und vielmehr sei es nicht etwas komisch, ein Lebewesen für die Leine zu züchten? Besser sei es doch, wenn ein Hund völlig frei durch die Gegend liefe und zu dem Menschen ginge, den er sich aussuchte. Ulrich sei schon bewusst, dass es schwierig sei, einen solchen Hund zu finden. Zumal es überall neben den Züchtungsbetrieben auch Tierheime und – was noch viel verschrobener sei – Hundetrainerinstitute gebe. Die sogar ganzheitlich vorgingen. Was sollte diese Ganzheitlichkeit denn überhaupt sein? Halte man dort Philosophieseminare mit dem Hund ab und massiere ihn anschließend, bevor man ihm beibringe, wie man am gehorsamsten und vom eigenen Wesen abgerücktesten lautlos neben der Dominanzfigur einer anderen Spezies her trotte, Schwanz wedele und auf Geheiß Pfötchen gebe, zugleich als Schmusetier auf dem Sofa oder Bett herhalte und den Anstrich von Sicherheit für die Führungsperson gebe? Dabei stelle man dann noch die Ernährung um, als ob der Hund jemals in seinem Leben vom Züchtungsbetrieb ins Herrchenhaus artgerechte Nahrung erhalten habe? Schließlich bekomme er ständig das, was der Mensch für ihn herstelle. Und ernährungstherapeutisch nehme dieser, der Mensch, nun einfach etwas anderes, weil dies gerade en vogue sei. Die einzigen, die sich darüber wirklich freuten, seien die Nahrungserzeuger, Nahrungsmittelergänzungshersteller, die Artikelschreiber in den Branchenblättchen, die Artikelschreiber in den Lokalblättchen und – was wunder – die Betreiber ganzheitlicher Hundeschulen. Nebenbei könnten sie dann bei Krankheit – ausgelöst durch was auch immer: Sei es Züchtung, sei es Ernährung, sei es seelische Folter, sei es Hundeschule – Akkupunktur, Blutegeltherapie und den ganzen Kanon fernöstlicher Medizin anbieten, welcher mit Sicherheit dafür sorge, dass es dem Hund bald wieder besser ginge und wenn nicht habe man mit bestem Gewissen wenigstens alles versucht. »Du liebst Hunde«, lachte sie und küsste ihn. »Ja. Aber einen freien Hund findet man wohl nur noch in der Prärie«, nahm Ulrich ihre Hand und drückte einen Kuss darauf. »Du liebst Hunde«, strahlte sie wieder und streichelte sein Gesicht. »Wenn denn nun ein Hund vor Deiner Tür stände? Was dann?«, fragte sie. »Ich weiß es nicht«, antwortete Ulrich, »ich würde mir niemals einen kaufen. Und ich möchte auch nicht, dass jemals jemand einen kauft. Die Hunde sollten sich selbst überlassen werden. Niemand sollte das Recht haben, sie zu züchten. Die Hunde, die dann daraus entstehen, nehme ich gerne auf, wenn sie kommen. Es sind Gefährten. Keine Lakaien«, fuhr er ihr mit der Hand durch das Haar und küsste ihr Ohr. »Aber es wird doch überall gezüchtet«, flüsterte sie ihm ins Ohr, »Schweine, Kühe, Hühner, Fische, Getreide, Pflanzen, Bäume. Überall, Ulrich. Überall wird gezüchtet.« »Ja, Du hast recht.« Er drückte seinen Mund auf ihre Stirn, fuhr mit den Händen über die Schultern die Arme entlang, um auf ihrem Schoß ihre Hände zu greifen und sah ihr in die dunklen, offen und hell leuchtenden Augen. »Überall wird gezüchtet. Das meiste dient als Nahrung, etwas als Wiedergutmachung für Verfehlungen oder auch als gezielte Aufforstung für die Rohstoffgewinnung. Manche Pflanzen – und es sind wirklich nur sehr wenige – dienen als Lehrmaterial, Erholung oder pures Vergnügen z.B. in Museen oder Botanischen Gärten. Die Züchtung von Hunden dient aber – abgesehen von Blinden-, Lawinen-, Rettungs- und Spürhunden und den Gebieten der Erde, wo sie als Delikatesse gelten oder zumindest dem Verzehr dienen – einzig dem sadistischen Trieb des Menschen, dass er sich daran befriedige, die Befehlsgewalt zu haben. Dass er kuscheln kann, wenn er kuscheln will, dass er triezen kann, wenn er triezen will, dass er Gassi gehen kann, wenn er Gassi gehen will und dass er immer meint, Dankbarkeit zu erhalten, wenn es ihm danach gelüstet. Gefährten sind die Hunde schon seit

Jahrtausenden nicht mehr. Sie empfangen Befehle und sind ständig den Launen der Halter – allein dieses Wort schon: Halter! Ja, sie halten den Hund. Vornehmlich halten sie ihn auf – sie sind ständig den Launen der Halter ausgesetzt.« »Und was ist mit den Katzen?«, küsste sie seine Wange. »Für die und für Vögel gilt das gleiche wie für Hunde. Für Kleintiere sowieso. Und Pferde, na ja, Pferde sind teilweise noch Nutztiere. Fragt sich nur, für wie lange noch. Es sind wohl die hohen Kosten, die die Menschen davon abhalten, Pferde zu ähnlichen Lakaien zu brechen.« Die Frau umschlang Ulrich und drückte ihre Lippen auf seinen Hals. Sie atmete tief ein. »Wenn uns ein Hund nachläuft, nehmen wir ihn auf. So lange er will.« »Ja, das tun wir«, streichelte Ulrich ihren Kopf, während ihre Lippen halb geöffnet aufeinander pressten und die Zungen sich umspielten. Ihre eine Hand ruhte auf seinem Herzen, die andere hielt seinen Kopf. Ulrich selbst hielt mit einer den Rücken, mit der anderen ihre Brust, ihr Herz ebenfalls zu fühlen. Doch was er vornehmlich spürte, war die Warze. Eingeklemmt zwischen den Kuppen von Zeige- und Mittelfinger. Nur etwas Stoff trennte beides voneinander.

Sie begann zu kichern. Ihr wurde bewusst, dass sie bei Tag an einem See saßen und sich die Herzen hielten. Was, wenn sie Ulrich halte, nach Romantik aussehe, was umgekehrt für die Leute jedoch nach Fummelei aussehe, wenn Ulrich die Hand dort habe. Ihre Brust störe wohl. »Nichts stört an Dir. Nur die Leute stören Dich, wenn Du Dich an ihnen störst. Es ist gut. Die Brust liegt einfach nah beim Herzen. Sie schützt es ja auch ein wenig. Und außerdem habe ich die Hand für jeden sichtbar und nicht unter Deiner Kleidung versteckt. Sollen die Leute doch denken, was sie wollen«, rieb er seine Wange an der ihren. »Du bist wunderbar«, hauchte sie. »Wir sind wunderbar«, flüsterte er, »ohne Dich, säße ich nicht hier. Wegen Dir sind mir die Leute egal.« »Mir jetzt auch, Ulrich. Mir jetzt auch«, drückte sie seine Hand fester an ihre Brust.

»Ei, ei, ei, was seh ich da? Ein verliebtes Ehepaar«, tanzte ein kleiner Junge vorbei, »Noch ein Kuss, dann ist Schluss, weil die Braut nach Hause muss«, tanzte ein zweiter hinterher. Das Paar lachte laut auf, drückte die Köpfe aneinander und rückte eng zusammen. Die Arme umeinander gelegt, die freien Hände vorne vereint, sahen sie, wie die beiden Jungs am Ufer entlang tollten und dann hinter ein paar Bäumen verschwanden. »Ich glaube, sie haben recht«, sagte die Frau, Ulrichs Wange liebkosend, »sowohl mit dem einen als auch mit dem anderen. Es ist schon spät und ich sollte gehen. Morgen muss ich früh raus. Da sollte ich vorher ein wenig schlafen.« Ulrich streichelte ihre Lippen: »Bleib noch. So spät ist es noch nicht.« »Ich habe es weit bis nach Hause«, entgegnete sie. »Dann schlaf bei mir. Das ist nicht so weit.« »Aber morgen ist es weit. Dann läutet der Wecker noch früher.« »Er soll doch so früh läuten, wie er will. Von der Zeit ändert sich nichts. Du hast ja heute an ihr gespart. Und außerdem – das Morgen muss uns heute nicht kümmern.« »Doch, muss es. Denn es gibt immer ein Morgen, für das wir heute verantwortlich sind. Also Ulrich, ich sollte nun gehen.« »Solltest Du nicht«, griff Ulrich ihre Taille, zog sie fest heran und küsste sie leidenschaftlicher, als er es bis jetzt getan hatte. »Bleib! Und ich küss Dich die ganze Nacht.« »Das ist es doch gerade, Ulrich. Wie soll ich da schlafen?« »Dann lass ich´s. Und halte Dich nur fest.« »Aber dann will ich Dich küssen und noch fester halten. Es geht nicht. Ich brauche den Schlaf.« »Dann schlaf ich in einem anderen Zimmer und morgen bringe ich Dir das Frühstück.« Sie lachte: »Das glaub ich Dir nicht. Das mit dem Frühstück ja. Aber dass Du in einem anderen Zimmer schläfst?« »Doch, doch«, versicherte Ulrich und gab ihr einen Kuss. »Lange wirst Du da doch nicht bleiben. Wahrscheinlich gehst Du auf und ab, wartest, dass ich eingeschlafen bin und schleichst dann zu mir, Dich zu mir zu legen, wobei ich dann aufwache, falls ich nicht sowieso noch nicht eingeschlafen bin, weil ich die ganze Zeit mit Deinem Kommen rechne und die Aufregung mich zwar zu Dir hinzieht, mich aber auch vom Schlaf abhält.« »Nein, nein. Sei ganz beruhigt«, streichelte er ihre Handfläche, »ich bleibe in meinem Zimmer.« »Irgendwann scharwenzelst Du um mich herum. Und es ist auch das, was ich will. Wahrscheinlich schleiche ich mich selbst aus dem Bett und horche an Deiner Tür, was Du machst, um mich dann ganz langsam und leise hineinzuwagen und an Dich zu schmiegen. Es geht nicht Ulrich. Ich sollte gehen. Morgen habe ich einen Termin, der viel Kraft abverlangt«, küsste sie seine Hand. »Die Zeit, die wir hier reden, hätten wir schon auf das Nachhausegehen verwenden können. Und die Müdigkeit, die Du befürchtest, ist nichts gegen die Kraft, die wir uns geben. Du wirst morgen durch den Termin schweben und fragen, ob Du noch zehn weitere an dem Tag haben kannst, weil Du ihnen mit Leichtigkeit begegnest. Es ist gut.« »Ja, es ist gut«, sagte sie, »ich fühle es nicht, ich weiß es. Aber wir werden schlafen«, bestand sie. »Und wie wir das tun«, versicherte Ulrich. Er drückte sie an sich, vergrub seine Nase in ihrem Haar. Sie seufzte und küsste seinen Hals. Eine Weile änderten sie ihre Position nicht: er sog ihren Geruch auf, sie schmeckte seine Haut. Plötzlich stieß sie ihm mit den Zeigefingern in beide Seiten, dass er erschrocken hochfuhr und einen grellen Schrei von sich gab. Ihr Lachen unterdrückend, langte sie nach seinem Gesicht und beruhigte ihn, dass es so schlimm doch nicht gewesen war, woraufhin sie zur Wiedergutmachung ihren Mund auf seinen drückte. Ulrich wollte sich gerade revanchieren, als sie ihn barsch unterbrach. »Nein!«, rief sie in herrischem Kommandoton, »Halt!«. Ulrich schaute irritiert, war er doch auf derartiges nicht gefasst gewesen. Ihre Miene verwandelte sich indessen wieder in ein Lächeln, ehe sie darauf hinwies, dass schon wieder sehr viel Zeit verstrichen sei. »Ganz recht. Allerdings Zeit, die wir zusammen verbrachten«, bestätigte Ulrich und wollte ihr einen Kuss geben, was sie aber dadurch abwehrte, dass sie die Hände vorschob und mit dem Kopf zurückwich. »Ulrich, wir sollten jetzt gehen«, stellte sie eher fest, als dass es ein Vorschlag war. Er war bedröppelt. Kaum zu übersehen. Wahrscheinlich erweichte er sie auf diese Weise, denn seine Hände fassend zog sie ihn an sich heran und flüsterte: »Einen Kuss, Ulrich. Einen allerletzten Kuss darfst Du mir hier noch geben. Aber dann gehen wir. Und dann werden wir schlafen. Wenn Du brav bist, lieber Ulrich, erlaube ich Dir dann noch einen Kuss. Vielleicht sogar zwei. Ich gebe Dir einen, Du gibst mir einen.« »Abgemacht«, sagte Ulrich, »aber…«, er suchte nach einem Hintertürchen, »aber… aber wenn ich so nah bei Dir liege, dass nicht ganz klar ist, ob meine Lippen Dich berühren oder nicht, weil sie ohne Bewegung ruhen, dann zählt das nicht als Kuss.« »Nein, das zählt nicht als Kuss«, lachte sie auf, drückte ihn an ihre Brust und legte ihren Kopf auf seinen. Ulrich, wohl infolge der neuen Stellung, versuchte alles, um diese zu verlängern. Er selbst stellte jegliche Bewegung ein, blieb ganz ruhig, sagte nichts, wagte noch nicht einmal zu atmen, zu fragil erschien es ihm. Jederzeit, jeder Laut hätte die Frau daran erinnern können, dass sie vorhatten zu gehen. Ulrich spürte in Gedanken dem Streicheln der Frau über seinen Rücken nach. Er strengte sich sogar an, seine Mundwinkel nicht zu weit nach oben gehen zu lassen, da er damit rechnete, sie könnte auch eine solch kleine Erschütterung wahrnehmen. Als ihr Streicheln langsamer wurde und kurz vor dem endgültigen Erliegen war, setzte Ulrich seinerseits mit dem Streicheln ihres Rückens ein, musste er doch annehmen, dass ihr unmittelbar nach dem Stoppen ihrer Bewegungen, ihr Aufbruch wieder in den Sinn kam. Behutsam setzte er an. Ganz langsam von unten nach oben. Kaum merklich setzten die Finger auf ihrem Rücken auf. Erst als er zum zweiten Mal hochfuhr, erhöhte er den Druck ein wenig und sogleich nahm auch sie wieder ihre Bewegungen auf. Ulrich, dessen rechte Gesichtshälfte an ihrer Brust ruhte, hätte den Kopf gerne ein bisschen umgebettet, damit er auf ihrer Körpermitte lag und von beiden Brüsten ein Stück als Kopfkissen benutzen konnte, doch wollte er das Risiko einer weiteren Erschütterung nicht eingehen. Die Frau aber, die ihrerseits ihre rechte Gesichtshälfte auf seinem Kopf abgelegt hatte, korrigierte ein wenig ihre Haltung und rückte infolgedessen auch Ulrichs Kopf zur Seite. Ob sie genau dies beabsichtigte, wusste Ulrich nicht, aber nun ruhte sein Kopf in der Position, die er gerne gehabt hätte. Auch das Gesicht der Frau zierte ein tiefes Lächeln. Das Zurechtrücken seines Kopfes hatte einen weiteren, äußerst positiven Nebeneffekt, denn mittlerweile war ihm – so dicht an sie gedrängt – gehörig warm um die Nase geworden und so bekam er kurz eine Abkühlung und die Möglichkeit zu einem schnellen Luftholen, welche er zwar gierig wahrnahm, aber darauf bedacht war, es nicht zu offensichtlich zu tun, um der Frau bloß keinen Grund zum Aufstehen zu liefern. Schweigend, der eine flach atmend, die andere tiefe Züge durch sein Haar nehmend, streichelten sie sich die Rücken. Langsam. Mittlerweile schien es fast so, als wollte die Frau schon selbst gar nicht mehr fort, so sehr harmonierte die Szenerie. Und doch – obwohl es wiederum eine Zeit dauerte – machte die Frau den Anfang und gemahnte – wenn auch leicht, und fast so, als lieferte sie sich selbst nur ein Alibi, das keiner größeren Befragung standhielt, das nur geäußert wurde, um zu sagen, dass man es doch gesagt habe – zum Aufbruch, wobei sie – wahrscheinlich sich dieser Sache voll bewusst – seufzte und einen Kuss auf seinen Kopf drückte, das

Streicheln jedoch keinesfalls unterließ, nur um sofort wieder die Nase in seinem Haar zu verbergen. »Ja, ja«, quittierte Ulrich und formte seine Lippen zu einem Kuss auf ihre Brust, wenn auch die Kleidung diese nicht freigab, um sodann den Druck des Streichelns zu erhöhen. Schließlich sollte sie bleiben. Schließlich war im Moment alles andere egal. Sie hielten sich innig. Auch ihr musste es so gegangen sein, denn sie erhöhte ebenfalls den Druck und eine Hand geriet dabei, wenngleich zaghaft, aber doch deutlich spürbar, unter Ulrichs Hemd und tätschelte die Niere. Natürlich reagierte er nicht sofort; er ließ sie gewähren. Wartete, wie es weiterginge. Nicht viel später fuhr ihre Hand deutlich unter seinem Hemd den Rücken entlang. Zunächst unten über dem Hosenbund, an den Nieren. Dann auch etwas höher, die Wirbelsäule entlang. Ulrich drückte seinen Kopf fester an sie. Das Atmen fiel ihm nun noch schwerer. Allerdings wog das, was er fühlte, die Schwierigkeiten beim Luftholen mehr als auf. Langsam schob sich auch seine Hand unter ihre Kleidung. Von vorne näherte sie sich, streifte den Bauch und massierte dann den Rippenbogen, ehe sie ganz um den Körper fuhr und nur mit den Fingerspitzen den Rücken entlang glitt. Seine andere Hand hatte er ihr mittlerweile in den Nacken gelegt und mit sanftem Streicheln begonnen, was ein ausgiebiges Seufzen provozierte. Immer kräftiger spürte er ihre Hand. Immer deutlicher musste auch sie ihn spüren. Ganz leise begann er zu keuchen, war das Atmen doch nahezu unmöglich. Sie sollte es nicht merken, sonst ginge sie vielleicht wirklich. Aber konnte sie denn jetzt noch gehen wollen? Sie würde Ulrich sicherlich an die Hand nehmen und schnell zu ihm wollen. Dort könnten sie noch ein wenig sich zuneigen, ehe sie schliefen und der Tag sie umso früher trennte. Sie würde nicht mehr zu sich nach Hause eilen, das war offensichtlich. Zumal es inzwischen noch später geworden war. Sie würde … »Hhhhhhhhhhhh«, japste Ulrich plötzlich auf und warf seinen Kopf nach hinten. »Luft«, stammelte er und die Frau sah ihn fragend an, bevor sie in ein Lachen ausbrach. »Och, Du Armer«, streichelte sie seine Wange, »atme erst einmal.« Ulrich rang nach Luft. Nicht panisch, aber doch gezeichnet. Vor sich die Frau, die ihn anlachte und streichelte. Er sah ein bisschen danach aus, als hätte man ihn einer Tortur unterzogen. Das Gesicht gerötet, feucht. Die Haare an der Stirn klebend, offener Mund, kurzatmig. Ein Arm an ihren Unterarm geklammert, den anderen noch an ihrer Niere. Ulrich fing an zu lachen, ihr Lachen steigerte sich dadurch noch, ehe sie nach seinem Kopf griff, ihn heranzog und ihn mitten ins Lachen hinein küsste. Sie hielten sich die Gesichter und küssten einander, immer wieder durch heftiges Lachen und Glucksen unterbrochen. »Gehen wir?«, fragte sie. Ulrich nickte, drückte sie noch einmal an sich, griff ihre Hand und erhob sich. Sein Lachen erreichte nun völlig neue Höhen. Die Frau schaute irritiert, wusste nicht ganz warum, schloss sich dem Lachen aber an, bis Ulrich auf ihre Brust deutete. Forschend sah sie an sich herunter und brach sogleich in schallendes Gelächter aus, ehe sie Ulrich ganz fest an sich drückte. »Hm«, schloss sie, »das kann ja einen Nachhauseweg geben.

– Aber es sieht recht schön aus.« Ihre Bluse zierte ein Schweißfleck, welcher eindeutig Ulrichs Gesicht nachzeichnete. »Komm«, küsste sie ihn, »gehen wir es an.« Dicht gedrängt setzten sie sich in Bewegung, so eng, als wollten sie aus vier Beinen drei machen. Die Schultern fest zusammen gedrückt und sich klammernd. Was einige Meter gut ging, wurde dann doch zum Hindernis. Fast stolperten sie. Und stellten sich so, mit breiter Brust, dem Weg. Das Kunstwerk auf der Bluse für jeden sichtbar hielten sie sich nur noch an der Taille und schritten voran. Einige vergnügte Blicke begegneten ihnen. Manchmal wurden sie sogar schmunzelnd gegrüßt. Nur ein älterer Herr, seinen Hut tief im Gesicht, schüttelte den Kopf, als er sie passierte. Sein Gemurmel war nicht zu verstehen. Das Paar ließ sich jedoch nicht aus der Ruhe bringen, auch wenn die Frau sich nach ihm umdrehte, als würde sie so noch etwas von dem Gebrabbel zu verstehen versuchen. Ulrich hingegen zog sie sanft herum und küsste sie erneut. Sogleich schien sie den älteren Herrn, sein Gebrabbel, ihre Bluse und alles andere zu vergessen, gab sie sich dem Kuss doch innig hin und übernahm sodann die Initiative. Sanft. Leidenschaftlich. Wild. Mitten auf dem Weg, am mittlerweile schon vorgerückten Abend, versperrten sie diesen zwar nicht, sorgten aber dafür, dass sie passierende Gruppen sich trennen und aufteilen mussten, so wenig Platz ließen sie übrig. Ein Bein von sich gestreckt setzte sie immer wieder neu an, wenn Ulrich – warum auch immer – die Zärtlichkeit beenden und den Weg fortsetzen wollte. Ganz ernst zu nehmen, waren seine Beendigungsversuche nicht, genoss er doch sichtlich das über ihn hereinge-brochene Kussgewitter. Nach jedem kurzen Absetzen, das sie sofort wieder unterband und von neuem an-fing, lächelte er. Immer breiter. Wer folgte hier eigent-lich gerade wem? Wer ergriff hier eigentlich gerade welche Initiative? »Warte, warte«, stoppte Ulrich plötzlich wirklich und griff sich von ihr lösend in sein Haar. »Scheiße!«, stellte er fest und hielt Vogeldung in seiner Hand, »Scheiße!«. »Ja, das ist Scheiße«, sackte die Frau zusammen und hielt sich die Rippen vor La-chen. »Das ist wirklich Scheiße«, brach es wieder aus ihr hervor. Der Kopf inzwischen puterrot; die Augen tränten. Ulrich stand da. Bedröppelt. In der Hand ein wenig Unrat, den Rest davon im Haar. Und vor sich die Frau, deren Kopf vor Lachen zu explodieren droh-te. »Aber es bringt doch Glück. Sieh uns an«, gackerte sie. Nun konnte auch Ulrich nicht mehr anders und prustete langsam, wie ein gemächlich startender Mo-tor, los. Die Frau nestelte nach einem Taschentuch und strich den Unrat von seinem Kopf, ehe sie seine Hand säuberte. Ulrich beobachtete sie dabei. Noch nie hatte er etwas Derartiges erlebt. Sicher, auch im Park hatte eine Frau ihm einmal Kot – Hundekot – abgewischt. Aber nicht so. Dort war es zwar freundlich, aber eher aus Pflichtgefühl oder vielleicht auch aus Schuldgefühl geschehen. Ein wenig schamvoll. Jetzt aber geschah es mit einer Selbstverständlichkeit, die freudig vorgetra-gen wurde. So, als gehörte es zu den schönsten Din-gen, einen anderen Menschen von Scheiße zu befrei-en. Als wäre es völlig natürlich, dies zu tun. Ein Instinkt aus der Tiefe des Herzens. Und wenn schon nicht des

Herzens, dann zumindest des Wesens der Frau. Ulrich war nicht mehr verliebt. Er liebte. Spätestens hier liebte er. Und er wusste, dass sie es auch tat. Wie sonst konnte sie derart selbstverständlich, grazil, anmutig und hinreißend die Scheiße von ihm kratzen? Kaum war sie fertig, blickte sie ihn an. Ein Augenaufschlag. Ulrich erwiderte. Still, regungslos sahen sie einander an.

Als sie wieder vor Ulrichs Haustür anlangten, war die Feier bei seinem Nachbarn noch im Gange. Unerkannt betraten sie das Haus. Nachdem er den Schlüssel in seine Wohnungstür gesteckt und umgedreht hatte, wandte er sich zu ihr um: »Bereit?« Sie nickte und drückte seine Hand. Die Tür schwang nach innen auf und die Frau folgte Ulrich hinein. Mit ihrem Fuß stieß sie die Tür zu und lächelte Ulrich an. »Ist das mein neues Heim?«, fragte sie. »Unser Heim ist da, wo wir sind«, antwortete Ulrich. »Ja. Wo wir sind«, sagte sie und zog die Schuhe aus. »Soll ich Dir eine Führung durch die Wohnung geben oder möchtest Du selbst alles entdecken?« »Ich werde schon alles finden«, drückte sie Ulrich zur Seite und öffnete eine Tür. Das Schlafzimmer tat sich auf. »Na, was für ein Zufall«, gab sie von sich. Ulrich lachte, wartete jedoch vor der Tür. Die Frau ging am Sessel vorbei zum Fenster, blickte hinaus, öffnete die Tür zum Balkon und setzte einen Fuß darauf. Sie strich über die Blumen und ging wieder hinein, die Balkontür offenlassend. Mit einem Sprung warf sie sich auf das Bett und rollte an der anderen Seite wieder hinunter, wobei sie den Nachttisch abräumte. Kerzen und Bücher fielen zu Boden. »Ups«, quittierte sie. Sie setzte sich auf den Sessel, welcher dem Bett gegenüber stand, und fragte, worauf Ulrich warte. Dieser, im Türrahmen angelehnt, eine Hand in der Hosentasche, antwortete, dass er auf nichts warte. »Dann ist ja gut«, sagte sie, drängte sich wieder an ihm vorüber, wobei sie ihm in fließender Bewegung Gesicht, Hals und Brust streichelte. Sie schritt weiter voran und betrat die Küche, wo sie ihn alsdann tadelte, dass er doch ruhig mal ein wenig hätte aufräumen können, da es ja aussehe, als seien Mehlsäcke geplatzt, was Ulrich damit beantwortete, dass, was die Mehlsäkke betreffe, zum einen etwas Wahres daran sei, dass er aber auch nicht mit Besuch gerechnet habe und im Übrigen sehe es nun einmal eben so aus. »Ich habe Kuchen gebacken«, schloss er. Nicht ohne zu grinsen. »Das hast Du. Das hast Du wirklich«, bestätigte sie. Sie setzte sich kurz an den Küchentisch und sah Ulrich an, der wieder am Türrahmen angelehnt, die Hand in der Hosentasche, dastand. »Willst Du mir nicht etwas zu trinken anbieten?« »Entdecke es doch«, erwiderte Ulrich. Ihre Augen blitzten. »So, so«, erhob sie sich, kramte in einem Schrank nach einem Glas und stellte sich vor das Weinregal. Zog ein paar Flaschen heraus, begutachtete sie, nur um dann doch zum Wasser zu greifen, sich einzuschenken und einen kräftigen Schluck zu nehmen, welchen sie mit einem »Ah« kommentierte. Ulrich grinste. Sie schenkte nach, kam auf ihn zu, bot ihm an und ehe er es nehmen konnte, zog sie es wieder fort und spritzte ihm mit geschürztem Mund etwas Wasser ins Gesicht. Ulrich – das Wasser an seinem Gesicht herunterlaufend – grinste noch mehr und wollte nach ihr greifen, wobei sie jedoch bereits wieder an ihm vorüber war und so gelang es ihm nur noch, ihr mit der Hand auf den Po zu hauen, woraufhin sie sich kurz umdrehte und den Kopf gleich wieder nach vorne warf, als wollte sie demonstrieren, dass ihr das alles egal sei, wobei sie allerdings sofort – völlig entgegengesetzt zur Reaktion des Kopfes – noch stärker mit den Hüften wackelte als zuvor. »Na warte«, sagte Ulrich. »Worauf?«, fragte sie, »ich warte auf gar nichts«. »Ich auch nicht mehr«, antwortete Ulrich und folgte ihr ins Wohnzimmer, wo sie sich auf der Couch niederließ und langstreckte. »Hier schläfst Du also heute Nacht?«, strich sie über die Couch, »gemütlich.« Ulrich wollte sich zu ihr legen, doch mit einem Ruck schnellte sie empor, küsste ihn hastig auf den Mund, streichelte sein Kinn und wünschte eine gute Nacht inklusive süßer Träume, ehe sie mit dem Glas Wasser in der Hand, die Hüften schwingend, hinausging und die Tür hinter sich schloss.

Ulrich sah ihr nach. Er sah auf die geschlossene Tür, schüttelte den Kopf: »Dieses verrückte Weib!« Lächelnd ging er um den Tisch zur Tür und griff die Klinke, welche er schon ein wenig heruntergedrückt hatte, bevor er stoppte: »Nein. Nein, nein. Ich bleibe hier«, lehnte er sich mit dem Rücken an die Tür und sah aus dem Fenster. Der Horizont war rötlich gefärbt, einige Vögel schwirrten noch, sogar zwei Fledermäuse machten eine Flugschau. Ulrich beobachtete ihre Kapriolen. Manchmal kamen sie sich sehr nahe, kreuzten einander. Oft waren sie weit voneinander entfernt, dann flogen sie wieder ein weites Stück parallel und all das unter diesen auf Ulrich so hektisch wirkenden Flugbewegungen. So abgehackt, so individuell und übersprungsartig es auch erscheinen mochte, dennoch ergab das Flugverhalten beider einen Einklang. Als ob sie miteinander sprachen. Oder als ob es gegenseitiges Balzverhalten war, das in den Grundzügen aber so sehr übereinstimmte, dass jeder das Verhalten des anderen schon kannte, weil er es selbst schon einmal an anderer Stelle anwandte. Als führte man sich nur vor, dass man eigentlich dasselbe beherrschte. »Und was beherrsche ich?«, fragte sich Ulrich, »am besten, ich beherrsche mich. Ich geh hier nicht raus – aber ich warte auch nicht auf sie.« Er hörte Geräusche im Badezimmer und eilte zur Tür. Die Frau musste sich wohl bettfertig gemacht haben und es hörte sich so an, als ob sie irgendwo eine Zahnbürste gefunden hatte. Oder benutzte sie etwa seine? Gestört hätte ihn das nicht, überrascht hätte es ihn schon. Aber wahrscheinlicher war, dass sie eine gefunden hatte, immerhin – so gestand sich Ulrich – entdeckte sie sehr viel. Zumindest hatte sie ihn ent-deckt. Vom ganzen Rest, der noch auf ihm lag. Erst hatte sie ihn gefunden, dann ent-deckt, dann für sich entflammt und ihn am Ende hier in seiner eigenen Wohnung in sein Wohnzimmer gesperrt. Sicher, es war keine wirkliche Sperre. Er hätte jederzeit aus der Tür treten können, doch unterließ er es, war ihm doch nicht ganz klar, wie viel Wahrheit in ihrem Spiel lag. Vielleicht keine. Vielleicht völlige. Es war durchaus möglich, dass es ihr nicht möglich war zu schlafen, wenn er bei ihr läge und sie deshalb auf getrennte Schlafräume bestand. Zumindest in dieser

Nacht. Was der Wahrheit für eine geschlossene Tür entsprach. Es war genauso möglich, dass sie die Tür nur aus einem Witz heraus zumachte und darauf wartete, dass Ulrich endlich herauskam. Womit keine Wahrheit in der Handlung des Türschließens gelegen hätte. Andererseits wartete sie auf nichts, wie sie selbst gesagt hatte. Vielleicht war das Türschließen auch nur Teil eines Spiels. Und die Wahrheit lag nicht im Türschließen, sondern im Spiel selbst. Könnte es sein, dass sie eine Spielerin war? Dass sie im Grunde auf etwas setzte, und innerhalb dessen hin und her sprang, gerade so, dass sie nicht ganz zu fangen war? Dass sie auch vor sich so den Anschein erweckte, als entschiede sie? Als beherrsche sie? Wohlwissend, dass es hierbei weder Beherrscher noch Beherrschten gebe? Ulrich war das, auf was sie im Grunde setzte. Zumindest so weit es Ulrich anginge und wie weit er es gerade zu überblicken im Stande war. Die Kapriolen, die sie schlug, gehörten zum Spiel. Es waren ihre Spielregeln. Er könnte jetzt also einfach die Tür öffnen, sie an sich ziehen, hochheben, ins Schlafzimmer tragen, ihr die Kleidung vom Leib reißen und sie mit Küssen übersäen. Dann hätte er in ihre Spielregeln eingegriffen. Vielleicht erwartete sie das sogar. Sie war eine Spielerin. Ja, sie war eine Spielerin. – War sie eine Spielerin? Das Wasser im Badezimmer stoppte und er hörte, wie sie es verließ. Doch in dem Moment, als er die Tür aufreißen wollte, stockte seine Hand. Was war, wenn die Wahrheit darin lag, dass sie schlafen wollte? Was war, wenn diese erste gemeinsame Nacht lediglich dazu diente, herauszufinden, ob es möglich war, gegenseitige

Freiheiten und Wünsche zu respektieren? Ulrich linste durchs Schlüsselloch. Hatte er gerade über ihrem nackten Schenkel den Ansatz ihres nackten Pos gesehen? War sie nackt? Stellte sie sich gerade zur Schau? Wissend, dass die Möglichkeit der Beobachtung durch ihn bestand? Wollte sie, dass Ulrich hinauskam, damit sie endlich übereinander herfallen konnten? – Oder wollte sie Ulrich vorführen? Wusste sie, dass er durch das Schlüsselloch schauen würde und wollte ihm deshalb genau das vorführen, um ihn vorzuführen? Gehörte das zu ihrem Spiel? Den Narren zum größeren Narren zu machen? – Ulrich hörte das Schließen der Schlafzimmertür. »Jetzt liegen schon zwei Türen zwischen uns«, flüsterte er, »ich wünsche Dir eine wunderschöne Nacht.« Er sank auf die Knie und schlug leicht mit dem Kopf gegen die Tür. Hätte er überhaupt spionieren dürfen? Aber wie hätte er anders gekonnt? Es war ja kein wirkliches Spionieren. Jedenfalls keines in schlechter Absicht. Es war Verlangen. Es war Neugier. War es Gier? War er so gierig nach ihr? Das wäre nicht gut, wusste er doch, wozu Gier jemanden triebe. Vor allen Dingen den Begehrten. Dieser würde irgendwann verängstigt sein und könnte nur noch fliehen. War es wirklich Gier? Nein, es war … es war … Ulrich wusste nicht, was es war. Aber Ulrich wusste, dass es unmittelbar mit dieser Frau zu tun hatte. Etwas derart starkes war ihm bis hierhin noch nicht untergekommen. War nicht er im Grunde seines Herzens auch ein Spieler? War er nicht jemand, der schnell gelangweilt war, wenn alles immer geradewegs den Erwartungen entsprach, ohne eine Spur Eigenheit? Ja. –

Aber was war, wenn sie im Grunde gar nicht auf ihn setzte, sondern durch und durch auf das Spiel? Wenn sie die Ebene des Sujets schon völlig verlassen hatte und einzig den Gesetzen und Bedingungen des Spiels folgte? Dann wäre er, Ulrich, nicht der Grund, sondern lediglich eine Figur. Eine von vielen. Und alles Verhalten dieser Frau wäre darauf ausgerichtet. Vielleicht wartete morgen gar kein Termin, wie Ulrich sich ihn vorstellte, sondern eine andere Figur. Und Ulrich hatte ihr auch noch zehn weitere an dem Tag gewünscht. Nein, das führte zu weit. Das kann nicht sein. Sie aß den Kuchen. Und wie sie ihn aß. Aber vielleicht hatte sie so etwas schon oft erlebt und war geübt im Kuchenessen? Vielleicht war sie eine begnadete Schauspielerin? »Nein, das führt zu weit«, brachte sich Ulrich lautstark zur Räson, »und im Übrigen sind wir alle jederzeit Schauspieler. Es wird Zeit, dass das Schauspiel ein Ende hat.« Die Wahrheit war, dass sowohl diese Tür, als auch die Tür zum Schlafzimmer von ihr geschlossen wurden. Die Wahrheit war, dass sie früh aufstehen musste. Die Wahrheit war, dass sie fürchtete, nicht schlafen zu können, wenn sie beide in einem Bett lagen, weil sie sich immerzu anfassen und küssen wollten. Nichts anderes wurde gesagt. Nichts anderes. Und nun sollte auch Ulrich zu Bett gehen, wenn er früh genug wach sein wollte, um ihr ein Frühstück zu machen. Er stand auf, ließ die Rollladen herunter, entzündete eine Kerze und zog sich aus. Neben der Couch kramte er eine Decke hervor und legte sich ein paar Kissen zurecht, ehe er leise die Tür öffnete und ins Badezimmer ging, sich Hände, Gesicht, Kopf und Achseln zu waschen, bevor er die Zähne putzte. Eine zweite Zahnbürste prangte im Becher. »Sie hat also den Haushaltsschrank entdeckt«, brabbelte er Zahnpasta spuckend seinem Spiegelbild entgegen. »Es ist gut«, schloss er Bizeps, Brust- und Bauchmuskeln anspannend. Bevor er das Wohnzimmer betrat, warf er noch einen Blick auf ihr Schlafzimmer und es kam ihm so vor, als schaute sie durchs Schlüsselloch. Er machte einen Schritt darauf zu, kehrte dann jedoch um. Ein leises Kichern drang an sein Ohr. Nochmals machte er kehrt, bis zwei Schritte vor das Schlafzimmer, die Hand schon ausgestreckt, formte dann aber eine Faust und drehte ab. Wieder glaubte er, ein Kichern zu hören und schloss hinter sich die Wohnzimmertür. Wenn sie tatsächlich durch das Schlüsselloch spionierte, wäre sie doch heraus gestürmt, als sie ihn fortgehen sah. Oder aber sie spielte nur mit ihm. Das wollte Ulrich am Morgen herausfinden. Er zog das Laken über seinen Leib und starrte an die Decke. »Morgen werden wir es sehen. Morgen.«

Ulrich lag sehr lange wach. Zwar nickte er manchmal ein, doch wachte er stets ein paar Minuten später wieder auf. Wälzte sich. Dachte an sie. Dachte, was er tun sollte. Er setzte einen Fuß auf den Boden, hob ihn wieder auf die Couch. Setzte einen Fuß auf den Boden, setzte den zweiten daneben, richtete sich auf – legte sich wieder hin. Immer wieder. Er drehte sich von rechts nach links. Schaute zur Tür, schaute zur Rücklehne der Couch. Schaute an die Decke, schaute auf den Boden. Nickte ein, wachte auf. Es war eine aufreibende Nacht. Nur durch zwei Türen war er von dieser

Frau getrennt. Zwei Türen, die sie selber schloss. »Die Balkontür«, schnellte er auf. Tatsächlich hatte sie diese offen gelassen. Warum nur? Nur der frischen Luft wegen? »Das ist mein Hintertürchen«, stand Ulrich nun kerzengerade im Zimmer, »ja, mein Hintertürchen. Da hab ich´s doch. Die Spielerin hat den doppelten Boden eingezogen.« Ulrich öffnete leise die Tür und schlich zur Wohnungstür. Als er sie hinter sich zuzog und den Treppenabsatz herunter eilte, um in den Hof zu gelangen, bemerkte er, dass er immer noch nackt war und stutzte kurz. Aber was hätte er jetzt noch machen sollen. Schließlich hatte er die Wohnungstür hinter sich geschlossen. Nur noch klingeln hätte er können. Aber damit wäre wohl auch das Hintertürchen zu. Er ging durch den dunklen Gang in den Hof, welcher allerdings vom Mond hell erleuchtet war. Was dachten wohl die Nachbarn? Ein verrückter Irrer schlich nachts durch den Innenhof eines Mehrparteienhauses und versuchte, auf den Balkon des Hochparterres zu gelangen. Es musste ein Schauspiel gewesen sein. Als Beobachter hätte man wohl am allerwenigsten die Polizei gerufen, sondern eher Familie und Freunde aufgeweckt, eine Flasche Wein geöffnet und mit Knabbereien in der Hand zugesehen. Er hielt sich am Balkongeländer fest, stellte sich auf die Zehenspitzen und schaute zur Tür. Tatsächlich: Die Rollladen waren hochgezogen und sie war immer noch offen. Glücklicherweise. Er sah die Waden der Frau bis hinauf zur Kniekehle. Ein Laken bedeckte sie nur dürftig. »Sie ist so schön«, flüsterte Ulrich und bemerkte, dass sie sich plötzlich umdrehte und ihm nun die Knie entgegensahen. Schlief sie? Oder hatte sie alles gehört und spielte? Ulrich zog den Kopf ein. Sie sollte ihn noch nicht sehen. Vor allen Dingen sollte sie ihn nicht so sehen. Andererseits war es aber auch völlig egal: Wenn sie nicht schlief, hatte sie ihn gehört und wusste, dass er dort draußen war und versuchte, den Balkon zu erklimmen. Trotzdem sollte sie ihn nicht sehen. Denn wenn sie ihn nicht sah, konnte sie nicht völlig sicher sein, dass er es war, der hier draußen herumturnte. Es hätte auch sonst wer sein können. Zugegeben, diese Möglichkeit war äußerst gering, aber – so sagte sich Ulrich – sie bestand. »Eine Spur Ungewissheit tut ihr ganz gut«, flüsterte er und schlug sich sofort die Hände vor den Mund. Warum flüsterte er sich zu? Spätestens hier war auch die Spur Ungewissheit verflogen. Wenigstens war sie dann amüsiert. Ulrich streckte wieder leicht den Kopf über die Brüstung und schielte hinein. Ihr linkes Bein lag unten, angewinkelt. Das rechte vorgeschoben und ebenfalls angewinkelt darüber. Ihr rechter Unterarm und ihr Ellenbogen waren ebenfalls zu sehen. Ulrich lächelte – und blieb stehen. Regungslos. Spätestens jetzt mussten auch die Nachbarn der gegenüberliegenden Häuserzeile ihren Spaß gehabt haben, prangte ihnen doch mit gestrecktem Körper ein blanker Hintern im Mondlicht entgegen. Er ging runter, schüttelte sich und streckte sich wieder empor. Die Zehen noch stärker in Mitleidenschaft gezogen. Wie sollte er nur leise auf den Balkon gelangen? Ulrich tapste durch den Hof. Er suchte irgendetwas, um ihn leichter zu erklimmen. Eine Trittfläche. Er hätte sich auch einfach hochwuchten können, doch war die Außenverkleidung des Balkons lose und hätte großen Krach gemacht, wenn Ulrich gegen sie gestoßen wäre. So hätte er die Frau in seinem Schlafzimmer höchstens erschreckt, vielleicht amüsiert – aber keinesfalls heldenhaft überrascht. Sein Blick fiel auf die Mülltonnen. Doch kopfschüttelnd ließ er davon ab. Heldenhaft, aber unangenehm. Fast flehend blickte er zum Mond und zuckte mit den Schultern. Als suchte er um Rat, sah er die gegenüberliegenden Balkone an. Vielleicht war dort gerade ein Nachbar, der seine Situation erkannt hatte und ihm mit irgendetwas aushalf. Doch niemand war zu sehen. Womit hätte man ihm auch schon aushelfen können? Mit einer Hose vielleicht?! Im Hof fand sich nichts außer einem aussortierten Lattenrost, welchen er vielleicht als Leiter benutzen konnte. Aber dafür hätte er zu viele Lamellen ausbauen müssen, um einen sicheren Tritt zu haben. Es musste anders gehen. Er durchstöberte die offenen Garagen. In einer Ecke, abgedeckt und mit allerhand Zeug beladen, stand eine Bank. Die Höhe würde reichen, um ohne großen Krach mit einem mittleren Satz auf den Balkon zu gelangen. Er erinnerte sich, dass die Bank oft bei gemeinsamen Grillfesten im Hof benutzt wurde. Doch das letzte Grillfest war schon länger her. Ulrich hoffte, dass sie inzwischen nicht kaputt war. Einzelne Bretter, Tücher und Kohle lagen darauf. Behutsam und leise räumte er sie ab und stellte die Sachen in eine Ecke. Die Bank war in tadellosem Zustand. Jetzt musste er sie nur noch geräuschlos an dem ganzen Kram, der hier rumstand, und den vielen Fahrrädern vorbeibefördern. Und dann – ja,

dann wäre er mit einem Satz auf dem Balkon und bei
der Frau. Bei der Spielerin. Er hob die Bank über seinen Kopf und schlängelte sich durch die Garage, wobei er gegen ein Fahrrad stieß, das er – im Umfallen
begriffen – gerade noch auffing, nur um dabei ein weiteres hinter sich ins Schwanken zu bringen, welches er
aber ebenfalls vor dem Umfallen bewahrte. Er pustete
durch. Ganz vorsichtig setzte er nun Fuß vor Fuß. Ein
moderner Atlas stand in der Mitte des Hofes: Nackt,
mit einer Bank über den Kopf gehoben, strahlte das
Mondlicht auf ihn herab. Dafür konnte man Eintritt
verlangen. Damit konnte man Künstler inspirieren.
Dadurch konnte man am Lachen ersticken. Ulrich
hielt kurz inne. Als genoss er diesen Moment. Er blickte zum Mond und nickte. Die Bank in die Höhe stem-
mend. Zweimal. Dreimal. Viermal. Und lächelte zum
Mond. Er stellte die Bank vor die Ecke des Balkons
und stieg darauf. Die Hände umfassten die Brüstung
und er ging in die Hocke. Er holte Schwung und kurz
bevor er den Satz machen wollte – stoppte er. Ulrich
lugte über die Brüstung und prüfte, ob ein sicherer
Satz möglich war. »Puh«, atmete er aus, stieg von der
Bank und stellte sie an eine andere Stelle. Dieser Satz
hätte mitten in den Blumentöpfen geendet. Wenig heldenhaft. Ulrich probierte es ein zweites Mal. Wieder
umgriffen die Hände die Brüstung, wieder ging er in
die Hocke, wieder holte er Schwung und diesmal
sprang er. Sehr leise setzte er auf und atmete erst einmal durch. Er schlich zur Tür und linste hinein. Ihre
Kleidung lag auf dem Sessel. Über der Lehne hing der
BH. Darunter ihr Höschen. Ulrich wandte sich um

und drückte sich mit dem Rücken an die Wand. Den Blick zum Mond. Überwältigt. Lächelnd. Er schüttelte den Kopf und nickte dabei. So als konnte er nicht fassen, was er sah und fasste es doch. Abermals linste er hinein. Den Hals weiter vorgestreckt wagte er sich um die Ecke. Um nicht umzufallen, stützte er einen Arm an den gegenüberliegenden Türrahmen: Da lag die Frau. In seinem Bett. Die Brust halb zugedeckt, der Bauchnabel frei. Das Gesicht sanft ruhend. Die Augen geschlossen. Das Laken nur über eine Schulter geworfen, den Rücken und Po bedeckt. Ruhig atmend. Ulrich blieb in der Tür stehen und schaute. Er hielt den Kopf schräg und schüttelte ihn. Zwar hatte er solch einen Anblick vielleicht erhofft, gerechnet hatte er damit aber nicht. Zu schön lag sie da. Er setzte einen Fuß ins Zimmer hinein, wobei die Diele knarzte. Die Frau gab ein Geräusch von sich und drehte sich um. Ulrich sah auf den runden Po, ehe sich das Laken über ihn legte. Nur die Schultern lagen noch frei. Er legte den Kopf in den Nacken und starrte kopfschüttelnd an die Decke. Schlief sie? Oder spielte sie mit ihm? Spielte sie vorher mit ihm und war dann eingeschlafen? Ulrich wusste es nicht. Ulrich wusste nichts. Ulrich wusste nur, dass die schönste und tollste Frau, die er je getroffen hatte, obwohl sie nun nackt in seinem Bett lag, ihm vor einiger Zeit eine gute Nacht gewünscht hatte und zwei Türen hinter sich geschlossen hatte, ehe sie sich hierhin gelegt und zuvor in Ulrichs Beisein die Balkontür geöffnet hatte, weshalb Ulrich nun nackt durch den Hof gejagt war, den Balkon erklommen hatte und nun hier wie angewurzelt in seinem Schlafzimmer stand und auf das Bett stierte, in dem genau diese Frau lag. Er machte einen weiteren Schritt. Wieder knarzte eine Diele. Diesmal blieb die Frau ruhig. Ulrich griff sich ins Gesicht, streichelte sein Kinn und schüttelte den Kopf. Überhaupt schüttelte er nun beinahe pausenlos seinen Kopf. Sei es aus Überwältigung, sei es aus Fassungslosigkeit, sei es aus Hadern. Er schüttelte den Kopf. Er machte einen weiteren Schritt. Und noch einen. Immer näher an das Bett. Er stützte sich auf und näherte sich ihr von hinten. Zweifellos, sie schlief. Hatte sie überhaupt damit gerechnet, dass er kommt? Oder wollte sie einfach nur etwas frische Luft? Sie konnte doch nicht wirklich davon ausgehen, dass Ulrich durch den Hof tigerte und über den Balkon zu ihr ins Schlafzimmer stieg. Das war doch völlig absurd. Oder? Aber zu absurd auch wiederum nicht, schließlich hatte Ulrich es getan. Und die beiden verstanden sich auffällig gut. Warum denn dann nicht auch hier? Schlief sie wirklich? Ulrich atmete ihren Duft ein und grub seine Nase in ihr Haar. Er drückte seine Lippen auf ihre Schulter. Sie zuckte ein wenig und seufzte leicht. Allerdings kein gewöhnliches Seufzen, eher etwas abwesend. Träumte sie? War Ulrich dabei, sich in ihren Traum zu stehlen? Er schlich um das Bett, sie von vorne zu sehen. Die Augen waren geschlossen, der Mund leicht geöffnet. Eine Hand unter dem Kissen, die andere lugte unter dem Laken in Höhe des Bauchs hervor. Er beugte sich vor sie und betrachtete ihr Gesicht. Die Lider zuckten. Kein Zweifel: sie träumte. Er fuhr mit dem Zeigefinger sanft über ihre Hand. Leichtes Zucken war die Antwort, so dass Ulrich seine Hand wegzog. Er wollte sie nicht wecken. Sie sollte schlafen. Aber dennoch wollte er sie berühren. Er strich ihr eine Locke hinter das Ohr, streichelte zart die Nase und küsste ihre Hand, bevor er sich erhob. – Ulrich drehte sich noch einmal um, ehe er die Schlafzimmertür hinter sich leise zuzog.

Nun stand Ulrich mitten im Flur. Die Hände in die Seiten gestützt, den Kopf leicht im Nacken und atmete aus. Er grinste, als er sich im Spiegel gewahr wurde und schüttelte den Kopf. Schließlich war er gerade nackt durch den Hof geturnt und über den Balkon in sein Schlafzimmer eingedrungen. Völlig nackt. Die Füße waren nun dreckig und Ulrich, vor dem Spiegel stehend, spielte mit seinen Zehen. Ließ sie in die Höhe und nach unten zappeln. Ein Zehentheater. Döppdöppdödölölölöppdöppdölöpp. Döppdöppdödölölölöppdöppdölöpp. Döpp-dölölöpp. Döpp-dölöpp. Döppdöppdödölölölöppdöppdölöpp. Er ging dabei sogar leicht in die Knie und schwang die Hüfte, wobei die Schultern mit nach vorne schnellten. Unvermittelt stoppte er, ging ins Badezimmer, drehte das Wasser auf und wusch sich die Füße. Das hatte er sich nun verdient: lauwarmes Wasser an den Füßen, inklusive Massage. Er schloss die Wohnzimmertür und stand da. Stand einfach nur da. Nichts weiter. Zu viele Gedanken schwirrten durch seinen Kopf, als dass er einem davon hätte folgen können. Waren seine Füße sauber genug? Hatte ihnen das Zehentheater gefallen? Schlief die Frau noch? Warum schlief sie? War er gerade wirklich durch das Schlafzimmer getigert? Nackt? Hatten ihn die Nachbarn gesehen? Hatte sie etwas bemerkt? Wenn ja, wie sollte er es erklären? Wenn nein, hätte sie etwas bemerken sollen? Müsste er es ihr nicht sagen? Wie würde der morgige Tag werden? Was würde er zum Frühstück machen? Was würde sie mögen? Wie lange dauerten ihre Termine? Wann sähen sie sich wieder? Was würde sie morgens zu ihm sagen? Wie würden wohl die Temperaturen sein? War der Mond wirklich so hell? Wann war Ulrich das letzte Mal laufen gewesen? War er gut in Form? Wollte die Frau überhaupt jemanden in guter Form? Oder war ihr das alles egal? Wollte sie nur Ulrich? Warum wollte sie Ulrich? Warum stellte er sich diese Frage? Warum diese ganzen Fragen? Hatte da gerade eine Katze gejault? Sollte er doch noch einmal ins Schlafzimmer zurückkehren? »Genug jetzt«, ermahnte er sich, gab sich eine leichte Ohrfeige, schüttelte sich und setzte sich auf die Couch. Zusammengesunken. Nach ein paar Minuten griff er zu einem Buch und begann zu lesen: »Die Weite des Tals erstreckte sich über den ganzen Horizont. Hier könnte die Herde für längere Zeit weiden. Noch nie hatten sie so viel saftige Fläche gesehen. Grünes Weideland. Ein Fluss mit mehreren kleinen Ausläufern. Und erst in sehr weiter Ferne, ganz hinten, kaum zu erkennen, waren die Berge zu sehen. So klein, dass sie sich nur wenig vom Horizont abhoben. Ein Wald war in der Nähe. Holz gab es also genug. Hier würde man wohnen.« Ulrich lachte kurz auf, »ja, hier würde man wohnen. Es ist doch alles grün«, legte er das Buch beiseite und streckte sich aus. »Es ist alles grün«, schob er den Arm unter seinen Kopf und schloss die Augen. Langsam schlummerte er ein.

Es war noch Nacht, als er erwachte, auch wenn es schon ein wenig zu dämmern begonnen hatte. Er konnte nicht anders, er musste zu ihr. Sie ließ ihn nicht los. Sie würde es verstehen. Immerhin hatte er so lange widerstanden, doch nun ging es nicht mehr. Er musste zu ihr. Ulrich sprang auf, richtete sich die Haare, nahm einen Schluck Wasser, spülte den Mund um und ging zur Tür. Die Klinke in der Hand schaute er ein letztes Mal zum Fenster, als fragte er danach, ob er sollte. Ein »Ja!« deutete zum Aufbruch. Ruckartig öffnete er die Tür und trat in den Flur hinaus, um dort überrumpelt stehen zu bleiben. Vor ihm, an der anderen Seite des Flures, stand die Frau, die Schlafzimmertür noch in der Hand. »Was … was machst Du?«, stammelte Ulrich. »Ich will zu Dir«, tippte sie mit dem Fuß auf den Boden. »Du bist nackt«, sagte sie. »Du doch auch«, stellte er fest. »Nachts bin ich immer nackt«, lächelte sie. »Und was machst Du?« »Ich … ich will zu Dir. Ich will doch nur zu Dir«, gestand Ulrich. Sie streckte ihre Arme aus und ging auf Ulrich zu, der sich daraufhin nicht bitten ließ, sondern im Gegenteil hastig auf sie zustürmte, sie umarmte und küsste. Sie drückte ihn an sich. Dort standen sie also. Mitten im Flur. Nackt. Und hatten sich gesagt, dass sie zueinander wollten. Hielten sich fest. Küssten sich. Umarmten sich. Drückten sich immer wieder fest aneinander. Streichelten sich. »Lass Dich ansehen«, sagte Ulrich und wich – ihre Hände haltend – ein Stück zurück. »So … schön«, stotterte er. »Genau wie Du«, entgegnete sie und küsste seine Brust. »Komm«, nahm sie ihn und zog ihn ins Schlafzimmer, direkt aufs Bett. »Ich … ich … ich war eben schon einmal hier«, gestand Ulrich verlegen. »Und ich dachte, es war nur ein Traum«, küsste sie seine Nase, »halt mich.« »Ja«, antwortete Ulrich. Ganz eng beieinander lagen sie und hielten sich. Ihr Kopf an seiner Brust, die sie immer wieder sanft küsste. Die Arme quer und fest über den Rücken des jeweils anderen. Sein Kopf auf ihrem. »Den Rest der Nacht halten wir uns. So eng es nur geht.« »So eng es nur geht«, stimmte Ulrich zu. Seine Erektion drückte an ihren Unterleib. Und sie drückte dagegen. Lachte kurz und küsste ihn. »In mir ist volles Glück«, sagte er. »Ich weiß. In mir auch. Pssst«, antwortete sie und schob ihren linken Schenkel zwischen seine. Seine Hoden ruhten auf ihrem Oberschenkel. Sein rechtes Bein umklammerte das ihre. »So will ich schlafen«, flüsterte sie. »Ich auch. Jede Nacht«, drückte er seinen Mund auf ihre Stirn und legte einen Arm um ihre Taille. »Jede Nacht«, bestätigte sie und hielt sein Gesicht. – Lächelnd schliefen sie.

Als Ulrich die Augen öffnete, sah sie ihn bereits an und drückte ihm sogleich, noch ehe er richtig wach war und bevor er ein erstes Gähnen loslassen konnte, das daran gemahnte, wie müde er eigentlich noch war, einen Kuss auf den Mund. Ulrich lächelte, sie strahlte. »Guten Morgen.« Er erwiderte es mit einem Kuss und umarmte sie noch inniger. »Schluss jetzt«, sagte sie, »ich habe Termine« und schwang sich aus dem Bett, von wo Ulrich ihr zunächst noch hinterher sah, dann aber ebenfalls einen Satz machte und ihr von hinten über die Schultern und den Rücken strich, woraufhin sie sich umdrehte, ein Küsschen gab und sich Hüfte schwingend ins Badezimmer aufmachte. Ulrich trottete hinter ihr her und – sie mit einem zartfesten Klaps auf den Hintern dorthin verabschiedend – bog ihr nachpfeifend in die Küche ein. Sofort setzte er Kaffee auf und wollte das Frühstück zubereiten, als er bemerkte, dass es keine große Auswahl geben würde. Nur noch ein kleines Stück Speck war da und die Eier hatte er schon für den Kuchen verwandt. Die Pfanne konnte er also getrost wieder wegstellen. Immerhin waren noch Tomaten und Gurke da. Auch wenn es nur zwei ältere Tomaten und ein Gurkenrest war. Aber immerhin. Er schnitt beides in feine Streifen, die er säuberlich und mit Salz und Pfeffer gewürzt auf einem Teller anrichtete. Dazu schnitt er einige Scheiben Käse ab. Davon hatte er glücklicherweise genug. Er hörte, wie im Badezimmer das Wasser an- und abgedreht wurde. Zu gerne wäre er ebenfalls hinein gehuscht und stünde mit ihr unter der Dusche, doch an diesem Morgen war das nicht möglich. »Aber morgen«, sagte sich Ulrich, »warum nicht morgen?«. Die Frau begann unter der Dusche zu pfeifen und sogar ein wenig zu singen, was Ulrich mehr als nur amüsierte, wollte er doch ins Pfeifen und Singen mit einsteigen, was ihm aber immer nur für ein oder zwei Töne gelang, da er weder Melodie noch Text kannte. Sei´s drum, er versuchte es dennoch. Ob sie es wohl hörte? Jedenfalls lachte sie ein paar Mal auf. Wahrscheinlich hörte sie es. Vielleicht lachte sie aber auch über ganz andere Dinge. Ulrich würde sie fragen müssen, um das zu erfahren. Aber war es denn wirklich so wichtig? Wäre eine Frage hier nicht völlig unnötig? Sie lachte doch, und er lachte. Was sollte es noch Schöneres geben? Der Kaffee war fertig und Ulrich stellte Tassen bereit. Kaffee, Tomaten, Gurke, Käse. Brot wäre nun auch nicht schlecht. Er schnitt einige dünne und mittlere Scheiben ab, wusste er doch nicht, wie sie es am liebsten hatte, und drapierte sie auf einem anderen Teller mitten auf dem Tisch, direkt neben die Tomaten-, Gurken-, Käseplatte. Butter dazu, die Tassen davor, den Kaffee daneben. In zwei Gläser füllte er noch etwas Orangensaft. »Etwas Süßes«, sprach er zu sich, »etwas Süßes fehlt noch.« »Meinst Du mich? Ich bin ja jetzt da«, sagte sie, eine Hand am Türrahmen, die andere in die Hüfte gestemmt und zog die Augenbraue hoch. Ulrich lachte, »ja, Du bist jetzt da«, näherte sich ihr, umarmte sie, formte einen großen Kussmund und – und sie entzog sich, schlängelte sich an ihm vorbei, ließ ihn einfach stehen und gab ihm im Vorübergehen ihrerseits einen Klaps auf den Po, bevor sie sich niederließ. »Komm, ich hab Hunger.« »Ich auch, das kannst Du mir glauben«, sah Ulrich sie mit großen Augen an und spielte leicht mit der Zunge an seiner Unterlippe. »Du wirst Dich noch satt essen«, grinste sie und griff zur Kaffeekanne, ihm und sich selbst einzuschenken. »Es ist gut«, sagte sie nach dem ersten Schluck. »Ja, ist es«, erwiderte Ulrich, während sie seine Hand streichelte. Sie nahm eine Scheibe mittlerer Dicke und verteilte großzügig Butter darauf, ehe sie Gurken, Käse und darüber Tomaten schichtete und hineinbiss: »Lecker.« Ulrich kramte im Regal nach Marmelade und Honig. Die Frau biss und lächelte und trank und lächelte und sagte, wie lecker es sei und lächelte. Ulrich aß gar nichts. Er sah sie nur an, trank ein wenig Saft und Kaffee und kaute an einem winzigen Stück Käse. Immer wieder spielte er mit seinen Fingern an ihren, wenn sie die Kaffeetasse auf dem Tisch umklammerte, was sie mit Augenaufschlag und breiterem Lächeln erwiderte.

Zudem streckte sie ihr Bein aus und legte es unter dem Tisch auf seines, so dass er ohnehin nicht umhin kam, eine Hand anstatt aufs Essen darauf zu verwenden, ihr den Fuß und die Wade zu streicheln, was deutlich mehr Spaß machte, als ein Brot zu schmieren. Manchmal fuhr er mit den Fingern in die Zwischenräume ihrer Zehen, was sie zum einen störte, zum anderen aber auch wohl stimmte, zog sie doch den Fuß immer nur kurz weg und streckte ihn sogleich wieder bereitwillig entgegen. Wäre keine Tischplatte im Weg, hätte Ulrich wohl ihre Zehen gegessen, so versessen war er auf sie. Sie schmierte sich eine weitere Scheibe. Diesmal bestrich sie eine Hälfte mit Marmelade, die andere mit Honig, hielt beide in die Höhe und führte ein Streitgespräch mit ihnen, welche sie denn als erstes vertilgen solle, war es doch so schwierig für sie, sich zu entscheiden. Die Honighälfte gewann – was zur Folge hatte, dass die Frau die Marmeladenseite Ulrich zum Mund führte und ihn abbeißen ließ, bevor sie selbst in diese biss und Ulrich die Honighälfte, ohne näher auf seine Reaktion zu warten, fast schon in den Mund stopfte. Er musste heftig kauen. Als ihr Blick auf die Uhr fiel, wurde sie hastig. Sie kaute zu Ende, spülte mit Kaffee nach und sprang auf: »Es wird Zeit.« »Ich helfe Dir beim Anziehen«, sagte Ulrich, wobei die aufgesetzte Galanterie an dieser Stelle nicht hätte bescheuerter wirken können, weshalb sie es ihm mit einem Lachen vergalt, jedoch nicht ohne auf sein Angebot zurückzukommen, ihn an der Hand zu nehmen und ins Schlafzimmer zu eilen. Sie bückte sich, ihr Höschen anzuziehen, während Ulrich bereits von hinten den BH um sie legte und zuknöpfte, so dass sie nur noch die Träger hochzulegen brauchte. Ein kurzes Umdrehen und ein Kuss waren der Dank. Abgesehen von dem schönen Anblick, den er sowieso genoss. Den Rest machte sie alleine, Ulrich hielt nur ihre Schuhe bereit, kniete sich nieder und zog sie ihr an. »Ich muss jetzt los. Bis später«, verabschiedete sie sich, ein letzter Kuss, und verschwand durch die Tür. Ulrich blickte dorthin.

Er legte sich auf das Bett, sah nach oben und lachte. Ein paar Minuten drehte er sich noch um und blieb liegen, genoss die zurückliegenden Stunden. Mittlerweile war es draußen schon so hell geworden, dass man ihn problemlos nackt auf dem Bett hätte liegen sehen können, weshalb er sich dazu entschied, eine Hose überzuwerfen. Schließlich wollte er den Nachbarn auch nicht zu viel bieten. »Ich sollte einkaufen«, sagte er sich, als er die Küche aufräumte, »ist doch kaum noch was da.« Er wusch sich, zog sich an und suchte nach einem Beutel, denn es war Markt.

Auf dem Platz herrschte mittleres Treiben. Die Besucher standen sich nicht auf den Füßen und hatten keine Mühe, die Waren der verschiedenen Händler zu sichten, die allerdings ihrerseits dicht gedrängt aufeinander ihre Stände errichtet hatten. Der Ton war freundlich. Nur selten priesen die Händler, von denen viele eine Zigarette im Mundwinkel hängen hatten, lautstark ihre Waren an, meist klärten sie alles in einem gefälligen Gespräch. Familiäre, vertraute Atmosphäre. Gemüse, Obst und Gewürze wechselten sich an den Ständen mit Kleidung ab. Dazu Schuhe, Haushaltswaren, Stoffe und Tücher von guter Qualität, wie

Ulrich befühlte. Die Schilder wiesen dennoch niedrige Preise aus und ein Verhandeln fand erst gar nicht statt, da alles bereits für die Besucher und möglichen Käufer zu deren besten Nutzen ausgewiesen war. Was sollte man da noch verhandeln? Eher hätte man sich wohl geschämt, hier ein Feilschen zu beginnen. Ulrich dachte, dass es vielleicht besser sei, einfach einen höheren Preis zu bezahlen als den ausgewiesenen. Bei manchen Sachen war es wirklich angebracht. Gerade die Stoffe verdienten einen weitaus höheren Betrag. Viele Händler waren weit gereist, stammten aus dem Süden, einige aus dem Norden. Sicher, sie waren nicht erst heute hier angereist, um ihre Waren anzubieten und es kam auch nicht mehr vor, dass es irgendwo eine große Anzahl fahrender Händler gab, aber dennoch waren die Händler vor vielen Jahren einen langen Weg gereist, bis sie endlich hier angekommen waren. Vielleicht reisten sie auch noch weiter. Vielleicht gefiel es ihnen hier gar nicht so gut. Vielleicht war es ihnen auch egal, wo sie sich aufhielten, solange sie nur genug ihrer Waren verkauften, um dann wieder neue zu beziehen. Vielleicht konnten sie sich auch schon gar nicht mehr an eine lange Reise erinnern, sondern es waren ihre Eltern, vielleicht sogar ihre Großeltern, die diese Reise unternommen hatten. Es konnte doch sein, dass sie überhaupt niemals weit gereist waren. Dass sie in unmittelbarer Nähe dieses Marktplatzes ihr Quartier hatten und immer nur zwischen Quartier, wohin womöglich auch der Nachschub der Ware geliefert wurde, und Marktplatz hin und her wanderten, ohne jemals ihren Stadtteil zu verlassen. Ohne sich jemals weiter als drei Straßenzüge von ihrem Quartier fortzubewegen. Dennoch sah man ihnen eine Reise an. Ulrich zumindest glaubte, diese zu erkennen. Er schlenderte umher, bestaunte die Ware, beobachtete die Händler. Beobachtete, wie sie freundlich lächelten, ein paar Worte wechselten, an ihren Zigaretten zogen, dass die Asche von alleine abfiel, auf Ware deuteten, diese einpackten und den Käufern entgegenstreckten, das Geld – meist waren es Münzen – entgegennahmen, wobei sie oft auf das Nachzählen verzichteten, wenn ein Käufer sagte, dass es stimme, und wie sie es dann sorgsam in ihre Bauchtaschen hinein gleiten ließen und immer nur wenige Münzen in ihre Hosentaschen steckten, um bei anderen Käufern sofort ein wenig Wechselgeld bereit zu haben. Er beobachtete, wie sie nach dem getätigten Geschäft noch freundlicher lächelten und wenn der Käufer gegangen war, sich gegenseitig zufrieden zunickten.

Die Besucher um Ulrich herum waren meist mittleren oder schon fortgeschrittenen Alters. Die Männer oft bärtig und mit Hut versehen, die Frauen toupiert, hatten Tücher umgeworfen und rochen nach Parfüm. Die Männer waren meist allein unterwegs, die Frauen hingegen bewegten sich nicht selten zu zweit und unterhielten sich dabei. Wenn sie sich an einem Stand trennten, kam es oft vor, dass die eine der anderen etwas zurief und ein wenig Ware in die Höhe hielt, die andere darauf aufmerksam zu machen, dass es hier bei ihr gerade etwas Interessantes gebe, welches sie doch auch noch begutachten solle. Manchmal lachten sie miteinander. Vor allem wenn die eine die andere darauf hinwies, dass eine ganz bestimmte Sache doch hervorragend zu ihrem Interieur passe oder dass es ihr besonders gut stehe. Oftmals winkten sie der anderen dann ab, scherzten mit dem Händler und besahen wieder dessen Ware. Manchmal kam es aber auch vor, dass die eine dann völlig aufgeregt zur anderen hinüberlief und tatsächlich die ihr entgegen gehaltene Ware nicht nur begutachtete, sondern auch kaufte, was im Allgemeinen lachend von beiden kommentiert wurde, so dass auch der Händler wenige Male nicht umhin kam, kostenlos noch eine Kleinigkeit dazu zu geben. Auch wenn es sich hierbei oftmals um Dinge handelte, die nicht direkt in der Auslage zu finden waren. Vielleicht waren es Dinge, die sein Lager verstopften und die er deshalb loszuwerden nicht wirklich bedauerte, zumal sie auf diese Art noch eine Freude bereiteten.

Ulrich schritt weiter die Stände ab und interessierte sich für die Gewürze, von denen es eine Vielzahl gab, die er noch gar nicht kannte, bei denen er sich teilweise überhaupt nicht vorstellen konnte, wozu man sie verwandte. Sie waren alle in handliche Gläschen abgefüllt und schillerten in den verschiedensten Farben. Ulrich kaufte schließlich Chili-Salz – zum einen weil er das Scharfe mochte, zum anderen weil er beide Zutaten kannte und bei seinem Kochen reichhaltig Verwendung dafür fand. Er kramte den ausgewiesenen Preis von 1,50 passend aus seinem Portemonnaie und hielt ihn dem Händler entgegen, der sich ganz langsam von der anderen Seite seines Standes, wo er gerade noch mit einer Besucherin im Gespräch war, zu Ulrich auf den Weg machte und das Geld mit einem genauen

Blick, als es noch in Ulrichs Hand lag, besah, so dass er
es nun ohne Umschweife in seine Hosentasche gleiten
ließ und freundlich nickte. Um Ulrich herum schien
niemand Eile zu haben; ganz gemächlich flanierten
die Menschen durch die von den Ständen gebildeten
Gassen und unterhielten sich mit den Händlern. Ein
freundliches Wort hier, ein lächelnder Blick da. An den
Außenrändern des Marktbereichs waren die auf Küh-
lung angewiesenen Stände platziert. Vielleicht hatte es
auch hygienische Vorteile, dass diese Stände dort auf-
gebaut waren, da sich gewohnheitsgemäß nicht so viele Besucher gleichzeitig im äußeren Ring aufhielten.
Die Mitte war doch noch immer am anziehendsten.
An einem Fischstand ging Ulrich noch vorüber, aber
bei einem Metzger, der frisches Fleisch anbot, stoppte
er, inspizierte das Sortiment und orderte etwas Schinken. Dazu zwei schöne Stücke Rindersteak, die er doch
am Abend für sich und die Frau braten könnte. Und
zuvor könnte er den Schinken mit Oliven, oder besser
noch mit Datteln, reichen. Es würde so lecker werden.
Dazu ein paar Bratkartoffeln oder Gratin und etwas
Salat. Tomaten, Paprika, Blattsalat, Zwiebeln. Von der
Vorstellung angeregt zog er durch die weiteren Gassen
und ließ sich den Beutel mit Gemüse, Salat und Obst
füllen. Als Nachspeise könnte er doch einen fruchtigen
Obstsalat machen. Ulrich strahlte. Was würde er nicht
alles für die Frau kochen?! Mit einer Schürze umgebunden – vielleicht einer kleinen Kochmütze, die er
noch irgendwo besorgen müsste – stünde er vor ihr in
der Küche und bereitete alles zu, während sie bei Ker-
zenschein und angenehmer Musik einfach nur da saß,

guten Wein trank und Ulrich zusah. Jeden Wunsch würde er ihr erfüllen, sobald sie ihn geäußert hätte. Erraten konnte er ihre Wünsche ja nicht, sie musste sie schon äußern. Aber nachdem sie das getan hätte, würde Ulrich nichts lieber tun, als sie ihr zu erfüllen. Egal, was es auch war, sie musste es nur auch wirklich aufrichtig wollen, dann täte er alles. Pfeifend verließ Ulrich den Markt und schlenderte in die dahinter liegende Straße. Abgeschieden vom Platz und aus dessen Sichtweite, auf dem teilweise umzäunten Grundstück einer Kirche, hing Kleidung an den Ästen, Kartons lagen herum, gefüllte Wägelchen reihten aneinander. Eine Obdachlosenbehausung, deren Mitte eine Feuerstelle bildete. Ulrich ging näher heran, doch es war niemand zu sehen. Dass dieser Flecken bewohnt war, war offensichtlich, doch war in diesem Moment niemand da. Ulrich stand am Zaun und streckte sich hinüber. Auch unter den Kartons oder in den Ecken der Kirchenvorsprünge lag niemand. Er sah sich um und erblickte zwei Cafés, die ihre Außengastronomie so angerichtet hatten, dass die Gäste genau auf diese Obdachlosenbehausung schauten. Doch schien es niemanden zu stören. Lachend schlürften sie ihren Kaffee, lasen in der Zeitung oder unterhielten sich. Den Blick – wenn nicht zueinander gerichtet – dann geradewegs auf diese Behausung. Wer weiß, wie lange es diese Behausung hier schon gab? Wer weiß, wie oft es die gleichen Gäste waren, die hier tagtäglich ihren Kaffee tranken? Wer weiß, wer hier hinter welchem Zaun weidete? Ulrich nahm etwas Obst aus seinem Beutel und legte es auf den Zaun. Er hoffte, dass es nicht herunterfiel und Druckstellen bekam, die schnell zu faulen beginnen konnten, oder dass nicht jemand vorbeikam und es einfach einsteckte. Er schaute noch einmal, ob er nicht doch vielleicht jemanden sähe und verließ die Straße vorbei an den Cafés, deren Gäste ihn ungerührt ansahen. Ulrich schüttelte den Kopf. Auch wenn er nicht recht wusste, worüber. Die Szenerie hatte für ihn irgendetwas Unwirkliches, auf das er weder Antwort noch Reaktion wusste und so schlurfte er mittlerweile mehr als dass er ging. Den Arm ließ er so weit hängen, dass der Beutel fast über den Boden schleifte.

Wieder zuhause angekommen setzte er sich an den Küchentisch. Die Einkäufe breitete er vor sich aus und sah darauf. Er rückte sie hin und her, als wollte er sie ordnen, doch beließ er es nie bei einer Anordnung, sondern rückte sie sofort wieder, wenn er das Ergebnis besah, in eine andere Formation. Den Schinken rückte er neben das Fleisch, die Tomaten daneben. Die Zwiebeln rückte er dazwischen. Die Äpfel teilte er auf, legte sie abwechselnd dazwischen. Irgendwann fegte er alles zusammen und rührte darin, zog einzelne Dinge heraus und rührte weiter. Sah das Ergebnis an, schüttelte den Kopf und fegte wieder alles zusammen. »Eine pürierte Suppe. Das ist es«, sprach er zu sich, »am Ende gehört doch alles zusammen. Am Ende ist es ein Brei.« Sein Kopf fiel auf die Tischplatte und Ulrich blieb liegen. Er musste schon einige Zeit gelegen haben, denn dass es zwischenzeitlich geregnet hatte, hatte er gar nicht bemerkt. Am Horizont war ein Regenbogen. Ulrich lächelte. Bald würde die Frau wiederkommen und er wollte doch für sie kochen. Zuvor würde er aber noch ein wenig aufräumen. Aufräumen wäre immer sehr wichtig, sagte er sich. Da, wo Ordnung herrschte, war für einen selbst wie für andere nicht nur besser zu erkennen, sondern auch besser zu reagieren. »Was aufgeräumt ist, ist bewusst erledigt«, hatte er einmal vor langer Zeit irgendwo gelesen und musste, je öfter er sich damit auseinandersetzte, diesem Satz mehr und mehr recht geben. So wuselte Ulrich also ein wenig durch die Wohnung, bevor er zu kochen begann. Obwohl ihm alles leicht von der Hand ging, brauchte das Kartoffelgratin dennoch Zeit. Die Vorbereitungen nicht einmal, eher die Backzeit. Währenddessen bereitete Ulrich den Schinken mit Datteln und Oliven vor und den Obstsalat zu, bevor er sich ans Fleisch machte. Den Wein hatte er schon ausgesucht und geöffnet und einige Kerzen entzündet.

Als es läutete, schlenderte Ulrich lässig zur Tür, die Schürze noch umgebunden, wollte er doch zeigen, wie gut er sich als Chefkoch machte. Ein letzter Blick in den Spiegel, ein Zuzwinkern zu sich selbst und dann das Öffnen der Türe, wobei er lächelnd in den Flur hinaussah, die Frau, für die er hier alles vorbereitet hatte, zu empfangen. Auch sie trat im lächelnd entgegen. Hastete fast schon den Treppenaufgang hinauf, ihm um den Hals zu fallen. Ein Fassen ins Gesicht, ein Kuss, eine Umarmung besiegelten die Begrüßung. Sogar so stürmisch, dass sie beinahe küssend in den Wohnungsflur fielen, es aber gerade noch schafften, stehen zu bleiben, wenn auch nur deswegen, weil sie gegen die Wand eckten und erst am Spiegel festgedrückt zur Ruhe kamen. So ruhig, wie man sich heftig abschlabbernd, sich beschnuppernd und umklammernd nur sein kann. Lachend lösten sie sich voneinander, ehe ein erstes »Hallo« gesagt wurde, welches sodann erwidert und mit einem weiteren Kuss besiegelt wurde. – Die Wohnungstür stand immer noch offen, so dass es der Nachbarin – als sie den Flur betrat – unmöglich war, das Treiben nicht zu sehen und leicht grinsend an den Türrahmen zu klopfen, nur um einen schönen Abend und viel Spaß zu wünschen, wobei sie darauf hinwies, nun die Türe zu schließen. Sie stehe ja immerhin gerade hier und wie sie sehe, seien die zwei beschäftigt, was auf alle Fälle sehr intensiv und aufreibend aussehe, so dass ihnen wohl kaum Zeit bleibe, sich um eine offene Tür zu kümmern, weshalb sie sie nun dann einfach schließe, nicht jedoch ohne – so müsse sie wohl zugeben – noch einmal durch einen kleinen Spalt zu linsen, weil es doch so toll aussehe, was da passiere und es die Nachbarin wirklich erfreue, zumal sie doch wisse, was Ulrich für ein liebenswürdiger, komischer Kauz sei, der es endlich für sich verdient habe, solche Freuden zu genießen. Aber, so unterstrich die Nachbarin, bei all dem Treiben möge es doch in der Nacht bitte nicht zu laut werden, da sie morgen sehr früh fort müsse. Ein Zwinkern rundete die Bemerkung ab, bei welcher Ulrich und die Frau die ganze Zeit vor sich hin kichernd am Spiegel anlehnten und ab und zu mit den Lippen nach der Wange des anderen haschten, ehe die Nachbarin tatsächlich die Tür zuzog, einen kleinen Spalt jedoch offen ließ. »Hau ab, Du«, lachte Ulrich und trat mit dem Fuß leicht gegen die Tür, dass diese ins Schloss fiel. »Wie schade, wie schade«, hallte es durch den Hausflur, wobei sich die Schritte der Nachbarin entfernten. Ulrich und die Frau aber, standen sich gegenüber und sahen einander an. Die Arme um die Taille des anderen geschlungen, die Beine dicht zusammen. Einzig die Oberkörper waren auseinander gelehnt, dass es zunächst aussah wie eine große Vase, aber dann doch mehr einem Trichter glich. »Du hast ja eine Schürze an«, bemerkte sie, »Du hast gekocht. Jetzt rieche ich es.« »Ja«, sagte Ulrich, »hast Du Hunger?« »Und wie!«, erwiderte sie und zog ihn an der Hand in die Küche, wo sie ein »Schön« folgen ließ, bevor sie Ulrich noch einen Kuss auf die Wange drückte, sich kurz an seine Schulter schmiegte und sich dann auf einem Stuhl niederließ, nach einem Weinglas greifend. Ulrich griff seinerseits nach der Flasche und füllte ihr, die sie ihr Glas ihm entgegenhielt, dieses und schenkte auch sich selbst ein. Die Gläser klirrten: »Santé. Auf uns.« Ein Schluck, ein Griff nach Ulrichs Hand, ein Ziehen dessen über den ganzen Tisch und noch ein Kuss. Welch ein Schauspiel. Ulrich hätte sich daran gewöhnen können. Doch dann stieß sie ihn unter dem Hinweis darauf, dass sie großen Hunger habe, wieder von sich und dass sie nun viele Köstlichkeiten erwarte, was Ulrich ihr gewiss in Aussicht stellte und sogleich nach den Datteln griff. Schnell hatte sie zwei, drei im Mund und kaute vor sich hin, wobei sie immer wieder Laute der Befürwortung und Freude von sich gab. Ulrich sah es mit Entzücken und reichte ständig nach. Auch die Oliven schob er ihr vor die Nase, worüber sie sich ebenfalls hermachte. Er musste lachen und ermahnte sie, noch ein wenig Platz für den Hauptgang zu lassen. Mit einem kräftigen Schluck Wein spülte sie den Mund leer und grinste Ulrich an, wobei sie den Mund öffnete, wohl um zu zeigen, dass nun alles vertilgt sei und sie brav auf das nächste warte. Ulrich schüttelte den Kopf. Lachend. Er zog das Gratin hervor und beobachtete, wie ihre Augen immer größer, ihr Mund immer weiter wurde. Fast wäre ihr Speichel entwichen, so sehr stierte sie auf die Auflaufform. »Ja, ganz brav. Du bekommst ja sofort«, kommentierte Ulrich und strich ihr – wie man es bei einem kleinen Hündchen macht – über den Kopf. Die Frau hingegen grinste nur und löffelte sich das Gratin auf den Teller, während Ulrich die Steaks hervorholte und ihr das größere und saftigere Stück gab. Schnurstracks legte sie ihr Besteck beiseite, erhob sich und griff nach Ulrich, ihn zu küssen, während dieser es gerade noch schaffte, die heiße Auflaufform, in welcher er die Steaks noch ein paar Minuten im Backofen garen gelassen hatte, vor ihrem Ansturm in Sicherheit zu bringen. Die Zungen fochten miteinander, die Zähne knabberten an den Lippen. »Sachte, sachte«, flüsterte Ulrich, »wenn Du mich isst, hast Du bald nichts mehr von mir.« »Du hast recht«, ließ sie von ihm ab, setzte sich und nahm einen großen Schluck Wein.

Sie aßen langsam, schenkten sich Wein nach, gaben dem anderen einen Nachschlag auf den Teller, fassten sich an den Händen, spielten mit den Füßen unter dem Tisch aneinander, sprachen ein paar Worte, schenkten wieder Wein nach, streichelten sich, wann immer sie eine Hand frei hatten und sahen sich immer wieder lange an. Bis sie sich irgendwann beide zurücklehnten und die Frau sich über den Bauch streichelte. Wohl um Ulrich wissen zu lassen, dass es sehr gut geschmeckt habe, aber dass sie eben auch satt sei. »Es gibt noch einen Nachtisch«, lächelte Ulrich und sorgte für ein wenig Platz auf dem Tisch, ehe er mit dem Obstsalat aufwartete. »Puuuh«, entgegnete es ihm. »Du brauchst doch Deine Vitamine«, beruhigte er sie und füllte ihr ein Schüsselchen, in welchem sie zunächst lustlos, nach ein, zwei Bissen aber durchaus angeregt herumstocherte. »Ach!«, sagte sie plötzlich, »ich habe ja Deine Post mit hereingebracht. Hier«, kramte sie in ihrer Tasche und zog drei Briefe hervor. – Ulrich erkannte sie sofort. Wie war das möglich? Die Farbe wich aus seinem Gesicht, als er die Hand danach ausstreckte. »›Unzustellbar‹ steht da. Ist es etwas Wichtiges?«, fragte sie. Ulrich sah sie an. Es war, als ob alle Geister aus ihm gefahren wären. »Nein. Ja. Nein. Ähhh. Nein. Ähhh. Ja«, stammelte er und taumelte gegen die Wand. »Ulrich? Was ist denn los? Was ist mit Dir?«, fragte sie besorgt und stand auf, zu ihm hinzugehen. »Nein. Lass mich. Bitte, lass mich«, winkte er ihr ab und drehte den Kopf Richtung Wand. Die Hände vors Gesicht. »Aber Ulrich? Was ist denn?«, fragte sie nun nur noch besorgter, »nun sag es mir doch. Bitte. Ich bin ja da. Ulrich? Komm«, flehte sie fast schon. Ulrich aber wimmerte vor sich hin und sackte zu Boden. Zusammengekauert, die Beine angezogen, den Kopf in den Armen vergraben, dicht an die Wand gedrängt, so dicht, flehend, dass die Wand ihn doch aufnehme.

Solche Gestalt gab er nun ab. Und die Frau stand vor ihm, wusste nichts, wusste nicht warum, wusste nicht wie und wusste auch nicht, was sie tun sollte. Je näher sie Ulrich kam, desto lauter erklang sein Gewimmer, das immer wieder von einem »Nein! Nein!« durchdrungen wurde. Auch sie war mittlerweile kreidebleich. Und ein leichtes Würgen war zu vernehmen. Fast so, als ob sie tatsächlich mehr als genug gegessen hatte und die Mengen nun herausbrechen wollten. Doch geschah es nicht. Sie lehnte sich am Tisch an und schaute auf Ulrich nieder, Tränen rannen ihr übers Gesicht. Ein Glas Wasser sollte ihr die Fassung geben und es würde auch Ulrich helfen, weshalb sie ihm eins reichte, welches dieser aber ausschlug. »Da hilft auch kein Wasser«, schluchzte er, »wie könnte da Wasser helfen?« »Ulrich, rede doch mit mir«, beschwor sie ihn wieder, »nun rede doch. Ich bin doch da.« »Ja, Du bist da. Aber wie lange bist Du da? Wie lange bist Du noch da? Du kennst mich nicht. Wie lange hältst Du es aus?«, wimmerte er. »Ulrich, Ulrich«, schob sie ein, aber dieser legte sogleich wieder los: »Nein, Du bist nicht mehr lange da. Wie könntest Du auch? Mit einem – wie mir?« Sie hatte sich ihm inzwischen genähert und schaffte es, mit der Hand seinen Kopf zu berühren, auch wenn er diesen wegdrehte, den Berührungen ihrer Hand zu entkommen. Doch war dort nicht viel Möglichkeit. Die Flucht, in einer Ecke zu Ende gegangen, ließ nicht viel Raum zum erneuten Ausbruch. Ihre Hand erreichte ihn immer mehr. Und bald saß sie neben ihm, legte nicht nur ihre Arme um ihn, sondern legte sich selbst wie einen Mantel über

ihn, Ulrich zu decken, zu wärmen und zu schützen. Er
ließ sie gewähren. Wie sollte er anders? Wie konnte er
anders? Sie küsste seine Stirn, streichelte seinen Kopf.
»Es ist gut. Pssssssssst. Es ist gut. Wisse, dass es gut ist«,
beruhigte sie ihn. In sein Wimmern hatten sich derweil größere Phasen der Ruhe gemischt, die ab und an
von einem Schluchzen unterbrochen wurden, ehe er
erneut in Wimmern verfiel. Die Frau streichelte ihn
behutsam. »Ich weiß es nicht«, stammelte er, »ich weiß
es doch auch nicht.« »Es ist gut«, sagte sie wieder und
drückte sich noch fester an ihn. Als Ulrich keinen Laut
mehr von sich gab und nur noch vor sich hin atmete, waren bereits einige Kerzen verloschen. Noch einmal versuchte sie es, etwas aus ihm herauszubekom-
men: »Diese Briefe. Sie sind alle zurückgekommen.
Sag doch: Wer sind diese Frauen?« Ulrich sah sie an,
die Augen klein und gerötet, das Gesicht verquollen:
»Ich weiß nicht, wer und was sie sind. Sie waren vor
Dir da.« Seine Mundwinkel deuteten nach unten, der
Kiefer hing hinab. Kraftlos. »Die Briefe wurden nicht
zugestellt. Du hast sie nicht erreicht«, sagte die Frau.
»Aber sie erreichten mich«, klagte Ulrich und schloss
die Augen. »Nicht doch. Sieh mich an«, forderte sie,
»Du hast sie nicht erreicht. Warum wolltest Du sie
denn überhaupt erreichen? Vielleicht solltest Du es ja
gar nicht.« »Ich dachte, ich müsste sie erreichen. Ich
dachte, es sollte so sein. Ich dachte, ich hätte es verstanden.« »Was? Was hättest Du verstanden? Warum
schriebst Du diese Briefe?« »Weil ich dachte, ich hätte
es verstanden. Weil es ein Austausch ist.« »Briefe sind
also ein Austausch?«, fragte sie. »Ja, was denn sonst.

Sie sind Kommunikation. Sie sind Austausch.« »Aber Austausch beinhaltet einen Tausch. Diese Briefe hier sind unzustellbar zurückgekommen. Hier ist kein Austausch.« »Aber warum nicht?« »Vielleicht wolltest Du gar keinen Austausch. Vielleicht wolltest Du keine Kommunikation. Vielleicht wolltest Du mitteilen.« »Aber was hätte ich davon, mitzuteilen. Ich möchte doch auch empfangen.« »Willst Du das?«, fragte sie ihn eindringlich. »Ich weiß es nicht. Ich denke schon. Das will doch jeder«, antwortete Ulrich leise. »Bist Du Dir da sicher? Will es wirklich jeder? Willst Du es?«, sah sie ihn an. »Ich weiß es nicht. Ich weiß es einfach nicht«, schluchzte er wieder los. »Psssst. Es ist gut«, streichelte sie ihn. »Ich glaube, ich will es nicht. Ich wollte es nie«, begann er, »ich glaube, ich wollte … ich wollte …«, stoppte er. »Was wolltest Du? Sag es einfach«, bestärkte sie ihn. »Ich wollte mitteilen. Ich wollte nur mitteilen. Ich wollte nicht hören. Sie sollten hören.« »Und nun?«, fragte sie sanft, »was ist nun?« Ulrich strich sich über das Gesicht, wischte sich die Augen sauber und räusperte sich: »Ich glaube, nun möchte ich auch empfangen. Ich möchte hören. Ja«, sah er sie an und nickte, »ich möchte den Austausch.«

Ulrich wacht auf, schweißgetränkt, und schießt im Bett nach oben. Er atmet schwer und schaut hastig durch die Gegend. Verwirrt. Den Kopf hin und her reißend. Luft! Luft! Laute der Angst kommen aus seinem Mund. »Was ist denn?«, greift plötzlich eine Hand nach seiner Schulter. »Komm! Es war nur ein Traum«, beruhigt Heike ihn. Das Grün ihrer Augen leuchtet heller als die Nachttischlampe. »Ja«, sieht er sie an, »zum Glück. Nur ein Traum. Du, Du bist echt. Ich weiß es. Jetzt weiß ich es.«

Ulrichs Schokoladenkuchenrezept

250 g Butter
250 g Schokolade
6 Eier, getrennt
400 g Zucker
200 g Mehl
2 TL Backpulver

Die Butter und die Schokolade über dem Wasserbad unter Rühren schmelzen und abkühlen lassen. Eigelb mit dem Zucker so lange schlagen, bis die Masse cremig ist und sich der Zucker aufgelöst hat. Dann die abgekühlte Schokolade unterrühren. Das Eiweiß steif schlagen und unterheben.

Ein Backblech mit Backpapier auslegen und den Teig gleichmäßig darauf verteilen. Auf dem mittleren Rost bei 175° C etwa 25-30 Minuten backen.

Lecker!

Sinnunterteilungen

Marcel Robertz, geboren 1980, lebt in Köln.
Er arbeitete zunächst in der Erwachsenenbildung im Bereich
Deutsch als Zweitsprache, ehe er sich der Hauptschule widmete.
Während seines Studiums arbeitete er zudem als Fabrikarbeiter,
Umzugshelfer und Greenkeeper. Außerdem ist er ehemaliger
Rekordtorjäger eines Kreisligafußballvereins.
Mit Qualität kennt er sich also aus.

marcel.robertz@gmx.de